A VIDA ESCOLAR DE JESUS

J.M. COETZEE

A vida escolar de Jesus

Tradução
José Rubens Siqueira

Copyright © 2016 by J.M. Coetzee
Todos os direitos mundiais reservados ao proprietário.
Publicado mediante acordo com Peter Lampack Agency, Inc. 350 Fifth Avenue, Suite
5300 New York, NY 10118 USA.

*Grafia atualizada segundo o Acordo Ortográfico da Língua Portuguesa de 1990,
que entrou em vigor no Brasil em 2009.*

Título original
The Schooldays of Jesus

Capa
Kiko Farkas/ Máquina Estúdio

Foto de capa
C. Leech/ Getty Images

Preparação
Ana Lima Cecilio

Revisão
Ana Maria Barbosa
Jane Pessoa

Dados Internacionais de Catalogação na Publicação (CIP)
(Câmara Brasileira do Livro, SP, Brasil)

Coetzee, J.M.
    A vida escolar de Jesus / J.M. Coetzee ; tradução José Rubens
Siqueira. — 1ª ed. — São Paulo : Companhia das Letras, 2018.

    Título original: The Schooldays of Jesus.
    ISBN 978-85-359-3143-3

    1. Romance inglês — Escritores sul-africanos I. Título.

18-17226   CDD-823

Índice para catálogo sistemático:
1. Romances : Literatura sul-africana em inglês 823

Iolanda Rodrigues Biode – Bibliotecária – CRB-8/10014

[2018]
Todos os direitos desta edição reservados à
EDITORA SCHWARCZ S.A.
Rua Bandeira Paulista, 702, cj. 32
04532-002 — São Paulo — SP
Telefone: (11) 3707-3500
www.companhiadasletras.com.br
www.blogdacompanhia.com.br
facebook.com/companhiadasletras
instagram.com/companhiadasletras
twitter.com/cialetras

Algunos dicen: Nunca segundas partes fueron buenas.

Dom Quixote, livro II, cap. 4

1.

Ele estava esperando que Estrella fosse maior. No mapa, ela aparece como um ponto do mesmo tamanho de Novilla. Mas enquanto Novilla era uma cidade, Estrella não passava de um aglomerado provinciano que se espalhava por uma zona rural de colinas, campos e pomares, atravessada por um rio preguiçoso. Será possível uma vida nova em Estrella? Em Novilla, ele pudera contar com o Departamento de Relocações para arranjar acomodação. Será que ele, Inés e o menino vão conseguir encontrar uma morada ali? O Departamento de Relocações é beneficente, é a própria encarnação da beneficência de um tipo impessoal; mas será que sua beneficência se aplica a fugitivos da lei?

Juan, o carona que se juntou a eles na estrada em Estrella, sugeriu que poderiam encontrar trabalho em uma das fazendas. Os fazendeiros sempre precisam de braços, ele diz. As fazendas maiores têm até dormitórios para trabalhadores sazonais. Se não é época de laranja, é época de maçã; se não é época de maçã, é época de uva. Estrella e região são uma verdadeira cornucópia.

Ele pode levá-los, se quiserem, até uma fazenda onde amigos dele trabalharam uma vez.

Ele troca um olhar com Inés. Devem seguir o conselho de Juan? Dinheiro não é problema, ele tem bastante dinheiro no bolso, podem tranquilamente ficar num hotel. Mas se as autoridades de Novilla estiverem mesmo atrás deles, talvez tenham mais sorte entre os transitórios sem nome.

"Vamos", disse Inés. "Vamos para essa fazenda. Já estamos trancados dentro deste carro há muito tempo. Bolívar precisa dar uma corrida."

"Eu também acho", diz ele, Simón. "Mas uma fazenda não é um acampamento de férias. Você está disposta, Inés, a passar o dia inteiro colhendo frutas debaixo do sol quente?"

"Eu vou fazer a minha parte", diz Inés. "Nem mais, nem menos."

"Posso colher fruta também?", o menino pergunta.

"Infelizmente não, você não", diz Juan. "Seria contra a lei. Seria trabalho infantil."

"Eu não ligo que seja trabalho infantil", o menino diz.

"Tenho certeza que o fazendeiro vai deixar você colher fruta", diz ele, Simón. "Mas não muito. Não a ponto de virar um trabalho."

Atravessam Estrella de carro, seguindo a rua principal. Juan aponta o mercado, os prédios administrativos, o modesto museu e a galeria de arte. Atravessam uma ponte, deixam para trás a cidade e seguem o curso do rio até que veem uma casa imponente no alto do morro. "Era esta fazenda que eu tinha pensado", diz Juan. "Foi aí que meus amigos encontraram trabalho. O *refugio* fica nos fundos. Parece triste, mas na verdade é bem confortável."

O *refugio* é composto por dois barracões de ferro galvanizado ligados por uma passagem coberta; de um lado, há o bloco de abluções. Ele estaciona o carro. Ninguém aparece para recebê-los, a não ser um cachorro cinzento, de pernas duras, que, no limite da corrente, rosna para eles, expondo presas amareladas. Bolívar se desenrola e desliza para fora do carro. Inspeciona de longe o cachorro estranho e resolve ignorá-lo. O menino corre para dentro dos barracões e torna a sair. "Tem beliches!", grita. "Posso dormir na de cima? Por favor!"

Nesse momento, uma mulher grande, com avental vermelho por cima de um macacão folgado de algodão, aparece da parte de trás da casa da fazenda e segue devagar pelo caminho até eles. "Bom dia, bom dia!", ela exclama. Examina o carro carregado. "Estão vindo de longe?"

"É, de longe. Queríamos saber se precisa de gente para trabalhar."

"Sempre é bom ter mais gente para trabalhar. Muitas mãos deixam o trabalho mais leve, não é isso que dizem nos livros?"

"Somos só nós dois, minha mulher e eu. Nosso amigo aqui tem compromissos na cidade. Este é o nosso menino, o nome dele é Davíd. E este é o Bolívar. Será que tem lugar para o Bolívar? Ele é parte da família. Não vamos a lugar nenhum sem ele."

"Bolívar é o nome dele de verdade", diz o menino. "É um alsaciano."

"Bolívar. É um nome bonito", diz a mulher. "Fora do comum. Tenho certeza que vai ter lugar para ele se ele se comportar, se contentar com restos de comida e não entrar em brigas, nem correr atrás das galinhas. Os trabalhadores estão nos pomares agora, mas eu vou mostrar as camas para vocês. Do lado esquerdo, os cavalheiros; do lado direito, as damas. Não temos quartos familiares, sinto muito."

"Eu vou ficar do lado dos cavalheiros", diz o menino. "O Simón disse que posso ficar na cama de cima. O Simón não é o meu pai."

"Faça como quiser, mocinho. Espaço é o que não falta. Os outros vão voltar..."

"O Simón não é meu pai de verdade e Davíd não é meu nome de verdade. Quer saber meu nome de verdade?"

A mulher olha intrigada para Inés, que finge não notar.

"A gente estava fazendo uma brincadeira no carro", ele, Simón, intervém. "Para passar o tempo. Procurando nomes novos para nós."

A mulher dá de ombros. "Os outros vão voltar logo para almoçar, então vocês podem se apresentar. O pagamento é vinte *reales* por dia, a mesma coisa para homens e mulheres. A diária vai do nascer ao pôr do sol, com um intervalo de duas horas ao meio-dia. No sétimo dia, descansamos. É a ordem natural, a ordem que nós seguimos. Quanto a refeições, fornecemos os mantimentos, vocês cozinham. Ficam satisfeitos com esses termos? Acham que conseguem se virar? Já colheram frutas antes? Não? Vão aprender depressa, não é nenhuma grande arte. Têm chapéu? Vão precisar de chapéu, o sol pode ser muito quente. O que mais tenho de dizer para vocês? Podem me encontrar na casa-grande. Meu nome é Roberta."

"Roberta, muito prazer. Meu nome é Simón, esta é Inés e este é Juan, o nosso guia, que eu vou levar de volta para a cidade."

"Bem-vindos à fazenda. Tenho certeza que vamos nos dar bem. É bom vocês terem um carro próprio."

"Trouxe a gente de bem longe. É um carro fiel. Não se pode esperar mais do que isso de um carro, fidelidade."

Quando terminam de descarregar o carro, os trabalhadores estão começando a voltar dos pomares. Todos se apresentam, oferecem almoço, para Juan também: pão feito em casa, queijo e azeitonas, grandes tigelas de frutas. Os companheiros são cerca de vinte, inclusive uma família com cinco filhos que Davíd inspeciona cauteloso do seu lado da mesa.

Antes de levar Juan de volta a Estrella, ele tem um momento a sós com Inés. "O que você acha?", ele murmura. "Vamos ficar?"

"Parece um bom lugar. Estou disposta a ficar aqui enquanto a gente procura. Mas temos de ter um plano. Eu não rodei tudo isso para acabar como uma trabalhadora comum."

Ele e Inés já passaram por aquilo antes. Se são mesmo procurados pela lei, precisam ter muita prudência. Mas serão mesmo procurados? Têm motivos para temer uma perseguição? Será que a lei tem tantos recursos a ponto de poder despachar funcionários aos cantos mais remotos da terra para caçar um gazeteiro de seis anos de idade? Será uma verdadeira preocupação das autoridades de Novilla uma criança ir ou não para a escola, contanto que não cresça analfabeta? Ele, Simón, duvida. Por outro lado, e se eles estiverem procurando não o menino gazeteiro, mas o casal que perjurou afirmando ser pais dele e o manteve fora da escola? Se são ele e Inés os procurados, mais que a criança, então não deveriam ser discretos até seus perseguidores, exaustos, desistirem da busca?

"Uma semana", ele propõe. "Vamos ser trabalhadores comuns durante uma semana. Depois a gente repensa."

Ele vai de carro até Estrella e deixa Juan na casa dos amigos, que administram uma gráfica. De volta à fazenda, acompanha Inés e o menino na exploração do novo ambiente. Visitam os pomares e são iniciados nos mistérios das tesouras de poda e facas de corte. Davíd é atraído para longe deles e desaparece, quem sabe para onde, com as outras crianças. Volta na hora do jantar com arranhões nas pernas e nos braços. Andaram trepando nas árvores, ele diz. Inés quer passar iodo nos arranhões, mas ele não deixa. Vão para a cama cedo, como todo mundo, Davíd na cama de cima do beliche, como queria.

Quando o caminhão chega na manhã seguinte, ele e Inés já tomaram um café da manhã apressado. Davíd, ainda esfregando o sono dos olhos, não vai com eles. Com os novos camaradas, eles sobem a bordo e são levados aos vinhedos; seguindo o exemplo dos outros, ele e Inés botam cestos às costas e começam a trabalhar.

Enquanto trabalham, as crianças estão livres como gostam. Liderados pelo mais velho da tribo de cinco, um menino alto e magro chamado Bengi, com farto cabelo preto encaracolado, eles correm morro acima até a represa de barro que irriga os vinhedos. Os patos que estavam nadando ali partem alarmados, menos uma dupla com filhotes imaturos demais para voar que, num esforço para escapar, conduz suas crias para a margem oposta. São lentos demais: as crianças ruidosas os espantam, fazendo com que voltem ao meio da represa. Bengi começa a atirar pedras; os mais novos o imitam. Incapazes de fugir, as aves nadam em círculos, grasnando alto. Uma pedra atinge o macho mais lindamente colorido. Ele se ergue um pouco na água, cai para trás e fica batendo a asa atingida. Bengi dá um grito de triunfo. A torrente de pedras e torrões de terra redobra.

Ele e Inés ouvem indistintamente o clamor; os outros colhedores não prestam atenção. "O que você acha que está acontecendo?", Inés pergunta. "Acha que o Davíd está bem?"

Ele deixa o cesto, sobe a encosta, chega à represa a tempo de ver Davíd dar um empurrão tão furioso no menino mais velho que ele cambaleia e quase cai. "Pare com isso!", ouve ele gritar.

O menino olha perplexo o seu atacante, depois se volta e atira mais uma pedra nos patos.

Então Davíd entra na água com sapato e tudo e começa a espadanar na direção das aves.

"Davíd!", ele, Simón, chama. O menino o ignora.

Inés, no vinhedo abaixo, solta o cesto e começa a correr. Desde que a avistou jogando tênis um ano antes, ele nunca a viu se exercitar. Ela é lenta; ganhou peso.

Do nada, o cachorro grande aparece e passa correndo por ela, direto como uma flecha. Em questão de segundos, salta na represa e está ao lado de Davíd. Agarra sua camisa com os dentes, arrasta para a margem o menino, que se debate e protesta.

Inés chega. O cachorro se deita, orelhas em pé, olhos nela, esperando um sinal, enquanto Davíd, com a roupa encharcada, chora e bate nele com os punhos. "Eu te odeio, Bolívar!", ele grita. "Aquele menino estava atirando pedra, Inés! Queria matar o pato!"

Ele, Simón, pega no colo o menino, que se debate. "Calma agora, calma", ele diz. "O pato não morreu, está vendo? Só levou uma pedrada. Logo vai estar melhor. Agora eu acho que vocês todos, meninos, deviam sair daqui e deixar os patos sossegados cuidarem da vida deles. E você não deve ter raiva do Bolívar. Ele achou que você estava se afogando. Estava tentando te salvar."

Raivoso, Davíd se liberta dos braços dele. "Eu ia salvar o pato", ele diz. "Não pedi pro Bolívar ir junto. O Bolívar é burro. É um cachorro burro. Agora *você* tem de salvar ele, Simón. Vá, salve ele!"

Ele, Simón, tira o sapato e a camisa. "Já que insiste, vou tentar. Mas você tem de entender que um pato pode achar que ser salvo é uma coisa diferente do que você acha. Para ele, talvez o que mais importa seja não ser incomodado por seres humanos."

Outros colhedores de uva chegam nesse momento. "Fique. Eu vou", um homem mais jovem oferece.

"Não. É bondade sua, mas é um assunto do meu filho." Ele tira a calça e de cueca entra na água marrom. Quase sem ruído, o cachorro aparece a seu lado. "Vá embora, Bolívar", ele murmura. "Não precisa me salvar."

Reunidos na margem, os colhedores de uva observam o cavalheiro já não tão jovem, com o físico não tão firme como nos tempos de estivador, partir para fazer o que o filho pediu.

O lago não é fundo. Mesmo na parte mais profunda não chega à altura do peito. Mas ele mal consegue mexer os pés na lama mole do leito. Não tem a menor chance de pegar o pato com a asa quebrada, que se debate na superfície em círculos irregulares, para não falar da mãe pata, que chegou à margem oposta e foi para dentro do mato seguida pelas crias.

É Bolívar que faz o trabalho por ele. Deslizando como um fantasma, apenas a cabeça acima da água, ele chega até a ave ferida, fecha as mandíbulas como um alicate na asa flutuante e a puxa para a margem. De início, há uma agitação de resistência, o pato se debate, espalha água; depois, de repente, a ave parece desistir e aceitar sua sorte. Quando ele, Simón, sai da água, o pato está nos braços do rapaz que se ofereceu para ir em seu lugar e as crianças o inspecionam, curiosas.

Embora ainda bem acima do horizonte, o sol não o aquece. Tremendo, ele veste a roupa.

Bengi, o que atirou a pedra que causou todo o problema, acaricia a cabeça da ave completamente passiva.

"Peça desculpa para ele por causa do que você fez", diz o rapaz.

"Desculpe", Bengi murmura. "Dá pra consertar a asa? A gente pode pôr uma tala?"

O rapaz balança a cabeça. "É um bicho do mato", diz. "Ele não vai aceitar uma tala. Está tudo bem. Ele está pronto pra morrer. Já aceitou. Olhe. Olhe os olhos dele. Ele já está morto."

"Ele pode ficar na minha cama", diz Bengi. "Posso dar comida pra ele até ele melhorar."

"Vire de costas", diz o rapaz.

Bengi não entende.

"Vire de costas", diz o rapaz.

Ele, Simón, sussurra para Inés, que está enxugando o menino: "Não deixe ele ver".

Ela aperta a cabeça do menino na saia. Ele resiste, mas ela fica firme.

O rapaz prende a ave entre os joelhos. Um movimento rápido e está feito. A cabeça pende, mole; uma película lhe cobre os olhos. Ele entrega a carcaça emplumada para Bengi. "Vá e enterre ele", ordena. "Vá."

Inés solta o menino. "Vá com seu amigo", ele, Simón, diz. "Ajude a enterrar o pato. Veja se ele faz direito."

Mais tarde, o menino procura por ele e Inés no lugar onde estão trabalhando nos vinhedos. "Então? Enterraram o coitado do pato?", ele pergunta.

O menino balança a cabeça. "A gente não conseguiu cavar um buraco. Não tinha pá. O Bengi escondeu ele no mato."

"Não está certo. Quando eu terminar o trabalho, vou e enterro. Você me mostra onde está."

"Por que ele fez isso?"

"Por que aquele rapaz acabou com o sofrimento dele? Eu falei para você. Porque ele ia ficar vulnerável com uma asa quebrada. Não ia comer. Ia morrer de fraqueza."

"Não, quero saber por que o Bengi fez isso."

"Tenho certeza que ele não queria fazer nada de ruim. Estava só atirando pedras, e uma coisa levou a outra."

"Os patinhos bebês também vão morrer?"

"Claro que não. Eles têm a mãe para cuidar deles."

"Mas quem vai dar leite pra eles?"

"Ave não é como a gente. Não bebe leite. De qualquer forma, são as mães que dão leite, não os pais."

"Eles vão achar um *padrino*?"

"Acho que não. Acho que as aves não têm *padrinos*, assim como não bebem leite. *Padrino* é invenção humana."

"Ele não se arrependeu. O Bengi. Ele disse que sente muito, mas não sente de verdade."

"Por que você acha isso?"

"Porque ele queria matar o pato."

"Não concordo, meu menino. Eu não acho que ele sabia o que estava fazendo, não completamente. Só estava atirando pedras do jeito que meninos atiram pedras. De coração mesmo, ele não queria matar ninguém. Então depois, quando viu a criatura linda que era o pato, quando viu que coisa terrível ele tinha feito, se arrependeu e ficou triste."

"Ele não ficou triste. Ele me falou."

"Se ele não está triste agora, logo vai ficar. Não vai ficar em paz com a consciência dele. É assim que nós somos, os seres humanos. Se a gente faz uma coisa ruim, não fica alegre com isso. Nossa consciência cuida que seja assim."

"Mas ele estava brilhando! Eu vi! Ele estava brilhando e atirando pedras com toda força! Ele queria matar todos!"

"Não sei o que você quer dizer com brilhando, mas mesmo que ele estivesse brilhando, mesmo que estivesse atirando pedras, isso não prova que, de coração, ele estava tentando matar os patos. Nem sempre nós prevemos as consequências dos nossos atos, principalmente quando a gente é moço. Não esqueça que ele se ofereceu para cuidar do pato de asa quebrada, para deitá-lo na cama dele. O que mais ele podia fazer? Desatirar a pedra que tinha atirado? Não dá para fazer isso. Não dá para desfazer o passado. O que está feito está feito."

"Ele não enterrou o pato. Ele só jogou no meio do mato."

"Eu sinto muito por isso, mas o pato está morto. Não dá para trazer de volta. Você e eu vamos lá assim que o trabalho terminar."

"Eu queria beijar ele, mas o Bengi não deixou. Disse que era sujo. Mas eu beijei assim mesmo. Entrei no mato e beijei ele."

"Muito bem, fico contente de saber. É muito importante para o pato saber que alguém sentiu amor por ele e lhe deu um beijo depois que morreu. Também vai ser muito bom para ele saber que foi enterrado direitinho."

"Você pode enterrar ele. Eu não quero enterrar."

"Tudo bem, eu enterro. E se a gente voltar amanhã cedo e o túmulo estiver vazio e a família inteira dos patos estiver nadando na represa, pai, mãe e os filhotinhos, sem faltar nenhum, então vamos saber que beijar funciona, que beijar pode trazer alguém dos mortos. Mas se ele não estiver lá, se não estiver a família de patos inteira..." "Eu não quero que eles voltem. Se eles voltarem, o Bengi vai jogar pedra de novo. Ele não se arrependeu. Ele está só fingindo. Eu *sei* que ele está fingindo, mas você não acredita. Você nunca acredita em mim."

Não há pá nem machadinha à mão, então ele pega emprestada uma alavanca de pneu do caminhão. O menino o leva até os arbustos onde está a carcaça. As penas já perderam o brilho e as formigas chegaram aos olhos. Com a alavanca, ele abre um buraco no solo pedregoso. Não é fundo o suficiente, não dá para fingir que é um enterro decente, mas mesmo assim ele deposita a ave e a cobre. Uma pata espalmada fica para fora, rígida. Ele recolhe pedras e põe em cima do túmulo. "Pronto", diz ao menino. "É o melhor que eu posso fazer."

Quando visitam o local na manhã seguinte, as pedras estão espalhadas e o pato sumiu. Há penas por todo lado. Eles procuram, mas não encontram nada além da cabeça com as órbitas dos olhos vazias e uma pata. "Desculpe", ele diz, e vai se encontrar com a turma de trabalho.

2.

Mais dois dias e a colheita de uva termina; o caminhão leva embora as últimas caixas.

"Quem vai comer toda essa uva?", Davíd pergunta.

"Ninguém vai comer. Elas vão ser prensadas numa prensa de vinho e o suco vai virar vinho."

"Eu não gosto de vinho", diz Davíd. "É amargo."

"Vinho é um gosto que se adquire. Quando a gente é criança não gosta, mas quando fica mais velho aprende a gostar."

"Eu nunca vou gostar de vinho."

"Isso é o que você diz. Vamos esperar para ver."

Tendo esgotado os vinhedos, eles se mudam para os olivais, onde estendem redes e usam longos ganchos para derrubar as azeitonas. O trabalho é mais pesado que colher uvas. Ele espera ansioso a pausa do meio-dia; acha o calor das longas tardes difícil de aguentar e para frequentemente para beber água ou apenas recuperar as forças. Mal pode acreditar que poucos meses antes estava trabalhando nas docas como estivador, carregando fardos pesados, quase sem suar. Suas costas e seus braços perderam a velha força, seu coração dispara, a dor na costela que foi quebrada o incomoda.

De Inés, desacostumada com trabalho físico, ele estava esperando queixas e reclamações. Mas não: ela trabalha ao lado dele o dia inteiro, alegre, porém sem um murmúrio. Não precisa que a lembrem que foi ela quem resolveu que deviam fugir de Novilla e assumir a vida de ciganos. Bem, agora ela descobriu como vivem os ciganos: trabalhando pesado em campos dos outros do amanhecer à noite, tudo pelo pão de cada dia e uns poucos *reales* no bolso.

Mas pelo menos o menino está se divertindo, o menino que foi o motivo para que fugissem da cidade. Depois de um breve e orgulhoso estranhamento, ele voltou para Bengi e sua tribo — e aparentemente até assumiu a liderança. Porque é ele, e não Bengi, quem dá as ordens agora, e Bengi e os outros mansamente obedecem.

Bengi tem três irmãs mais novas. Elas usam vestidos de algodão idênticos e o cabelo em rabos de cavalo idênticos amarrados com fitas vermelhas idênticas; participam de todas as brincadeiras dos meninos. Na escola em Novilla, Davíd se recusava a ter qualquer relação com meninas. "Estão sempre cochichando e rindo", ele disse a Inés. "São bobas." Agora, pela primeira vez, está brincando com meninas e parece não achá-las nada bobas. Uma brincadeira que ele inventou consiste em subir até a cobertura do barracão ao lado do olival e saltar em cima de um conveniente monte de areia. Às vezes, ele e a mais nova das irmãs saltam de mãos dadas, rolando num emaranhado de pernas e braços e se põem de pé, se torcendo de rir.

A menininha, cujo nome é Florita, segue Davíd como uma sombra onde quer que ele vá; ele não faz nada para impedi-la.

Durante a pausa do meio-dia, uma das colhedoras de azeitona brinca com ela. "Estou vendo que você tem um *novio*", diz. Florita olha para ela solenemente. Talvez não conheça a palavra. "Como é o nome dele? Como é o nome do seu *novio?*" Florita fica vermelha e sai correndo.

Quando as meninas saltam da cobertura, suas saias se abrem como pétalas de flor, revelando calcinhas cor-de-rosa idênticas. Ainda sobrou muita uva da colheita, cestos cheios delas. As crianças enchem a boca; mãos e rostos melados com o suco doce. Todos, exceto Davíd, que come uma uva de cada vez, cospe as sementes e lava a mão cuidadosamente depois.

"Os outros podiam certamente aprender boas maneiras com ele", Inés observa. *Meu menino,* ela quer acrescentar — ele, Simón, percebe —, *meu menino esperto, bem-educado. Tão diferente desses outros maltrapilhos.*

"Ele está crescendo depressa", ele admite. "Talvez depressa demais. Às vezes, acho o comportamento dele um pouco...", hesita na palavra, "... *magistral* demais, muito imperioso. Ou pelo menos me parece."

"É um menino. Tem personalidade forte."

A vida cigana pode não ser ideal para Inés e não ser ideal para ele, mas certamente é ideal para o menino. Ele nunca o viu tão ativo, tão cheio de energia. Acorda cedo, come vorazmente, sai correndo com os amigos o dia inteiro. Inés tenta fazer com que use um boné, o boné logo desaparece, nunca mais é encontrado. Se antes era um tanto pálido, agora é moreno como uma fruta madura.

Não é da pequena Florita que ele é mais próximo, mas de Maite, sua irmã. Maite tem sete anos, poucos meses mais velha que ele. É a mais bonita das três irmãs e a de disposição mais pensativa.

Uma noite, o menino faz uma confidência a Inés: "A Maite me pediu pra mostrar meu pênis".

"E?", Inés perguntou.

"Ela diz que se eu mostrar meu pênis, ela mostra a coisa dela."

"Você devia brincar mais com o Bengi", diz Inés. "Não devia brincar com as meninas o tempo inteiro."

"A gente não estava brincando, estava conversando. Ela diz que se eu botar meu pênis na coisa dela ela ganha um bebê. É verdade?"

"Não, não é verdade", diz Inés. "Alguém devia lavar a boca dessa menina com sabão."

"Ela diz que o Roberto entra no quarto das mulheres quando elas estão dormindo e põe o pênis dele na coisa da mãe dela."

Inés lança a ele, Simón, um olhar desesperado.

"O que gente grande faz às vezes parece estranho", ele intervém. "Quando você for mais velho vai entender melhor."

"Maite diz que a mãe dela faz ele botar uma bexiga no pênis pra ela não ganhar bebê."

"É, isso está certo, tem gente que faz isso."

"Você põe bexiga no seu pênis, Simón?"

Inés se levanta e sai.

"Eu? Bexiga? Não, claro que não."

"Então, se você não põe, a Inés pode ganhar um bebê?"

"Meu menino, você está falando de relação sexual, e relação sexual é para pessoas casadas. Inés e eu não somos casados."

"Mas você pode fazer relação sexual mesmo quando não é casado."

"É verdade, pode-se ter relação sexual mesmo não sendo casado. Mas ter bebê quando não é casado não é uma boa ideia. No geral."

"Por quê? Por que os bebês vão ser bebês *huérfanos*?"

"Não, o bebê que nasce de uma mãe não casada não é *huérfano*. *Huérfano* é uma coisa bem diferente. Onde você ouviu essa palavra?"

"Em Punta Arenas. Vários meninos em Punta Arenas eram *huérfanos*. Eu sou *huérfano*?"

"Não, claro que não. Você tem mãe. Inés é sua mãe. *Huérfano* é uma criança que não tem nem pai nem mãe."

"De onde vêm os *huérfanos* se não têm pai nem mãe?"

"Um *huérfano* é uma criança cujos pais morreram e que ficou sozinha no mundo. Ou às vezes a mãe não tem dinheiro para comprar comida e dá o filho para outras pessoas cuidarem. Menino ou menina. São esses os jeitos de ficar *huérfano*. Você não é *huérfano*. Você tem Inés. Tem a mim."

"Mas você e Inés não são meus pais de verdade, então eu sou *huérfano*."

"Davíd, você chegou num navio, como eu, como todo mundo aqui em volta de nós, os que não tiveram a sorte de nascer aqui. Provavelmente Bengi e as irmãs chegaram de navio também. Quando você atravessa o oceano num navio, lava todas as lembranças e começa uma vida completamente nova. É assim. Não existe antes. Não existe história. O navio atraca no porto, a gente desce a rampa e mergulha aqui e agora. O tempo começa. O relógio começa a correr. Você não é *huérfano*. Bengi não é *huérfano*."

"O Bengi nasceu em Novilla. Ele me disse. Nunca andou de navio."

"Muito bem, se Bengi, o irmão e as irmãs dele nasceram aqui, a história deles começa aqui e eles não são *huérfanos*."

"Eu lembro do tempo antes de eu estar no navio."

"Você já me contou. Tem muita gente que diz que consegue lembrar da vida que tinha antes de atravessar o oceano. Mas tem um problema com essas lembranças, e, como você é inteligente, acho que consegue entender que problema é esse. O problema é que não temos como saber se o que essas pessoas lembram são lembranças verdadeiras ou lembranças inventadas. Porque às vezes uma lembrança inventada pode parecer tão verdadeira quanto uma lembrança verdadeira, principalmente quando a gente *quer* que a lembrança seja verdadeira. Então, por exemplo, alguém pode querer ter sido rei ou um lorde antes de atravessar o oceano e pode querer tanto isso que acaba se convencendo que realmente era um rei ou um lorde. Mas a lembrança provavelmente não é uma lembrança verdadeira. Por que não? Porque ser rei é uma coisa muito rara. Só uma pessoa em um milhão vira rei. Então o mais provável é que essa pessoa que lembra que era rei tenha só inventado uma história e esquecido que inventou. E a mesma coisa com outras lembranças. Nós simplesmente não temos como dizer com certeza se uma lembrança é verdadeira ou falsa."

"Mas eu nasci da barriga da Inés?"

"Você está me obrigando a me repetir. Eu posso responder 'sim, você nasceu da barrida da Inés' ou posso responder 'não, você não nasceu da barriga da Inés'. Só que nenhuma das duas respostas vai nos levar mais perto da verdade. Por que não? Porque, assim como todo mundo que vem nos navios, você não consegue lembrar, nem a Inés consegue. Sem conseguir lembrar, tudo o que você pode fazer, tudo que ela pode fazer, tudo o que qualquer um de nós pode fazer é inventar histórias. Então, por exemplo, posso dizer para você que no último dia da minha outra vida eu estava no meio de uma multidão imensa esperando para embarcar, tão imensa que tiveram de telefonar para os pilotos e capitães de navio aposentados e mandar que eles fossem para as docas para ajudar. E, no meio daquela multidão, posso dizer que vi você e sua mãe, vi você com meus próprios olhos. Sua mãe segurando sua mão, parecendo preocupada, sem saber para onde ir. Então, posso dizer, perdi vocês dois de vista na multidão. Quando afinal chegou minha vez de pisar na prancha, quem foi que eu vi senão você, sozinho, segurando na grade, chamando, 'mamãe, mamãe, cadê você?'. Então eu fui, peguei a sua mão e falei: 'Venha, meu amiguinho, eu ajudo você a encontrar sua mãe'. E foi assim que você e eu nos conhecemos. Essa é a história que eu poderia contar sobre a primeira vez que vi você e sua mãe, como eu me lembro."

"Mas é *verdade*? É uma história *verdadeira*?"

"Se é verdade? Eu não sei. Eu *sinto* que é verdade. Cada vez que conto essa história para mim mesmo, mais ela parece verdadeira. Você parece de verdade, agarrado na grade com tanta força que tive de soltar seus dedos; a multidão nas docas parece verdadeira: centenas de milhares de pessoas, todas perdidas, como você, como eu, de mãos vazias e olhos ansiosos. O ônibus parece verdadeiro, o ônibus que transportou os pilotos e capitães de navio aposentados até as docas, usando fardas azul-marinho que tiraram de baús no sótão, ainda com cheiro de naftalina. Tudo, do começo ao fim, parece verdadeiro. Mas talvez pareça tão verdadeiro porque eu repeti isso para mim mesmo muitas vezes. Parece verdade para você? Você lembra quando se separou da sua mãe?"

"Não."

"Não, claro que não. Mas você não lembra porque não aconteceu ou porque você esqueceu? Nunca vamos saber com certeza. É assim que são as coisas. É com isso que a gente tem de viver."

"Acho que eu sou *huérfano*."

"E eu acho que você está dizendo isso só porque parece romântico você sozinho no mundo sem pais. Bom, fique sabendo que em Inés você tem a melhor mãe do mundo, e se tem a melhor mãe do mundo com certeza não é *huérfano*."

"Se a Inés tiver um bebê ele vai ser meu irmão?"

"Seu irmão ou sua irmã. Mas Inés não vai ter bebê porque Inés e eu não somos casados."

"Se eu botar meu pênis na coisa da Maite e ela tiver um bebê, ele vai ser *huérfano*?"

"Não. Maite não vai ter bebê de nenhum tipo. Você e ela são muito novos para fazer bebê, como também são muito novos para entender por que gente grande se casa e tem relações sexuais. Gente grande se casa porque tem sentimentos apaixonados um pelo outro, de um jeito que você e Maite não têm. Você e ela não podem sentir paixão porque ainda são muito novos. Aceite esse fato e não me peça para explicar o porquê. Paixão não dá para explicar, só dá para experimentar. Mais exatamente, tem de ser experimentada por dentro antes de poder ser entendida por fora. O que interessa é que você e Maite não devem ter relações sexuais porque relação sexual sem paixão não tem sentido."

"Mas é horrível?"

"Não, não é horrível, é simplesmente uma coisa pouco inteligente de se fazer, pouco inteligente e frívola. Mais alguma pergunta?"

"A Maite disse que quer casar comigo."

"E você? Você quer casar com a Maite?"

"Não. Eu não quero casar nunca."

"Bom, você pode mudar de ideia sobre isso quando chegarem as paixões."

"Você e a Inés vão casar?"

Ele não responde. O menino trota para a porta. "Inés!", ele chama. "Você e o Simón vão casar?"

"*Shhh!*", vem a resposta zangada de Inés. Ela entra de volta no dormitório. "Chega de conversa. Está na hora de ir para a cama."

"Você tem paixões, Inés?", o menino pergunta.

"Isso não é da sua conta", Inés responde.

"Por que você nunca quer conversar comigo?", o menino pergunta. "O Simón conversa comigo."

"Eu converso com você, sim", diz Inés. "Mas não de assuntos particulares. Agora vá escovar os dentes."

"Eu não vou ter paixões", o menino anuncia.

"Isso é o que você fala hoje", diz ele, Simón. "Mas, quando crescer, você vai descobrir que as paixões têm vida própria. Agora vá depressa, escove os dentes e quem sabe sua mãe lê para você uma história antes de dormir."

3.

Roberta, que no primeiro dia eles acharam que era proprietária da fazenda, é na verdade uma funcionária como eles, empregada para supervisionar os trabalhadores, fornecer-lhes as rações e pagar os salários. É uma pessoa simpática, de quem todos gostam. Ela se interessa pela vida pessoal dos trabalhadores e dá pequenos agrados às crianças: doces, biscoitos, limonada. Eles ficam sabendo que a fazenda pertence a três irmãs conhecidas por toda parte simplesmente como as Três Irmãs, velhas agora, e sem filhos, que dividem o tempo entre a fazenda e sua residência em Estrella.

Roberta tem uma longa conversa com Inés. "O que você vai fazer sobre a educação do seu filho?", ela pergunta. "Dá para ver que é um menino inteligente. Seria uma pena ele acabar como o Bengi, que nunca foi a uma escola direito. Não que tenha nada errado com o Bengi. Ele é um bom menino, mas não tem futuro. Vai ser apenas trabalhador rural como os pais, e que tipo de vida é essa, a longo prazo?"

"O Davíd ia à escola em Novilla", diz Inés. "Não deu certo.

Ele não teve bons professores. É uma criança naturalmente inteligente. Achou o ritmo da classe muito lento. Tivemos de tirar o Davíd da escola e ensinar em casa. Tenho medo que se ele voltar para a escola vá ter a mesma experiência."

O relato de Inés sobre o contato deles com o sistema escolar de Novilla não é inteiramente verdadeiro. Ele e Inés tinham concordado em não falar de seu envolvimento com as autoridades de Novilla; mas evidentemente Inés sente liberdade para confiar na mulher mais velha, e ele não interfere.

"Ele quer ir para a escola?", Roberta pergunta.

"Não, não quer, não depois da experiência em Novilla. Está absolutamente feliz aqui na fazenda. Ele gosta da liberdade."

"É uma vida maravilhosa para uma criança, mas a colheita está quase terminando, sabe. E correr pela fazenda como um louco não é preparo para o futuro. Já pensou num professor particular? Ou numa academia? Uma academia não será uma escola normal. Talvez uma academia combine mais com ele."

Inés fica em silêncio. Ele, Simón, fala pela primeira vez. "Não temos dinheiro para um tutor particular. Quanto à academia, não existem academias em Novilla. Pelo menos ninguém falou de nenhuma. O que exatamente é uma academia? Porque se for apenas um nome chique para uma escola de crianças-problema, crianças com ideias próprias, não nos interessa, não é, Inés?"

Inés balança a cabeça.

"São duas academias em Estrella", diz Roberta. "Não são para crianças-problema de jeito nenhum. Uma é a Academia de Canto e a outra a Academia de Dança. Tem também a Escola Atômica; mas é para crianças mais velhas."

"Davíd gosta de cantar. Tem boa voz. Mas o que acontece nessas academias além de cantar e dançar? Dão aulas de verdade? E aceitam crianças assim tão novas?"

"Não sou especialista em educação, Inés. Todas as famílias

que eu conheço em Estrella puseram os filhos em escolas normais. Mas tenho certeza de que as academias ensinam o básico, sabe?, ler, escrever, essas coisas. Posso perguntar para as irmãs se quiserem."

"E essa Escola Atômica?", ele pergunta. "O que ensinam lá?"

"Ensinam sobre átomos. Observam átomos no microscópio, fazendo seja lá o que os átomos fazem. É só isso que eu sei."

Ele e Inés trocam olhares. "Vamos pensar nas academias como uma possibilidade", ele diz. "Por enquanto, estamos totalmente satisfeitos com a vida que temos aqui na fazenda. Você acha que podemos continuar aqui depois do fim da colheita, se a gente oferecer às irmãs um pequeno aluguel? Senão vamos ter que passar pela complicação de fazer registro na Asistencia, procurar um emprego e encontrar um lugar para viver. E não estamos prontos para isso, não ainda, não é mesmo, Inés?"

Inés assente com a cabeça.

"Deixe eu falar com as irmãs", diz Roberta. "Vou falar com a señora Consuelo. Ela é a mais prática. Se ela disser que podem ficar na fazenda, vocês talvez possam dar uma telefonada para o señor Robles. Ele dá aula particular e não cobra muito caro. Faz isso por amor."

"Quem é o señor Robles?"

"É o engenheiro hidráulico do distrito. Mora uns quilômetros mais adiante no vale."

"Mas por que um engenheiro hidráulico dá aula particular?"

"Ele faz todo tipo de coisas além da engenharia. É um homem de muitos talentos. Está escrevendo a história do assentamento no vale."

"Uma história. Não sabia que lugares como Estrella têm história. Se me der o número de telefone, eu entro em contato com o señor Robles. E você não esquece de falar com a señora Consuelo?"

"Eu falo. Tenho certeza que ela não vai se opor que vocês fiquem aqui enquanto procuram alguma coisa mais permanente. Vocês devem estar loucos para mudar para uma casa própria."

"Na verdade, não. Estamos contentes com as coisas do jeito que estão. Para nós, viver como ciganos ainda é uma aventura, não é, Inés?"

Inés faz que sim.

"E o menino está contente também. Está aprendendo a vida, mesmo sem ir à escola. Tem alguma coisa que eu possa fazer na fazenda para retribuir sua gentileza?"

"Claro. Sempre tem alguma coisa." Roberta faz uma pausa, pensativa. "Mais uma coisa. Tenho certeza que vocês já sabem, este ano vai ter recenseamento. Os recenseadores são muito rigorosos. Passam por todas as fazendas, até as mais remotas. Então, se vocês estiverem tentando escapar do censo, não estou dizendo que estejam, não vai dar certo ficarem aqui."

"Não estamos tentando escapar de nada", diz ele, Simón. "Não somos fugitivos. Queremos simplesmente o que for melhor para nosso filho."

No dia seguinte, no fim da tarde, um caminhão para na fazenda e um homem grande, de rosto corado, desce. Roberta o cumprimenta e o leva para o dormitório. "Señor Simón, señora Inés, este é o señor Robles. Vou deixar vocês três à vontade para discutirem o assunto."

A discussão é breve. O señor Robles, como ele os informa, adora crianças e se dá bem com elas. Vai ficar contente de apresentar ao jovem Davíd, que foi muito elogiado pela señora Roberta, os elementos da matemática. Se eles concordarem, ele virá à fazenda duas vezes por semana para dar aula ao menino. Não aceita nenhum tipo de pagamento. Sua recompensa será entrar em contato com uma jovem mente brilhante. Ele próprio, ah!, não tem filhos. Sua esposa faleceu, ele é sozinho no mundo. Se entre os filhos dos outros colhedores de frutas houver algum que queira fazer as aulas junto com Davíd, será bem-vindo. E os pais, señora Inés e señor Simón, podem assistir à aula também, nem é preciso dizer.

"O senhor não vai achar aborrecido ensinar matemática elementar?", pergunta ele, señor Simón, pai.

"Claro que não", diz o señor Robles. "Para um matemático de verdade, os elementos da ciência são a parte mais interessante, e instilar os elementos numa mente jovem é o maior desafio. Um desafio gratificante."

Ele e Inés comunicam a oferta do señor Robles aos poucos colhedores de frutas que restaram na fazenda, mas quando chega a hora da primeira lição, Davíd é o único aluno, e ele, Simón, o único pai presente.

"Nós sabemos o que é um", diz o señor Robles, abrindo a aula, "mas o que é dois? Essa é a pergunta que temos hoje."

É um dia quente, sem vento. Estão sentados à sombra de uma árvore na frente do dormitório, o señor Robles e o menino de lados opostos de uma mesa, ele discretamente à parte, com Bolívar a seus pés.

Do bolso da camisa, o señor Robles tira duas canetas e as coloca lado a lado na mesa. De outro bolso, tira um frasco de vidro, sacode de dentro dele duas pílulas brancas e as coloca ao lado das canetas. "O que estas", a mão passa sobre as canetas, "e estas", a mão passa sobre as pílulas, "têm em comum, meu jovem?"

O menino fica em silêncio.

"Ignorando seu uso como instrumentos de escrita e remédio, olhando para elas como simples objetos, existe alguma propriedade que estas", ele empurra as canetas ligeiramente para a direita, "e estas", ele empurra as pílulas ligeiramente para a esquerda, "têm em comum? Alguma propriedade faz com que sejam parecidas?"

"São duas canetas e duas pílulas", diz o menino.

"Ótimo!", diz o señor Robles. "As duas pílulas são iguais, mas as duas canetas não são iguais porque uma é azul e a outra vermelha." "Mas mesmo assim são duas, não é? Então qual a propriedade que as pílulas e as canetas têm em comum?" "Duas. Duas canetas e duas pílulas. Mas não são as mesmas duas."

O señor Robles lança a ele, Simón, um olhar irritado. De seus bolsos, tira outra caneta e outra pílula. Agora são três canetas na mesa, três pílulas. "O que estas", ele para a mão sobre as canetas, "e estas", para a mão sobre as pílulas, "têm em comum?"

"Três", diz o menino. "Mas não são as mesmas três porque as canetas são diferentes."

O señor Robles ignora a qualificação. "E elas não precisam ser canetas ou pílulas, precisam? Eu podia muito bem trocar as canetas por laranjas e as pílulas por maçãs, e a resposta seria a mesma: três. Três é o que as da esquerda, as laranjas, têm em comum com as da direita, as maçãs. Três em cada grupo. Então o que nós aprendemos?" E antes que o menino possa responder, ele informa o que aprenderam: "Aprendemos que três não depende do que faz parte do conjunto, sejam maçãs ou laranjas, canetas ou pílulas. Três é o nome da propriedade que esses conjuntos têm em comum". Ele então afasta uma das canetas e uma das pílulas. "E três não é a mesma coisa que dois, porque", ele abre a mão na qual estão guardadas a caneta e a pílula que faltam, "eu subtraí um item, um de cada grupo. Então o que nós aprendemos? Aprendemos sobre o dois e sobre o três e exatamente do mesmo jeito podemos aprender sobre o quatro e o cinco e assim por diante até cem, até mil, até um milhão. Aprendemos uma coisa sobre os números: que cada número é o nome de uma propriedade de certos grupos de objetos no mundo."

"Até um milhão de milhões", diz o menino.

"Até um milhão de milhões e mais", concorda o señor Robles.

"Até as estrelas", diz o menino.

"Até o número das estrelas", concorda o señor Robles, "que pode ser infinito, nós ainda não sabemos com certeza. Então o que conseguimos até agora na nossa primeira aula? Descobrimos o que é um número e também descobrimos um jeito de contar: um, dois, três e assim por diante, um jeito de ir de um número para o seguinte numa ordem definida. Então vamos resumir. Me diga, Davíd, o que é dois?"

"Dois é quando tem duas canetas na mesa ou duas pílulas ou duas maçãs ou duas laranjas."

"Isso, muito bom, quase certo, mas não exatamente certo. Dois é o que as coisas têm em comum, maçãs, laranjas ou qualquer outro objeto."

"Mas tem de ser coisa dura", diz o menino. "Não pode ser mole."

"Pode ser um objeto duro ou um objeto mole. Pode ser qualquer objeto no mundo, sem restrição, contanto que haja mais de um dele. Isso é um ponto importante. Todo objeto do mundo está sujeito à aritmética. Na verdade, todo objeto do universo."

"Mas água não. Nem vômito."

"Água não é um objeto. Um copo de água é um objeto, mas a água em si não é um objeto. Um outro jeito de dizer isso é dizer que a água não é contável. Como o ar ou a terra. Ar e terra também não são contáveis. Mas nós podemos contar baldes de terra ou tubos de ar."

"Isso é bom?", pergunta o menino.

O señor Robles guarda as canetas no bolso, põe as pílulas de volta no frasco, vira-se para Simón. "Vou dar uma passada aqui de novo na quinta-feira", ele diz. "Aí podemos mudar para adição e subtração; como juntamos dois grupos para conseguir uma soma, ou removemos elementos de um grupo para ter uma diferença. Nesse meio-tempo, seu filho pode praticar contagem."

"Eu já sei contar", diz o menino. "Sei contar até um milhão. Aprendi sozinho."

O señor Robles se levanta. "Qualquer um consegue contar até um milhão", ele diz. "O importante é entender o que os números são de fato. Para ter uma base firme."

"Tem certeza que não quer ficar?", diz ele, Simón. "Inés está fazendo chá."

"Ah, não tenho tempo", diz o señor Robles e vai embora numa nuvem de poeira.

Inés aparece com a bandeja de chá. "Ele foi embora?", pergunta. "Achei que ia ficar para o chá. Foi uma aula muito curta. Como foi?"

"Ele vai voltar na quinta que vem", diz o menino. "E aí nós vamos fazer o quatro. Hoje a gente fez o dois e o três."

"Não vai ser muito demorado fazer só um número de cada vez?", diz Inés. "Não tem um jeito mais rápido?"

"O señor Robles quer ter certeza de que os fundamentos estejam firmes", diz ele, Simón. "Com os fundamentos bem firmes, vamos estar prontos para levantar nosso edifício matemático em cima deles."

"O que é um edifício?", pergunta o menino.

"Edifício é um prédio. Esse edifício em particular vai ser uma torre, eu acho, que vai subir até o céu. Leva muito tempo para construir uma torre. Temos de ter paciência."

"Ele só precisa ser capaz de fazer somas", diz Inés, "para não levar desvantagem na vida. Por que precisa ser um matemático?"

Faz-se um silêncio.

"O que você acha, Davíd?", diz ele, Simón. "Você quer continuar com essas aulas? Está aprendendo alguma coisa?"

"Eu já sei do quatro", diz o menino. "Sei todos os números. Eu já falei, mas você não escutou."

"Eu acho que nós devemos cancelar", diz Inés. "É perda de tempo. Podemos encontrar alguma outra pessoa para ensinar, alguém preparado para ensinar soma."

Ele conta a novidade para Roberta. ("Que pena!", ela diz. "Mas vocês são os pais, vocês é que sabem.") e telefona para o señor Robles. "Ficamos imensamente gratos, señor Robles, por sua generosidade e paciência, mas Inés e eu achamos que o menino precisa de alguma coisa mais simples, alguma coisa mais prática."

"Matemática não é simples", diz o señor Robles.

"Matemática não é simples, concordo, mas nosso plano nunca foi transformar o Davíd num matemático. Só queremos que ele não sofra as consequências de não ir para a escola. Queremos que ele se sinta seguro ao lidar com números."

"Señor Simón, só encontrei com seu filho uma vez, não sou psicólogo, minha formação é em engenharia, mas tenho de dizer uma coisa ao senhor. Desconfio que o Davíd possa sofrer de uma espécie de déficit cognitivo. Isso quer dizer que ele tem uma deficiência em certa capacidade mental básica, nesse caso a capacidade de classificar objetos com base na semelhança. Essa capacidade vem tão naturalmente para nós, seres humanos normais, que mal temos consciência dela. É a capacidade de ver objetos como membros de classes que torna a linguagem possível. Não precisamos ver cada três como uma entidade individual, como os animais fazem, mas podemos ver como um exemplo da classe *três*. É também isso que torna possível a matemática

"Por que eu levantei a questão da classificação? Fiz isso porque em certos casos raros essa faculdade é fraca ou ausente. Essas pessoas vão ter sempre dificuldade com matemática e com linguagem abstrata em geral. Desconfio que seu filho seja assim."

"Por que está me dizendo isso, señor Robles?"

"Porque acho que você tem um dever para com o menino, fazer com que ele passe por uma investigação mais profunda sobre sua condição e então talvez adaptar a forma que a educação dele deve assumir. Acho que o senhor devia marcar uma consulta urgente com um psicólogo, de preferência alguém especializado em desordens cognitivas. O Departamento de Educação pode fornecer nomes."

"*Adaptar a forma de educação dele*: o que o senhor quer dizer com isso?"

"Falando de modo simples, quero dizer que, se ele vai sempre lutar com números e conceitos abstratos, talvez seja melhor ele ir, por exemplo, para uma escola técnica, onde vai aprender alguma coisa útil como encanamento ou carpintaria. Só isso. Vejo que o senhor resolveu cancelar nossas aulas de matemática e concordo com sua decisão. Acho que é sensata. Desejo ao senhor, sua esposa e filho um futuro feliz. Boa noite."

"Falei com o señor Robles", ele diz a Inés. "Cancelei as aulas. Ele acha que o Davíd devia ir para uma escola técnica, aprender a ser encanador."

"Queria que o señor Robles estivesse aqui para eu lhe dar uma bofetada", diz Inés. "Eu nunca fui com a cara dele."

No dia seguinte, ele dirige pelo vale até a casa do señor Robles e deixa na porta dos fundos um litro de azeite de oliva, com um cartão. "Agradecimentos de Davíd e seus pais", diz o cartão.

Então ele tem uma conversa séria com o menino. "Se a gente encontrar outro professor, alguém que ensine só somas simples para você, não matemática, você vai ouvir? Vai fazer o que mandamos?"

"Eu ouvi o señor Robles."

"Eu sei perfeitamente que você não ouviu o señor Robles. Você sabotou. Gozou da cara dele. Disse bobagens de propósito. O señor Robles é um homem inteligente. Tem diploma de engenharia da universidade. Você podia ter aprendido com ele, mas em vez disso resolveu se fazer de bobo."

"Eu não sou bobo, o señor Robles é que é bobo. Eu já sei somar. Sete com nove é dezesseis. Sete com dezesseis é vinte e três."

"Por que não mostrou para ele que sabe fazer soma enquanto ele estava aqui?"

"Porque, do jeito dele, você primeiro tem de ficar pequeno. Tem de ficar pequeno igual a uma ervilha, e depois pequeno igual uma ervilha dentro de uma ervilha, depois uma ervilha dentro de uma ervilha dentro de uma ervilha. Depois você pode fazer os números dele, quando é pequeno pequeno pequeno pequeno pequeno."

"E por que você tem de ser tão pequeno para fazer números do jeito dele?"

"Porque os números dele não são números de verdade."

"Bom, queria que você tivesse explicado isso para ele em vez de se fazer de bobo, irritar o homem e fazer ele ir embora."

4.

Passam-se dias, o vento de inverno começa a soprar. Bengi e seus parentes vão embora. Roberta se ofereceu para levá-los de carro até a estação rodoviária, onde vão tomar o ônibus para o norte e procurar trabalho em uma das fazendas das grandes planícies. Maite e as duas irmãs, usando suas roupas idênticas, vêm se despedir. Maite traz um presente para Davíd: uma caixinha que ela fez com papelão duro, pintada com um desenho delicado de flores e vinhas pendentes. "É pra você", ela diz. Bruscamente e sem nem uma palavra de agradecimento, Davíd aceita a caixa. Maite oferece o rosto para um beijo. Ele finge não perceber. Coberta de vergonha, Maite dá a volta e sai correndo. Até mesmo Inés, que não gosta da menina, fica com pena de sua aflição.

"Por que você trata Maite com tanta crueldade?", ele, Simón, pergunta. "E se você nunca mais se encontrar com ela? Por que deixar que ela leve uma lembrança tão ruim para o resto da vida?"

"Eu não posso perguntar pra você, então você não pode perguntar pra mim", diz o menino.

"Te perguntar o quê?"

"Perguntar por quê."

Ele, Simón, balança a cabeça, intrigado.

Nessa noite, Inés encontra a caixa pintada jogada no lixo.

Eles esperam para saber mais sobre as academias, a Academia de Canto e a Academia de Dança, mas Roberta parece ter esquecido. Quanto ao menino, ele parece perfeitamente feliz sozinho, correndo pela fazenda, ocupado com as coisas dele ou sentado no beliche, absorto em seu livro. Mas Bolívar, que no começo o acompanhava em todas as suas atividades, agora prefere ficar em casa, dormindo.

O menino reclama de Bolívar. "O Bolívar não gosta mais de mim", diz.

"Ele gosta de você como sempre", diz Inés. "Só não é mais tão novo como era. Não acha mais divertido ficar correndo por aí o dia inteiro como você. Fica cansado."

"Um ano de cachorro é igual a sete anos da gente", diz ele, Simón. "O Bolívar está na meia-idade."

"Quando ele vai morrer?"

"Não vai ser logo. Ele ainda tem muitos anos pela frente."

"Mas ele vai morrer?"

"Vai, ele vai morrer. Cachorros morrem. São mortais, como nós. Se quiser um bicho de estimação que viva mais que você, precisa conseguir um elefante ou uma baleia."

Mais tarde, nesse mesmo dia, quando está serrando lenha (uma das tarefas que assumiu), o menino vem a ele com uma nova ideia. "Simón, sabe aquela máquina grande no barracão? A gente pode pôr as azeitonas lá dentro para fazer azeite de oliva?"

"Acho que não vai funcionar, meu menino. Você e eu não temos força suficiente para girar as rodas. Antigamente usavam um boi. Amarravam o boi num pau e ele andava em círculos, girando as rodas."

"E aí davam azeite de oliva pra ele beber?"

39

"Se ele quisesse azeite de oliva davam azeite de oliva. Mas geralmente bois não bebem azeite de oliva. Eles não gostam."

"E ele dava leite?"

"Não, são as vacas que dão leite, não os bois. O boi não tem nada para dar além de trabalho. Ele gira a prensa de azeitonas ou puxa o arado. Em troca disso ganha nossa proteção. A gente protege o boi dos inimigos dele, os leões e tigres que querem matá-lo."

"E quem protege os leões e tigres?"

"Ninguém. Leões e tigres se recusam a trabalhar para nós, então não damos proteção a eles. Eles têm de se proteger sozinhos."

"E tem leões e tigres aqui?"

"Não. O tempo deles já passou. Os leões e tigres foram embora. Ficaram no passado. Se quiser encontrar leões e tigres, vai ter de procurar nos livros. Bois também. O tempo dos bois praticamente acabou. Hoje nós temos máquinas que fazem o trabalho por nós."

"Deviam inventar uma máquina pra colher azeitona. Aí você e Inés não iam precisar trabalhar."

"É verdade. Mas se inventarem uma máquina para colher azeitonas, os colhedores de azeitonas como nós vão ficar sem emprego e, portanto, sem dinheiro. É uma discussão bem antiga. Algumas pessoas tomam o partido das máquinas, outras o partido dos colhedores manuais."

"Eu não gosto de trabalhar. Trabalhar é chato."

"Nesse caso, você tem sorte de ter pais que não acham ruim trabalhar. Porque sem nós você ia morrer de fome e não ia gostar disso."

"Eu não ia morrer de fome. A Roberta me dava comida."

"Daria, sem dúvida, por bondade dela, ela te daria comida. Mas você quer mesmo viver assim: da caridade dos outros?"

"O que é caridade?"

"Caridade é a bondade dos outros, a generosidade dos outros."

O menino lhe lança um olhar estranho.

"Você não pode contar para sempre com a bondade das pessoas", ele continua. "Tem de dar assim como recebe, senão não é equilibrado, não é justo. Que tipo de pessoa você quer ser: o tipo que dá ou o tipo que recebe? Qual é melhor?"

"O tipo que recebe."

"É mesmo? Você acha mesmo isso? Não é melhor dar do que receber?"

"Leões não dão. Tigres não dão."

"E você quer ser tigre?"

"Eu não quero *ser* tigre. Só estou dizendo pra você. Tigres não são ruins."

"Tigres não são bons também. Eles não são humanos, então estão fora da bondade ou da maldade."

"Bom, eu também não quero ser humano."

Eu também não quero ser humano. Ele conta essa conversa para Inés. "Me perturba quando ele fala desse jeito", diz. "Será que cometemos um grande erro tirando-o da escola e trazendo-o para fora da sociedade, deixando que corresse solto com as outras crianças?"

"Ele gosta de animais", diz Inés. "Não quer ser como nós, que ficamos sentados preocupados com o futuro. Ele quer ser livre."

"Não acho que seja isso que ele quer dizer quando fala que não quer ser humano", diz ele. Mas Inés não está interessada.

Roberta chega trazendo uma mensagem: eles foram convidados a tomar chá com as irmãs, às quatro horas, na casa-grande. Davíd deve ir também.

De sua mala, Inés tira o melhor vestido e sapatos que combinam. Ela fica aflita com o estado de seu cabelo. "Não vejo cabeleireiro desde que saímos de Novilla", ela diz. "Estou parecendo uma louca." Ela faz o menino vestir a camisa de babados e o sapato com botões, embora ele reclame que estejam muito pequenos e machuquem seus pés. Ela molha o cabelo dele e o alisa com a escova.

Pontualmente às quatro horas se apresentam na porta da frente. Roberta os conduz por um corredor até os fundos da casa, a uma sala cheia de mesinhas, banquinhos e bricabraques. "Esta é a sala de inverno", diz Roberta. "Pega o sol da tarde. Sentem. As irmãs já vêm. E por favor, não falem dos patos, vocês lembram?, os patos que o outro menino matou."

"Por quê?", o menino pergunta.

"Porque elas vão ficar chateadas. Têm bom coração. São pessoas boas. Elas querem que a fazenda seja um refúgio para a vida silvestre."

Enquanto esperam, eles inspecionam os quadros nas paredes: aquarelas, paisagens (ele reconhece a represa onde os malfadados patos nadaram), bem-feitinhas, mas amadoras.

Entram duas mulheres, em seguida Roberta com uma bandeja de chá. "Aqui estão eles", Roberta anuncia. "A señora Inés, seu marido, o señor Simón, e o filho deles, Davíd. Señora Valentina e señora Consuelo."

Ele adivinha que as mulheres, claramente irmãs, estão nos seus sessenta anos, são grisalhas e se vestem sobriamente. "Muito honrado, señora Valentina, señora Consuelo", ele diz, com uma reverência. "Permitam que eu agradeça por nos darem um lugar para ficar em sua bela propriedade."

"Eu não sou filho deles", Davíd diz com voz calma, controlada.

"Ah", diz uma das irmãs com falsa surpresa, Valentina ou

Consuelo, ele não sabe qual é qual. "De quem você é filho então?"

"De ninguém", Davíd responde com firmeza.

"Então você não é filho de ninguém, rapazinho", diz Valentina ou Consuelo. "Muito interessante. Uma condição muito interessante. Quantos anos você tem?"

"Seis."

"Seis. E não vai à escola, pelo que sei. Você não gostaria de ir à escola?"

"Eu já fui na escola."

"E?"

Inés intervém. "Nós pusemos o menino na escola no último lugar onde moramos, mas ele teve professores ruins lá, então resolvemos que seria educado em casa. Por enquanto."

"Eles fazem provas com as crianças", ele, Simón, acrescenta, "provas mensais, para avaliar o progresso delas. Davíd não gostava de ser avaliado, então escrevia coisas sem sentido nas provas, o que causou problemas para ele. Problemas para nós."

A irmã o ignora. "Você gostaria de ir à escola, Davíd, e conhecer outras crianças?"

"Prefiro aprender em casa", Davíd responde, elegantemente.

Enquanto isso, a outra irmã serve o chá. "Com açúcar, Inés?", ela pergunta, Inés nega com a cabeça. "E você, Simón?"

"É chá?", pergunta o menino. "Eu não gosto de chá."

"Então você não precisa tomar", diz a irmã.

"Inés, Simón, vocês devem estar se perguntando", diz a primeira irmã, "por que foram convidados a vir aqui. Bom, a Roberta tem nos falado do seu filho, do quanto ele é esperto, esperto e falante, como está perdendo tempo com os filhos dos colhedores de frutas, quando devia estar aprendendo. Nós discutimos o assunto, minha irmã e eu, e achamos que gostaríamos de fazer uma proposta a vocês. E se vocês estão querendo saber, a propósito, onde está a terceira irmã, uma vez que eu sei que nós somos conhecidas por todo o distrito como 'as Três Irmãs', informo que a señora Alma infelizmente está indisposta. Ela sofre de melancolia e hoje está num daqueles dias em que a melancolia toma conta dela. Um dos seus dias negros, como ela diz. Mas ela concorda inteiramente com nossa proposta.

"Nossa proposta é que vocês matriculem seu filho em uma das academias particulares de Estrella. Acredito que a Roberta contou um pouco sobre as academias para vocês: a Academia de Canto e a Academia de Dança. Nós recomendamos a Academia de Dança. Conhecemos o diretor, señor Arroyo, e a esposa dele, e podemos garantir que são boas pessoas. Além do treinamento em dança, eles oferecem uma excelente educação geral. Nós, minhas irmãs e eu, nos responsabilizamos pela mensalidade enquanto ele estudar lá."

"Eu não gosto de dançar", diz Davíd. "Gosto de cantar."

As duas irmãs trocam um olhar. "Nós não temos nenhum contato pessoal com a Academia de Canto", diz Valentina ou Consuelo, "mas acho que temos razão para dizer que eles não fornecem uma boa educação geral. A função deles é formar pessoas para serem cantores profissionais. Você quer ser um cantor profissional, Davíd, quando ficar mais velho?"

"Não sei. Ainda não sei o que eu quero ser."

"Não quer ser bombeiro ou maquinista de trem como os outros meninos pequenos?"

"Não. Eu queria ser salva-vidas, mas eles não deixam."

"Quem não deixa?"

"O Simón."

"E por que Simón é contra você ser salva-vidas?"

Ele, Simón, fala. "Não me oponho a que ele seja salva-vidas. Não me oponho a nenhum dos planos ou sonhos dele. No que me diz respeito — a mãe dele talvez pense diferente —, ele pode ser salva-vidas, pescador, cantor, ou o homem da lua, conforme escolher. Não conduzo a vida dele, nem finjo mais lhe dar conselhos. A verdade é que ele é tão voluntarioso que nos cansou, à mãe dele e a mim. Ele é como um trator. Passou em cima de nós. Fomos esmagados. Não temos mais resistência."

Inés olha para ele boquiaberta, atônita. Davíd sorri para si mesmo.

"Que estranho desabafo!", diz Valentina. "Não ouço um desabafo assim há anos. E você, Consuelo?"

"Há anos", diz Consuelo. "Bastante dramático! Obrigada, Simón. Agora, o que você diz de nossa proposta de matricular o jovem Davíd na Academia de Dança?"

"Onde fica essa academia?", Inés pergunta.

"Na cidade, no centro da cidade, no mesmo prédio do museu de arte. Infelizmente vocês não poderiam ficar aqui na fazenda. É muito longe. A viagem seria demais. Vocês teriam de encontrar acomodações por lá. Mas vocês não gostariam de ficar na fazenda realmente, agora que acabou a colheita. Iam achar muito solitário, muito entediante."

"Não achamos nada entediante", diz ele, Simón. "Pelo contrário, estamos florescendo. Gostamos de cada minuto que passamos aqui. Na verdade, eu combinei com a Roberta de ajudar nos serviços gerais enquanto ficamos nos barracões. Sempre tem alguma coisa para ser feita, mesmo fora de temporada. Podar, por exemplo. Limpar."

Ele olha para Roberta em busca de apoio. Ela olha firme para longe.

"O que você chama de barracões são os dormitórios", diz Valentina. "Os dormitórios vão ficar fechados durante o inverno, portanto vocês não podem ficar lá. Mas Roberta pode aconselhar onde vocês podem encontrar alojamento. E se nada der certo, tem sempre a Asistencia."

Inés se levanta. Ele a acompanha.

"Vocês não deram uma resposta", diz Consuelo. "Precisam de um tempo para discutir o assunto? O que você acha, rapazinho? Não gostaria de ir para a Academia de Dança? Vai conhecer outras crianças lá."

"Eu quero ficar aqui", diz o menino. "Não gosto de dançar."

"Infelizmente", diz a señora Valentina, "você não pode ficar aqui. Além disso, como você é muito novo e não tem conhecimento do mundo, só preconceitos, não tem condições de tomar decisões sobre o seu futuro. Minha sugestão", ela estende a mão, engancha um dedo debaixo do queixo dele, ergue sua cabeça de forma que ele tem de olhar diretamente para ela, "minha sugestão é que você deixe seus pais, Inés e Simón, discutirem a nossa oferta, e então se conformar com a decisão que eles tomarem, com espírito de obediência filial. Entendido?"

Davíd olha firme para ela. "O que é obediência filial?", ele pergunta.

46

5.

Com uma longa série de colunas de arenito na fachada, o museu de arte fica do lado norte da praça principal de Estrella. Seguindo as instruções, eles passam na frente da entrada principal e vão para uma porta estreita de uma rua que fica ao lado, sobre a qual há uma placa em floreados caracteres dourados: *Academia de la Danza* e uma flecha indicando uma escada. Sobem ao segundo andar, passam por portas de vaivém, e de repente estão em um grande estúdio bem iluminado, vazio, exceto por um piano de armário num canto.

Entra uma mulher, alta, magra, toda vestida de preto. "Pois não?", ela pergunta.

"Gostaria de falar com alguém para matricular meu filho", diz Inés.

"Matricular seu filho em...?"

"Matricular na sua Academia. Acho que a señora Valentina conversou com o seu diretor. Davíd é o nome do meu filho. Ela nos garantiu que as crianças matriculadas na sua Academia recebem educação geral. Quer dizer, não só de dança." Ela pronuncia a palavra *dança* com certo desdém. "É na educação geral que estamos interessados, nem tanto na dança."

"A señora Valentina realmente falou conosco sobre o seu filho. Mas deixei bem claro para ela e devo deixar bem claro para a senhora: esta não é uma escola regular, nem substitui uma escola regular. É uma academia dedicada ao treinamento da alma através da música e da dança. Se está procurando educação regular para seu filho, seria mais bem servida pelo sistema de escolas públicas."

O treinamento da alma. Ele toca o braço de Inés. "Se me permite", ele diz, dirigindo-se àquela moça pálida, tão pálida que parece sem sangue (*alabastro* é a palavra que ocorre a ele), mas bonita mesmo assim, muito bonita; talvez isso é que tenha provocado a hostilidade de Inés, a beleza, como de uma estátua que ganhou vida e vaga pelo museu, "se me permite... Somos estrangeiros em Estrella, recém-chegados. Estávamos trabalhando na fazenda da señora Valentina e de suas irmãs temporariamente, enquanto nos instalávamos aqui. As irmãs, com muita gentileza, se interessaram por Davíd e ofereceram assistência financeira a ele para frequentar sua Academia. Falam muito bem da Academia. Dizem que são famosos por fornecer excelente educação geral, que seu diretor, o señor Arroyo, é um respeitado educador. Podemos marcar uma hora para falar com o señor Arroyo?"

"O señor Arroyo, meu marido, não está disponível. Não estamos trabalhando esta semana. As aulas recomeçam na segunda-feira, depois da pausa. Mas se quiserem discutir questões práticas podem falar comigo. Antes de tudo: seu filho virá como aluno interno?"

"Interno? Ninguém nos disse que havia internato."

"Temos um número limitado para internos."

"Não, Davíd vai morar conosco, não é, Inés?"

Inés faz que sim.

"Muito bem. Em seguida, calçado. Seu filho tem sapatilhas de dança? Não? Ele vai precisar de sapatilhas de dança. Vou anotar o endereço de uma loja onde vocês podem comprar. E também roupa mais leve, mais confortável. É importante que o corpo esteja solto."

"Sapatilhas de dança. Vamos cuidar disso. A senhora falou agora há pouco da alma, do treinamento da alma. Em que direção vocês treinam a alma?"

"Na direção do bem. Da obediência ao bem. Por que pergunta?"

"Por nada. E o resto do currículo, além da dança? Precisamos comprar algum livro?"

Há algo inquietante na aparência da mulher, algo que ele não consegue identificar. Então ele reconhece o que é. Ela não tem sobrancelhas. Depilou ou raspou as sobrancelhas; ou talvez nunca tenham crescido. Sob o cabelo claro, bastante escasso, puxado para trás rente à cabeça, há uma extensão de testa nua tão larga quanto a mão dele. Os olhos, de um azul mais escuro que o azul do céu, encontram o olhar dele com calma, com segurança. *Ela enxerga através de mim*, ele pensa, *através de toda essa conversa*. Ela não é tão jovem como ele pensou de início. Trinta? Trinta e cinco?

"Livros?" Ela abana a mão, descartando a ideia. "Livros vêm depois. Cada coisa a seu tempo."

"E as salas de aula", diz Inés. "Posso ver as salas de aula?"

"Esta é a nossa única sala de aula." Ela abrange o estúdio com o olhar. "Aqui é onde as crianças dançam." Ela dá um passo, se aproxima, pega a mão de Inés. "Señora, tem de entender que isto é uma academia de dança. Primeiro vem a dança. Todo o resto é secundário. Todo o resto vem depois."

Ao toque dela, Inés visivelmente enrijece. Ele sabe muito bem como Inés resiste, recua mesmo, ao toque humano.

A señora Arroyo se volta para o menino. "Davíd. Esse é o seu nome?"

Ele espera o desafio de sempre, a negativa usual (*"Não é meu nome de verdade"*). Mas não: o menino ergue o rosto para ela como uma flor se abrindo.

"Bem-vindo à nossa Academia, Davíd. Tenho certeza de que você vai gostar. Eu sou a señora Arroyo e vou cuidar de você. Agora, você ouviu o que eu disse aos seus pais sobre sapatilhas de dança e não usar roupa apertada?"

"Ouvi."

"Bom. Então vou esperar você na segunda-feira de manhã, às oito horas em ponto. É quando começa o nosso trimestre. Venha cá. Sinta o chão. Uma delícia, não é? Foi feito especialmente para dançar, com tábuas cortadas de cedro que cresceu no alto das montanhas, por carpinteiros, verdadeiros artesãos, que deixaram o piso o mais liso possível. A gente encera toda semana até ficar brilhando e todo dia polimos de novo com os pés dos estudantes. Tão liso e quente! Está sentindo o calor?"

O menino faz que sim. Nunca ele o viu tão receptivo antes: receptivo, confiante, infantil.

"Bom, então até logo, Davíd. A gente se vê na segunda-feira, com sapatilhas novas. Até logo, señora. Até logo, señor." As portas de vaivém se fecham atrás deles.

"Ela é alta, não é?, a señora Arroyo", ele pergunta ao menino. "Alta e graciosa também, como uma verdadeira bailarina. Você gosta dela?"

"Gosto."

"Então está decidido? Você vai para a escola dela?"

"Vou."

"E podemos contar para a Roberta e as três irmãs que nossa busca deu certo?"

"Podemos."

"O que você diz, Inés: nossa busca deu certo?"

"Eu digo o que penso quando tiver visto o tipo de educação que eles dão."

Bloqueando a saída para a rua há um homem de costas para eles. Usa uma farda cinzenta amassada, o boné empurrado para trás da cabeça; está fumando um cigarro.

"Com licença", ele (Simón) diz.

O homem, evidentemente perdido numa divagação, se sobressalta, depois se recupera e com um extravagante gesto de braço indica que passem: "Señora y señores...". Ao passar por ele, são envolvidos por fumaça de tabaco e cheiro de roupa suja.

Na rua, como eles hesitam, procurando se localizar, o homem de cinza diz: "Señor, está procurando o museu?".

Ele se vira para olhar para o homem. "Não. Nosso assunto era com a Academia de Dança."

"Ah, a Academia de Ana Magdalena!" A voz dele é profunda, a voz de um verdadeiro baixo. Ele joga o cigarro de lado e se aproxima. "Então deixe eu adivinhar: você vai se matricular na Academia, rapazinho, e virar um famoso bailarino! Espero que algum dia encontre tempo de dançar para mim." Ele mostra os dentes amarelados num grande sorriso envolvente. "Bem-vindo! Se vai frequentar a Academia, vai me ver bastante, então deixe eu me apresentar. Meu nome é Dmitri. Eu trabalho no museu, onde sou o assistente principal. Esse é o meu título, um título grandioso! O que faz um assistente principal? Bom, é dever do assistente principal tomar conta dos quadros e esculturas do museu, proteger tudo da poeira e de inimigos naturais, trancar tudo com segurança à noite e soltar de manhã. Como assistente principal estou aqui todos os dias, menos sábados, então naturalmente eu encontro toda a meninada da Academia, eles e os pais deles." Ele se volta para Simón. "O que achou da *estimable* Ana Magdalena? Ficou impressionado com ela?"

Ele troca um olhar com Inés. "Falamos com a señora Arroyo, mas ainda não está nada resolvido", ele diz. "Vamos ter de pesar nossas opções."

Dmitri, o libertador de estátuas e pinturas, franze a testa. "Não precisa disso. Não precisa pesar nada. Seria idiotice recusar a Academia. Iriam lamentar pelo resto da vida. O señor Arroyo é um mestre, um verdadeiro mestre. Não existe outra palavra para ele. É uma honra ele viver aqui entre nós em Estrella, que nunca foi uma grande cidade, ensinando para nossas crianças a arte da dança. Se eu estivesse no lugar do filho de vocês, ia pedir noite e dia para ser aceito na Academia dele. Podem esquecer as outras opções, sejam quais forem."

Ele não tem certeza se gosta desse Dmitri, com sua roupa malcheirosa e seu cabelo oleoso. Certamente não gosta de ouvir sermão em público (estão no meio da manhã, as ruas cheias de gente). "Bom", ele diz, "isso nós é que temos de decidir, não é, Inés? E agora temos de ir. Até logo." Ele pega a mão do menino, vão embora.

No carro, o menino fala pela primeira vez. "Por que você não gosta dele?"

"Do guarda do museu? Não é uma questão de gostar ou não gostar. Ele é um estranho. Não conhece a gente, não sabe das nossas condições. Não devia meter o nariz onde não foi chamado."

"Eu não gosto dele porque ele tem barba."

"Que bobagem."

"Ele não tem barba", diz Inés. "É diferente você usar uma barba bonita, tratada e não cuidar da aparência. Esse homem não faz a barba, não toma banho, não usa roupa limpa. Não é um bom exemplo para as crianças."

"Quem é um bom exemplo para as crianças? O Simón é um bom exemplo?"

Há um silêncio.

"Você é um bom exemplo, Simón?", o menino pressiona.

Como Inés não vai ficar do seu lado, ele tem de se defender sozinho. "Eu tento", ele diz. "Tento ser um bom exemplo. Se não consigo, não é por falta de tentar. Espero ter sido, no geral, um bom exemplo. Mas você é que tem de julgar isso."

"Você não é meu pai."

"Não, não sou. Mas isso não me desqualifica de ser um bom exemplo, não é?"

O menino não responde. De fato, perde o interesse, desliga, olha distraído pela janela (estão passando pelo mais feio dos bairros, quarteirão após quarteirão de casinhas como caixas). Cai um longo silêncio.

"Dmitri tem som de cimitarra", o menino diz de repente. "Pra cortar sua cabeça." Uma pausa. "Eu gosto dele, mesmo vocês não gostando. Eu quero ir pra Academia."

"O Dmitri não tem nada a ver com a Academia", diz Inés. "Ele é apenas um porteiro. Se você quer ir para a Academia, se já resolveu mesmo, pode ir. Mas assim que eles começarem a reclamar que você é esperto demais e quiserem mandá-lo para psicólogos e psiquiatras, eu tiro você na mesma hora."

"Não precisa ser inteligente pra dançar", diz o menino. "Quando nós vamos comprar minha sapatilha de dança?"

"Vamos comprar agora. Simón vai nos levar na loja de sapatos agora mesmo, naquele endereço que a professora deu."

"Você odeia ela também?", o menino pergunta.

Agora é a vez de Inés olhar pela janela.

"Eu gosto dela", diz o menino. "Ela é bonita. Mais bonita que você."

"Você tem de aprender a julgar as pessoas pelas qualidades interiores", diz ele, Simón. "Não por serem bonitas ou não. Ou se têm barba ou não."

"O que são qualidades interiores?"

"Qualidades interiores são qualidades como bondade, honestidade e senso de justiça. Você com certeza leu sobre isso no *Dom Quixote*. Existe uma porção de qualidades interiores, mais do que consigo dizer assim de cabeça, teria de ser filósofo para saber a lista inteira, mas beleza não é uma qualidade interior. Sua mãe é tão bonita quanto a señora Arroyo, só que de um jeito diferente."

"A señora Arroyo é boa."

"É, concordo, ela parece ser boa. E parece ter gostado de você."

"Então ela tem qualidades interiores."

"É, Davíd, ela é boa além de ser bonita. Mas beleza e bondade não estão ligadas. Ser bonita é um acidente, uma questão de sorte. Nós podemos nascer bonitos e podemos nascer comuns, não temos como escolher. Enquanto ser bom não é um acidente. Nós não nascemos bons. Nós aprendemos a ser bons. Nós ficamos bons. Essa é a diferença."

"O Dmitri tem qualidades interiores também."

"O Dmitri pode muito bem ter qualidades interiores, eu posso ter sido apressado no meu julgamento, concordo. Simplesmente não observei nenhuma qualidade interior nele, não hoje. Não estavam visíveis."

"O Dmitri é bom. O que quer dizer *estimable*? Por que ele falou a *estimable Ana Magdalena*?"

"Estimável. Você com certeza deve ter encontrado essa palavra no *Dom Quixote*. Estimar alguém é respeitar e honrar a pessoa. Mas o Dmitri estava usando a palavra ironicamente. Estava fazendo uma espécie de piada. *Estimable* é uma palavra que se usa geralmente para gente mais velha, não para alguém da idade da señora Arroyo. Por exemplo, se eu chamasse você de *estimable jovem Davíd* ficaria engraçado."

"*Estimable velho Simón.* É engraçado também."

"Se você acha..."

As sapatilhas de dança, afinal, só existiam em duas cores, ouro e prata. O menino recusou ambas.

"É para a Academia do señor Arroyo?", o vendedor perguntou.

"É."

"Todas as crianças da Academia são equipadas com as nossas sapatilhas", diz o vendedor. "Todos eles usam ou ouro ou prata, sem exceção. Se você aparecer usando sapatilhas pretas ou brancas, rapazinho, com certeza vai receber olhares bem estranhos."

O vendedor é um homem alto, curvado, com um bigode tão fino que podia ser desenhado a carvão em cima do lábio.

"Está ouvindo o cavalheiro, Davíd?", diz ele, Simón. "É ouro ou prata, ou dançar de meia. Qual vai ser?"

"Ouro", diz o menino.

"Ouro então", ele diz ao vendedor. "Quanto é?"

"Quarenta e nove *reales*", diz o vendedor. "Deixe ele experimentar este par para ver o tamanho."

Ele olha para Inés. Inés balança a cabeça. "Quarenta e nove *reales* para uma sapatilha de criança", ela diz. "Como o senhor pode cobrar um preço desses?"

"São feitas de pelica. Não são sapatilhas comuns. Desenhadas para bailarinos. Tem um suporte para o arco embutido."

"Quarenta *reales*", diz Inés.

O homem balança a cabeça. "Muito bem, quarenta e nove", ele, Simón, diz.

O homem põe o menino sentado, tira seus sapatos, desliza as sapatilhas de dança em seus pés. Elas servem perfeitamente. Ele paga ao homem quarenta e nove *reales*. O homem embrulha as sapatilhas com a caixa e a entrega a Inés. Em silêncio, saem da loja.

"Posso levar?", o menino pergunta. "Custou muito dinheiro?"

"Muito dinheiro para um par de sapatilhas", diz Inés.

"Mas é muito dinheiro?"

Ele espera Inés responder, porém ela se cala. "Não existe uma coisa como muito dinheiro em si mesmo", ele diz pacientemente. "Quarenta e nove *reales* é muito dinheiro para um par de sapatilhas. Por outro lado, quarenta e nove *reales* não seria muito dinheiro para um carro ou uma casa. A água não custa quase nada aqui em Estrella, enquanto no deserto, se você está morrendo de sede, dá tudo o que tem por um gole de água."

"Por quê?", o menino pergunta.

"Por quê? Porque ficar vivo é mais importante que qualquer outra coisa."

"Por que ficar vivo é mais importante que qualquer outra coisa?"

Ele está quase respondendo, uma resposta correta, paciente, educativa, quando alguma outra coisa cresce dentro dele. Raiva? Não. Irritação? Não: mais que isso. Desespero? Talvez: uma forma menor de desespero. Por quê? Porque ele gostaria de acreditar que está orientando o menino pelo labirinto da vida moral quando responde correta, pacientemente, suas incessantes perguntas de *por quê*. Mas onde está a prova de que o menino absorve sua orientação ou mesmo dá ouvidos ao que ele diz?

Ele para onde está na calçada movimentada. Inés e o menino param também e olham para ele, intrigados. "Pense o seguinte", ele diz. "Estamos andando pelo deserto, você, Inés e eu. Você me diz que está com sede e eu ofereço um copo de água. Em vez de beber a água, você despeja na areia. Você diz que está com sede de respostas. *Por que isto? Por que aquilo?* Eu, como sou paciente, como te amo, dou uma resposta a cada pergunta, respostas que você despeja na areia. Hoje, pelo menos, estou cansado de te oferecer água. *Por que ficar vivo é importante?* Se a vida não parece importante para você, tudo bem."

Inés leva a mão à boca, em desalento. Quanto ao menino, seu rosto se contrai numa carranca. "Você diz que me ama, mas você não me ama", ele diz. "Você só finge."

"Eu te dou as melhores respostas que tenho. E você joga fora como uma criança. Não fique surpreso se eu perder a paciência com você de vez em quando."

"Você está sempre dizendo isso. Está sempre dizendo que eu sou criança."

"Você é criança, e uma criança boba também, às vezes."

Uma mulher de meia-idade, com cesta de compras no braço, parou para ouvir. Ela sussurra alguma coisa para Inés que ele não capta. Inés balança a cabeça apressadamente.

"Venha, vamos", diz Inés, "antes que venha a polícia e leve a gente embora."

"Por que a polícia vai levar a gente embora?", pergunta o menino.

"Porque o Simón está se portando como louco e nós ficamos aqui parados ouvindo bobagem. Porque ele está perturbando a ordem pública."

6.

Chega a segunda-feira e cabe a ele levar o menino à nova escola. Chegam lá bem antes das oito horas. As portas do estúdio estão abertas, mas o estúdio está vazio. Ele se senta no banco do piano. Juntos, esperam.

A porta dos fundos se abre e a señora Arroyo entra, vestida como antes, de preto. Ignorando-o, ela desliza pelo chão, para diante do menino, pega as mãos dele. "Bem-vindo, Davíd", ela diz. "Vejo que trouxe um livro. Quer me mostrar?"

O menino oferece a ela seu *Dom Quixote*. Ela o examina com a testa franzida, folheia e devolve a ele.

"E trouxe suas sapatilhas de dança?"

O menino tira as sapatilhas de dentro do saco de algodão.

"Bom. Você sabe o que chamamos de ouro e prata? Chamamos de metais nobres. Ferro, cobre e chumbo nós chamamos de metais escravos. Os metais nobres ficam acima, os metais escravos abaixo. Assim como há metais nobres e metais escravos, há números nobres e números escravos. Você vai aprender a dançar os números nobres."

"Não são de ouro de verdade", diz o menino. "É só uma cor."

"É só uma cor, mas as cores têm significado."

"Vou embora agora", diz ele, Simón. "Volto para pegar você à tarde." Dá um beijo no topo da cabeça do menino. "Até logo, meu menino. Até logo, señora."

Com tempo livre, ele entra no museu de arte. As paredes têm poucas obras. *O desfiladeiro Zafiro ao pôr do sol. Composição I. Composição II. O bebedor.* Os nomes dos artistas não lhe dizem nada.

"Bom dia, señor", diz a voz familiar. "Qual a sua impressão?"

É Dmitri, sem quepe, tão desmazelado que poderia ter acabado de levantar da cama.

"Interessante", ele responde. "Não sou especialista. Existe uma escola de pintura em Estrella, um estilo Estrella?"

Dmitri ignora a pergunta. "Eu vi quando trouxe seu filho. É um grande dia para ele, o primeiro dia com os Arroyo."

"É."

"E você deve ter tido a chance de falar com a señora Arroyo, Ana Magdalena. Que bailarina! Tão graciosa! Mas sem filhos, pena. Ela quer ter filhos dela mesma, mas não consegue. É uma fonte de sofrimento para ela, de angústia. Ninguém diria, olhando para ela, não é? Angústia? Seria de se pensar que ela é um dos anjos serenos que vivem de néctar. Um golinho aqui, outro ali, mais nada, obrigado. Mas aí tem os filhos do señor Arroyo, do primeiro casamento, que ela cria. E os internos também. Tanto amor para dar. Conheceu o señor Arroyo? Não? Não ainda? Um grande homem, um verdadeiro idealista que vive só para a música. Você vai ver. Infelizmente ele nem sempre tem os pés no chão, se é que me entende. A cabeça nas nuvens. Então é a Ana Magdalena que fica com o trabalho pesado, fazendo as crianças dançarem, alimentando os internos, cuidando da casa, dos negócios da Academia. E ela faz tudo! Maravilhosamente! Sem uma palavra de reclamação! Sempre calma e elegante! Uma mulher em mil. Que todo mundo admira!"

"E tudo isso fica no mesmo lugar: a Academia de Dança, o internato, a casa dos Arroyo?"

"Ah, tem muito espaço. A Academia ocupa o primeiro andar inteiro. Você e sua família de onde são?"

"De Novilla. Moramos em Novilla até pouco tempo atrás, até mudarmos para o norte."

"Novilla. Nunca estive lá. Eu sou de Estrella e nunca saí daqui."

"E sempre trabalhou no museu?"

"Não, não, não... tive tantos empregos que nem me lembro. É a minha natureza: uma natureza inquieta. Comecei como porteiro num mercadinho. Depois passei um tempo trabalhando nas estradas, mas não gostei. Durante um longo tempo trabalhei no hospital. Terrível. Horas terríveis. Mas movimentado também: as coisas que a gente vê! Então veio o dia em que a minha vida mudou. Sem exagero. Mudou para melhor. Eu estava parado na praça, pensando na vida, quando ela passou. Eu não podia acreditar no que via. Pensei que era uma aparição. Tão linda. Do outro mundo. Dei um pulo e fui atrás dela, segui feito um cachorro. Durante semanas fiquei rodeando a Academia, só para ver um relance dela. Claro que ela não prestou a menor atenção em mim. Por que prestaria? Um cara feio que nem eu. Então vi um anúncio de emprego no museu, na limpeza, o fundo do poço, e para encurtar a história comecei a trabalhar aqui e estou aqui até hoje. Promovido primeiro para assistente e depois, ano passado, assistente principal. Por causa do meu empenho e pontualidade."

"Não sei se entendi direito. Está falando da señora Arroyo?"

"Ana Magdalena. Que eu adoro. Não tenho vergonha de confessar. Você não faria a mesma coisa se adorasse uma mulher, não ia atrás dela até o fim do mundo?"

"O museu não é bem o fim do mundo. O que o señor Arroyo acha da sua adoração pela mulher dele?"

"O señor Arroyo é um idealista, como eu disse. A cabeça dele está em outra coisa, na esfera celestial onde giram os números."

Ele estava farto daquela conversa. Não pediu confidências ao sujeito. "Tenho de ir embora. Tenho de cuidar dos meus negócios", ele diz.

"Achei que queria ver a escola de pintores de Estrella."

"Outro dia."

Ainda faltavam horas para o fim da aula. Ele compra um jornal, senta num café na praça, pede uma xícara de café. Na primeira página, uma fotografia de um casal mais velho com uma gigantesca abóbora em seu jardim. Ela pesa catorze quilos, diz a reportagem, superando o recorde anterior em quase um quilo. Na página 2, uma reportagem de crime relata o roubo de um cortador de grama de um barracão (sem tranca) e o vandalismo num banheiro público (uma pia quebrada). As deliberações do conselho municipal e seus vários comitês ocupam grande espaço: o subcomitê de amenidades públicas, o subcomitê de ruas e pontes, o subcomitê de finanças, o subcomitê encarregado de organizar o próximo festival de teatro. Então vem a página de esportes, que analisa o ponto alto da temporada de futebol, o esperado choque entre Aragonza e Vale Norte.

Ele vasculha as colunas dos classificados de emprego. Pedreiro. Azulejista. Eletricista. Bibliotecário. O que está procurando? Trabalho leve, talvez. Paisagismo. Nenhuma procura por estivadores, claro.

Ele paga o café. "Existe um Departamento de Relocação na cidade?", pergunta à garçonete. "Claro", ela diz, e lhe dá o endereço.

O centro de relocação em Estrella não chega nem perto da grandiosidade do de Novilla: nada além de um pequeno escritório atravancado, numa rua lateral. Atrás da mesa, um rapaz de rosto pálido e aparência bastante tristonha com uma barba rala. "Bom dia", diz ele, Simón. "Acabei de chegar aqui em Estrella. Durante o último mês e pouco estava empregado no vale, fazendo trabalho temporário, colhendo frutas principalmente. Agora estou procurando alguma coisa mais permanente, de preferência na cidade."

O rapaz pega um fichário de cartões e põe em cima da mesa. "Parece muita coisa, mas a maior parte dos cartões é bobagem", ele confessa. "O problema é que as pessoas não informam quando preencheram uma vaga. Que tal isto aqui: Optima Lavagem a Seco. Sabe alguma coisa de lavagem a seco?"

"Nada. Mas deixe eu pegar o endereço. Tem alguma coisa mais física, trabalho ao ar livre, talvez?"

O escriturário ignora a pergunta. "Estoquista numa loja de ferragem. Interessa? Não precisa experiência, só cabeça para números. Você tem cabeça para números?"

"Não sou matemático, mas sei contar."

"Como eu disse, não posso prometer que ainda exista a vaga. Está vendo como a tinta está desbotada?" Ele levanta o cartão para a luz. "Isso quer dizer que o cartão é velho. E este aqui? Datilógrafo num escritório de advocacia. Sabe datilografar? Não? Então tem este: faxineiro no museu de arte."

"Essa vaga já está preenchida. Conheci o homem que pegou o emprego."

"Já pensou em fazer retreinamento? Pode ser a melhor opção: se inscrever num curso que treine o senhor para uma nova profissão. Enquanto estiver em treinamento, continua a receber seu seguro-desemprego."

"Vou pensar", ele diz. E não menciona que não se registrou para desemprego.

Quase três horas. Ele volta para a academia. Dmitri está

na porta. "Veio buscar seu filho?", Dmitri pergunta. "Eu faço questão de estar aqui quando os pequenos saem. Livres afinal! Tão excitados, tão cheios de alegria! Queria sentir esse tipo de alegria de novo, só por um minuto. Não me lembro nada da minha infância, sabe, nem um minuto. Um vazio total. Lamento a perda. Dá base, a infância da gente. Dá raízes no mundo. Eu sou igual a uma árvore derrubada pela tempestade da vida. Sabe o que quero dizer? Seu menino tem sorte de ter uma infância só dele. E você? Teve infância?"

Ele balança a cabeça. "Não, eu cheguei já pronto. Deram uma olhada em mim e marcaram como meia-idade. Sem infância, sem juventude, sem lembranças. Limpo."

"Bom, não adianta chorar. Pelo menos temos o privilégio de conviver com os pequenos. Quem sabe algum pó de anjo acabe sobrando para nós. Ouça! Acabou a dança por hoje. Agora eles estão agradecendo. Eles sempre encerram o dia com uma oração de agradecimento."

Juntos, eles ouvem. Um tênue zumbido que desaparece no silêncio. Então as portas da Academia se abrem e as crianças descem ruidosamente a escada, meninas e meninos, loiros e morenos. "Dmitri! Dmitri!", eles gritam, e em um minuto Dmitri está cercado. Ele procura nos bolsos e tira punhados de doces, que joga para o alto. As crianças caem em cima deles. "Dmitri!"

Último a sair, de mãos dadas com a señora Arroyo, olhos baixos, excepcionalmente contido, Davíd com suas sapatilhas douradas.

"Até logo, Davíd", diz a señora Arroyo. "Até amanhã de manhã."

O menino não responde. Quando entram no carro, ele vai para o banco de trás. Em um minuto adormece e não acorda até chegarem à fazenda.

Inés está esperando com sanduíches e chocolate. O menino

come e bebe. "Como foi o dia?", ela pergunta afinal. Nenhuma resposta. "Você dançou?" Ele assente, distraído. "Depois você mostra para a gente como dançou?"

Sem responder, o menino sobe na cama e se encolhe numa bola.

"O que houve?", Inés sussurra para ele, Simón. "Aconteceu alguma coisa?"

Ele tenta tranquilizá-la. "Ele está um pouco confuso, só isso. Passou o dia inteiro entre estranhos."

Depois do jantar, o menino está mais comunicativo. "A Ana Magdalena ensinou os números", ele conta. "Mostrou o Dois e o Três e você estava errado, Simón, e o señor Robles estava errado também, vocês dois estavam errados, os números *estão* no céu. É lá que eles moram, com as estrelas. Tem de chamar para eles descerem."

"Foi isso que a señora Arroyo te disse?"

"Foi. Ela mostrou como chama o Dois e o Três. Não pode chamar o Um. O Um tem de vir sozinho."

"Você quer mostrar como se chama esses números?", diz Inés.

O menino balança a cabeça. "Tem de dançar. Tem de ter música."

"E se eu ligar o rádio?", ele, Simón, sugere. "Talvez tenha música para dançar."

"Não. Tem de ser música especial."

"E o que mais aconteceu hoje?"

"A Ana Magdalena serviu biscoito e leite. E passas."

"Dmitri me contou que vocês fazem uma oração no fim do dia. Para quem vocês rezam?"

"Não é uma reza. A Ana Magdalena toca o arco e a gente tem que entrar em harmonia com ele."

"O que é o arco?"

"Não sei, a Ana Magdalena não deixa a gente ver, diz que é segredo."

"Muito misterioso. Vou perguntar quando encontrar com ela. Mas parece que foi um bom dia. E tudo por causa da bondade da señora Alma, da señora Consuelo e da señora Valentina, que se interessaram por você. Uma academia de dança onde você aprende a chamar os números das estrelas! E você ganha biscoitos e leite das mãos de uma linda dama! Que sorte a nossa de ter vindo parar em Estrella! Não acha? Não acha que é sorte sua? Não se sente abençoado?"

O menino assente.

"Eu me sinto assim sem dúvida nenhuma. Acho que devemos ser a família mais feliz do mundo. Agora está na hora de escovar os dentes e ir para a cama, dormir bem para de manhã estar pronto para dançar de novo."

Os dias ganham uma nova rotina. Às seis e meia ele acorda o menino e lhe dá o café da manhã. Às sete estão no carro. Há pouco tráfego nas ruas; bem antes das oito, ele o deixa na Academia. Então estaciona o carro na praça e passa as sete horas seguintes procurando empregos e inspecionando apartamentos a esmo ou, o que é mais comum, simplesmente sentado num café lendo o jornal, até a hora de pegar o menino e levar para casa.

Às perguntas dele e de Inés acerca de sua vida escolar, o menino dá respostas breves e relutantes. Ele gosta, sim, do señor Arroyo. Estão, sim, aprendendo algumas músicas. Não, não tiveram nenhuma lição de leitura. Não, não fazem somas. Sobre o arco misterioso que a señora Arroyo toca ao fim do dia ele nada diz.

"Por que vocês ficam toda hora perguntando o que fiz hoje?", ele pergunta. "Eu não pergunto o que vocês fizeram. De qualquer jeito, vocês não iam entender."

"O que nós não íamos entender?", Inés pergunta.

"Vocês não entendem nada."

Depois, disso, param de interrogá-lo. Que ele conte sua história no seu ritmo, eles dizem a si mesmos.

Uma noite ele, Simón, entra sem pensar no dormitório feminino. Inés, de joelhos no chão, olha para ele com desprazer. O menino, só de cueca e sapatilhas douradas, para no meio do movimento.

"Saia daqui, Simón!", o menino exclama. "Você não pode ver!"

"Por quê? O que eu não posso ver?"

"Ele está ensaiando uma coisa complicada", diz Inés. "Precisa se concentrar. Saia. Feche a porta."

Surpreso, intrigado, ele se retira e fica atrás da porta, ouvindo. Não há nada para ouvir.

Mais tarde, quando o menino está dormindo, ele pergunta a Inés. "O que estava acontecendo de tão privado que eu não podia ver?"

"Ele estava praticando os passos novos."

"Mas o que tem de segredo nisso?"

"Ele acha que você não vai entender. Acha que vai caçoar dele."

"Mas se eu mandei o menino para uma academia de dança, por que iria caçoar da dança dele?"

"Ele diz que você não entende os números. Diz que você é hostil. Hostil aos números."

Ela mostra para ele uma tabela que o menino trouxe: triângulos que se intersectam, os ápices marcados com números. Ele não consegue perceber o sentido daquilo.

"Ele diz que é assim que aprendem os números", Inês conta. "Através da dança."

Na manhã seguinte, a caminho da Academia, ele puxa o

assunto. "Inés me mostrou sua tabela de dança", ele diz. "O que são os números? A posição dos pés?"

"São as estrelas", diz o menino. "É astrologia. Você fecha os olhos enquanto dança e pode ver as estrelas dentro da cabeça."

"E contar os tempos? O señor Arroyo não conta os tempos para vocês enquanto dançam?"

"Não. A gente só dança. Dançar é igual a contar."

"Então o señor Arroyo só toca e vocês só dançam. Não parece com nenhuma aula de dança que eu conheça. Vou perguntar para o señor Arroyo se eu posso assistir a uma aula dele."

"Não pode. Você não pode. O señor Arroyo disse que ninguém pode assistir."

"Então quando eu vou ver você dançar?"

"Você pode me ver agora."

Ele olha para o menino. O menino está sentado quieto, olhos fechados, um ligeiro sorriso nos lábios.

"Isso não é dançar. Você não consegue dançar sentado dentro de um carro."

"Eu consigo. Olhe. Estou dançando de novo."

Ele balança a cabeça, perplexo. Chegam à Academia. Dmitri emerge das sombras da porta. Ele afaga o cabelo do menino caprichadamente escovado. "Pronto para mais um dia?"

7.

Inés jamais gostou de levantar cedo. Porém, depois de três semanas na fazenda com pouca coisa para fazer além de conversar com Roberta e esperar o menino voltar, ela se levanta uma segunda-feira de manhã a tempo de ir com eles à cidade. Seu primeiro destino é um cabeleireiro. Depois, sentindo-se melhor consigo mesma, ela para numa loja de roupas femininas e compra um vestido novo. Conversando com a caixa, descobre que estão procurando uma vendedora. Num impulso, se aproxima da proprietária e ela lhe oferece a vaga.

De repente, a necessidade de mudar da fazenda para a cidade se torna urgente. Inés assume a caça por uma acomodação, e dias depois encontra um apartamento. O apartamento em si é neutro, o bairro tristonho, mas dá para ir a pé até o centro da cidade e há um parque próximo onde Bolívar pode se exercitar.

Eles embalam seus pertences. Pela última vez, ele, Simón, sai pelo campo. É o pôr do sol, a hora mágica. As aves cantam nas árvores se acomodando para dormir. De longe, chega o tilintar de sinetas de carneiros. Ele pergunta a si mesmo se está certo deixarem aquele lugar que foi tão bom para eles?

Despedem-se. "Esperamos que vocês voltem para a colheita", diz Roberta. "É uma promessa", diz ele, Simón. Para a señora Consuelo (a señora Valentina está ocupada, a señora Alma lutando com seus demônios) ele diz: "Nem sei dizer o quanto sou grato à senhora e a suas irmãs por sua grande generosidade"; ao que a señora Consuelo responde: "Não é nada. Em outra vida, você vai fazer o mesmo por nós. Até logo, Davíd, meu menino. Esperamos ver o seu nome nos luminosos".

Na primeira noite em sua nova casa, têm de dormir no chão, já que a mobília que encomendaram ainda não foi entregue. De manhã, compram alguns itens básicos de cozinha. Estão ficando sem dinheiro.

Ele, Simón, arruma um emprego, pago por hora, entregando material de publicidade nas casas. Junto com o emprego vem uma bicicleta, uma máquina pesada, rangente, com uma grande cesta presa sobre a roda dianteira. É um dos quatro entregadores (raramente cruza com os outros três); a área determinada para ele é o quadrante nordeste da cidade. Durante o horário de escola, ele percorre as ruas de seu quadrante, enfiando panfletos em caixas de correio: aulas de piano, remédios para calvície, poda de cercas vivas, consertos elétricos (preços competitivos). Até certo ponto, é um trabalho interessante, bom para a saúde e não desagradável (embora tenha de empurrar a bicicleta nas ruas mais íngremes). É um jeito de conhecer a cidade e também um meio para conhecer gente, fazer novos contatos. O som de um galo cantando o leva ao quintal de um homem que cria galinhas; o homem passa a lhe fornecer um frango por semana, ao preço de cinco *reales*, e por um *real* a mais ele mata e prepara a ave também.

Mas o inverno chega e ele odeia os dias chuvosos. Mesmo equipado com uma grande capa impermeável e chapéu de marinheiro impermeável, a chuva acha um jeito de se infiltrar. Com frio e encharcado, ele às vezes sente a tentação de jogar fora os panfletos e devolver a bicicleta ao depósito. Fica tentado, mas não cede. Por que não? Ele não tem certeza. Talvez porque sinta certa obrigação com a cidade que lhes ofereceu uma nova vida, embora não fique claro para ele como uma cidade, que não sente nada, nem tem sentimentos, possa se beneficiar com a distribuição a seus cidadãos de anúncios de faqueiros com vinte e quatro peças apresentadas em belas caixas a preços muito, muito baixos.

Pensa nos Arroyo, marido e mulher, para cuja manutenção ele dá uma pequena contribuição, pedalando na chuva. Embora ainda não tenha tido a oportunidade de distribuir anúncios para a Academia deles, o que o casal oferece — substituir o aprendizado da tabuada por uma dança para as estrelas — não é de natureza diferente daquilo que é prometido pela loção que milagrosamente devolve a vida aos folículos capilares ou o cinto vibratório que milagrosamente dissolve gordura corporal, molécula a molécula. Assim como Inés e ele, os Arroyo devem ter chegado a Estrella sem nada além dos pertences mais essenciais; também devem ter passado uma noite dormindo em cima de jornais ou algo assim; também devem ter se virado até a Academia dar certo. Talvez, como ele, o señor Arroyo tenha tido de passar algum tempo enfiando panfletos em caixas de correio; talvez Ana Magdalena da pele de alabastro tenha precisado se pôr de joelhos e lavar pisos. Uma cidade atravessada por trilhas de imigrantes: se eles todos não vivessem com esperança, se não tivessem cada um o seu tanto de esperança para acrescentar à grande soma, onde estaria Estrella?

Davíd traz para casa um Aviso aos Pais. Haverá uma apresentação aberta na Academia. O señor e a señora Arroyo vão apresentar aos pais a filosofia educacional da Academia, os alunos farão uma apresentação, depois da qual haverá uma recepção.

Os pais estão convidados a trazer amigos que possam ter interesse. A sessão começará às dezenove horas.

Nessa noite, o público é decepcionantemente escasso, não mais de vinte pessoas. Das cadeiras que foram colocadas, muitas ficam vazias. Ao tomar seus lugares na primeira fila, ele e Inés escutam os jovens artistas cochichando e rindo atrás da cortina fechada no extremo oposto do estúdio.

Com vestido de noite escuro e um xale sobre os ombros nus, a señora Arroyo aparece. Durante um longo momento, fica parada em silêncio diante eles. Mais uma vez, ele fica impressionado com seu porte, sua beleza calma.

Ela fala. "Sejam bem-vindos, todos vocês; muito obrigada por terem comparecido nesta noite fria e úmida. Hoje vou falar um pouco de nossa Academia e do que meu marido e eu esperamos conseguir com nossos alunos. Para tanto, será necessário traçar um breve perfil da filosofia da Academia. Os que já conhecem, por favor me perdoem.

"Como sabemos, desde o dia em que chegamos a esta vida, deixamos para trás nossa existência passada. Esquecemos dela. Mas não inteiramente. De nossa existência anterior, trouxemos certos resquícios: não lembranças no sentido usual da palavra, mas o que chamamos de sombras de lembranças. Então, quando nos habituamos a nossa nova vida, até essas sombras se apagam, até termos esquecido inteiramente nossa origem e aceitado que aquilo que nossos olhos veem é a única vida que existe.

"A criança, porém, a criança nova, ainda guarda impressões profundas de sua vida anterior, sombras de lembranças que ela não tem palavras para expressar. Não tem palavras porque, junto com o mundo que perdemos, perdemos uma linguagem adequada para evocá-lo. Tudo o que resta é aquela linguagem primal de um punhado de palavras que chamo de transcendentais, dentre as quais os nomes dos números, *uno, dos, tres* são as principais.

"*Uno-dos-tres*: são apenas um canto que aprendemos na esco-

71

la, um canto sem sentido que chamamos de *contar*, ou existe um jeito de ver através do canto aquilo que existe por trás e além dele, ou seja, o campo dos números em si, os números nobres e seus auxiliares, excessivos para se contar, tantos quantos as estrelas, números nascidos da junção dos números nobres? Nós, meu marido, eu e nossos auxiliares, acreditamos que existe esse jeito. Nossa Academia se dedica a conduzir a alma de nossos alunos para esse campo, a sintonizá-los com o grande movimento subjacente do universo, ou, como preferimos dizer, a dança do universo.

"Para fazer os números descerem de onde residem, para permitir que se manifestem em nosso meio, para lhes dar corpo, contamos com a dança. Sim, aqui em nossa Academia nós dançamos, não de um modo deselegante, carnal ou desordenado, mas corpo e alma juntos, para trazer os números à vida. Assim como a música nos penetra e nos leva a dançar, também os números deixam de ser meras ideias, meros fantasmas e se tornam reais. A música evoca sua dança e a dança evoca sua música: uma não vem antes da outra. Por isso nós nos consideramos tanto uma academia de música como uma academia de dança.

"Se minhas palavras esta noite parecem obscuras, queridos pais, queridos amigos da Academia, isso só revela o quanto as palavras são frágeis. Palavras são frágeis... por isso nós dançamos. Na dança convocamos os números de onde eles vivem entre as estrelas distantes. Nos rendemos a eles na dança, e enquanto dançamos, por obra deles, eles vivem entre nós.

"Alguns de vocês, posso ver em seus rostos, são céticos. *O que são esses números de que ela fala e que vivem entre as estrelas?*, os senhores murmuram uns para os outros. *Eu não uso números todo dia quando faço negócios ou compro legumes? Os números não são humildes servidores?*

"Eu respondo: os números que os senhores têm em mente, os números que usamos quando compramos e vendemos, não são números de verdade, mas simulacros. São o que chamamos de números formiga. Formigas, como sabemos, não têm memória. Nascem do pó e morrem no pó. Esta noite, na segunda parte de nossa apresentação, os senhores verão nossos jovens alunos fazendo o papel de formigas, realizando as operações formigas que chamamos de baixa aritmética, a aritmética que usamos em nossas contas domésticas e assim por diante."

Formigas. Baixa aritmética. Ele se volta para Inés. "Está entendendo isso?", ele sussurra. Mas Inés, lábios comprimidos, olhos apertados, observando Ana Magdalena com intensidade, se recusa a responder.

Pelo canto dos olhos, ele espia Dmitri, meio escondido na sombra da porta. Que interesse pode Dmitri ter pela dança dos números, Dmitri, o urso? Mas é claro que está interessado é na pessoa da palestrante.

"Formigas são criaturas obedientes à lei", Ana Magdalena está dizendo. "As leis que elas obedecem são as leis da adição e da subtração. É só isso que fazem, dia e noite durante cada hora do dia: cumprem a sua lei mecânica, dupla.

"Em nossa Academia, não ensinamos a lei da formiga. Sei que alguns de vocês estão preocupados com esse fato, o fato de não ensinarmos nossos alunos a jogar jogos de formiga, somando números a números e assim por diante. Eu espero que entendam por quê. Não queremos que nossos alunos se transformem em formigas.

"Basta. Obrigada por sua atenção. Por favor, deem as boas--vindas aos nossos intérpretes."

Ela faz um sinal e dá um passo de lado. Dmitri, usando a farda do museu, que pela primeira vez está bem abotoada, avança e abre as cortinas, primeiro a da esquerda, depois a da direita. Ao mesmo tempo, do alto, vêm os sons abafados de um órgão.

Em cena, uma única figura se revela, um menino de talvez

73

onze ou doze anos, usando sapatilhas douradas e uma toga branca que deixa um ombro nu. Braços erguidos acima da cabeça, ele olha ao longe. Enquanto o organista, que só pode ser o señor Arroyo, toca uma série de floreios, ele mantém essa postura. Então, acompanhando a música, começa sua dança. A dança consiste em deslizar de um ponto a outro do palco, às vezes devagar, às vezes depressa, chegando a uma quase parada em cada ponto, mas sem parar de fato. O desenho da dança, a relação de cada ponto com o seguinte, é obscura; os movimentos do menino são graciosos, mas sem variedade. Ele, Simón, logo perde o interesse, fecha os olhos e se concentra na música.

As notas altas do órgão são minúsculas, as notas baixas não têm ressonância. Mas a música em si toma conta dele. Baixa a calma; sente que algo dentro dele (sua alma?) segue o ritmo da música e se movimenta acompanhando. Cai num leve transe.

A música fica mais complexa, depois simples de novo. Ele abre os olhos. Aparece no palco um segundo bailarino, de aparência tão semelhante ao primeiro que deve ser seu irmão mais novo. Ele se ocupa em deslizar de um ponto invisível para outro. De vez em quando, os caminhos dos dois se cruzam, mas parece nunca haver qualquer perigo de colidirem. Sem dúvida ensaiaram tantas vezes que sabem de cor os movimentos um do outro; mas parece haver ali mais do que isso, uma lógica que determina a sua passagem, uma lógica que ele não consegue captar direito, embora se sinta a ponto de fazê-lo.

A música chega ao fim. Os dois bailarinos atingem seus pontos-finais e retomam as posturas estáticas. Dmitri puxa a cortina esquerda, depois a direita. Há um aplauso esparso da plateia, ao qual ele se junta. Inés também está aplaudindo.

Ana Magdalena avança de novo. Há nela um brilho que ele está disposto a acreditar que tenha sido produzido pela dança, ou pela música, ou pela dança e pela música juntas; de fato, ele sente certo brilho em si mesmo.

"O que vocês acabaram de ver são o Número Três e o Número Dois, dançados por dois dos nossos alunos mais velhos. Para encerrar a performance desta noite, nossos alunos mais novos farão a dança da formiga de que falei antes."

Dmitri abre as cortinas. Diante deles, enfileirados, estão oito crianças, meninas e meninos, usando shorts e camiseta e gorros verdes com antenas ondulantes para indicar sua natureza de formiga. Davíd é o primeiro da fila.

O señor Arroyo toca uma marcha ao órgão, enfatizando o ritmo mecânico. Com grandes passos à direita e à esquerda, para trás e para a frente, as formigas se recolocam de uma fila de oito em uma matriz de quatro fileiras em duas colunas. Eles mantêm suas posições durante quatro tempos, marchando no lugar; depois, se recolocam em uma nova matriz de duas fileiras em quatro colunas. Mantêm essa posição, marchando; depois se transformam em uma única fila de oito. Mantêm essa posição, marchando; então, de repente, rompem as fileiras, e quando a música abandona o ritmo staccato e se torna um único acorde maciço e dissonante depois do outro, correm pelo palco com os braços abertos como asas, quase se chocando (e num caso realmente se chocam e caem ao chão num paroxismo de risos). Depois o ritmo constante da marcha se afirma de novo e rapidamente as formigas se recolocam na coluna de oito original.

Dmitri fecha as cortinas e fica parado ali, rindo. A plateia aplaude ruidosamente. A música não para. Dmitri abre a cortina para revelar os insetos ainda marchando em fila. Aplauso redobrado.

"O que você acha?", ele pergunta a Inés.

"O que eu acho? Eu acho que se ele está feliz, é só isso que importa."

"Eu concordo. Mas o que você achou do discurso? O que você achou..."

Davíd interrompe, corre até eles acalorado, excitado, ainda usando as antenas moles. "Vocês me viram?", ele pergunta.

"Claro que vimos", diz Inés. "Nós ficamos muito orgulhosos. Era o líder das formigas!"

"Eu era o líder, mas as formigas não são boas, elas só marcham. A Ana Magdalena diz que da próxima vez eu posso dançar uma dança de verdade. Mas tenho de praticar muito."

"Isso é bom. Quando é a próxima vez?"

"O próximo concerto. Posso comer um pedaço de bolo?"

"Quantos você quiser. Não precisa perguntar. O bolo é para todos nós."

Ele olha em torno, procurando o señor Arroyo. Está curioso para encontrar com o homem e descobrir se ele também acredita em um campo superior onde moram os números, ou se ele simplesmente toca o órgão e deixa a parte transcendental por conta da esposa. Mas o señor Arroyo não está em lugar nenhum: os poucos homens na sala são claramente pais como ele.

Inés está conversando com uma das mães. Ela o chama. "Simón, esta é a señora Hernández. O filho dela também era formiga. Este é meu *amigo* Simón."

Amigo: amigo. Uma palavra que Inés nunca usou antes. É isso que ele é, o que se tornou?

"Isabella", diz a señora Hernández. "Por favor, me chame de Isabella."

"Inés", diz Inés.

"Eu estava cumprimentando a Inés pelo seu filho. Ele é um bailarino muito seguro, não é?"

"Ele é uma criança muito segura", diz ele, Simón. "Sempre foi assim. Como pode imaginar, não deve ser fácil ensinar a ele."

Isabella olha para ele intrigada.

"Ele é seguro, mas a segurança dele nem sempre é bem fundamentada", ele continua, começando a se atrapalhar. "Ele acredita que tem poderes que não tem de fato. Ainda é muito novo."

76

"Davíd aprendeu a ler sozinho", diz Inés. "Sabe ler o *Dom Quixote*."

"Em versão condensada, para crianças", ele diz, "mas é verdade, sim, ele aprendeu a ler sozinho, sem qualquer ajuda."

"Não são muito propensos à leitura aqui na Academia", diz Isabella. "Dizem que a leitura vem depois. Enquanto são novos é só dança, música e dança. Mesmo assim, ela é convincente, não é, Ana Magdalena? Fala muito bem. Não acharam?"

"O que acha do campo mais alto de onde os números descem sobre nós, o sagrado Número Dois e o sagrado Número Três, você entendeu essa parte?", ele pergunta.

Um menino pequeno, que deve ser filho de Isabella, se junta a eles, os lábios circundados de chocolate. Ela encontra um lenço de papel e limpa sua boca, ao que ele se submete pacientemente. "Vamos tirar essas orelhas engraçadas e devolver para Ana Magdalena", ela diz. "Não pode ir para casa parecendo um inseto."

A noite termina. Ana Magdalena está parada à porta, se despedindo dos pais. Ele aperta sua mão fresca. "Por favor, agradeça por mim ao señor Arroyo", ele diz. "Pena que não pudemos encontrar com ele. É um bom músico."

Ana Magdalena assente. Por um instante seus olhos azuis fixam os dele. *Ela enxerga dentro de mim*, ele pensa, com um sobressalto. *Ela enxerga dentro de mim e não gosta de mim.*

Isso o magoa. Não é uma coisa a que esteja acostumado, antipatizarem com ele, e além do mais ser antipatizado sem razão. Mas talvez não seja uma antipatia pessoal. Talvez a mulher antipatize com os pais de todos os seus alunos, como rivais à sua autoridade. Ou talvez ela simplesmente antipatize com homens, com todos menos com o invisível Arroyo.

Bem, se ela antipatiza com ele, ele também antipatiza com ela. Isso o surpreende: não é frequente ele sentir antipatia por uma mulher, principalmente uma mulher bonita. E essa mulher é bonita, sem dúvida nenhuma, com o tipo de beleza que suporta o exame mais minucioso: traços perfeitos, pele perfeita, corpo perfeito, postura perfeita. Ela é linda e, no entanto, o repele. Ela pode ser casada, mas ele a associa mesmo assim à lua e a sua luz fria, com uma cruel e persecutória castidade. Será sensato entregar seu menino, qualquer menino, de fato qualquer menina, nas mãos dela? E se ao final do ano a criança sair das mãos dela tão fria e persecutória quanto ela? Porque é assim que ele a julga: a sua religião das estrelas e sua estética geométrica da dança. Sem sangue, sem sexo, sem vida.

O menino adormeceu no banco de trás do carro, a barriga cheia de bolo e limonada. Mesmo assim, ele hesita em comentar com Inés o que pensa: até no sono mais profundo o menino parece escutar o que acontece à sua volta. Então ele fica de boca fechada até que o menino esteja acomodado em segurança em sua cama.

"Inés, tem certeza que fizemos o certo?", ele pergunta. "Não devíamos procurar uma escola que seja um pouco menos... extrema?"

Inés não diz nada.

"Não consegui entender o sentido da palestra da señora", ele insiste. "O que entendi, achei um pouco louco. Ela não é uma professora, é uma pregadora. Ela e o marido inventaram uma religião e agora estão caçando fiéis. O Davíd é muito novo, muito impressionável para ser exposto a esse tipo de coisa."

Inés fala. "Quando eu era professora, nós tínhamos o señor C, o carteiro que assobia, e o G, o gato que ronrona, o T, o trem que apita. Cada letra tinha sua própria personalidade e seu próprio som. Construíamos palavras juntando as letras, uma depois da outra. É assim que se ensina crianças pequenas a ler e escrever."

"Você era professora?"

"Dávamos aulas em La Residencia, para os filhos dos empregados."

"Você nunca me contou isso."

"Cada letra do alfabeto tinha uma personalidade. Agora ela está dando personalidade aos números também, a Ana Magdalena. *Uno, dos, tres.* Fazendo eles ganharem vida. É assim que se ensina crianças pequenas. Não é religião. Vou deitar. Boa noite."

Cinco alunos da Academia são internos, os outros apenas passam o dia. Os internos ficam com os Arroyo porque são de distritos da província muito distantes para viajar todos os dias. Esses cinco, junto com o jovem assistente e os dois filhos do señor Arroyo, recebem almoços adequados, à mesa, que Ana Magdalena prepara. Os alunos externos levam seu próprio almoço. À noite, Inés prepara a lancheira de Davíd para o dia seguinte e põe na geladeira: sanduíches, uma maçã ou banana, mais uma guloseima, um chocolate ou biscoito.

Uma noite, quando ela está preparando a lancheira, Davíd fala: "Umas meninas da escola não comem carne. Dizem que é cruel. É cruel, Inés?".

"Se você não comer carne não vai ficar forte. Não vai crescer."

"Mas é cruel?"

"Não, não é cruel. Os animais não sentem nada quando são abatidos. Eles não têm sentimentos como nós."

"Eu perguntei pro señor Arroyo se era cruel e ele disse que os animais não sabem fazer silogismos, então não é cruel. O que quer dizer silogismo?"

Inés fica pasma. Ele, Simón, intervém. "Acho que o que ele quer dizer é que animais não têm pensamento lógico como nós. Eles não conseguem fazer inferências lógicas. Não entendem que estão sendo mandados para o abatedouro, mesmo quando todas as evidências apontam nessa direção, então não sentem medo."

"Dói?"

"Ser abatido? Não, não se o abatedor for habilidoso. Do mesmo jeito que não dói quando você vai ao médico, se o médico for habilidoso."

"Então não é cruel, não é?"

"Não, não é especialmente cruel. Um boi grande, forte, não sente quase nada. Para o boi é como uma picada de alfinete. E daí não sente mais nada."

"Mas por que ele tem de morrer?"

"Por quê? Porque eles são como nós. Nós somos mortais, eles também, e seres mortais têm de morrer. Era isso que o señor Arroyo queria dizer quando fez a piada sobre silogismos."

O menino balança a cabeça, impaciente. "Por que eles têm de morrer pra dar a carne deles pra gente?"

"Porque é isso que acontece quando se corta um animal: ele morre. Se você corta o rabo de uma lagartixa, cresce um rabo novo. Se você corta a perna, ela sangra até morrer. Davíd, não quero que fique pensando nessas coisas. Bois são criaturas boas. Eles gostam da gente. Na língua lá deles, eles dizem: *Se o menino Davíd precisa comer minha carne para crescer forte e saudável, então eu dou para ele de boa vontade.* Não é mesmo, Inés?"

Inés assente.

"Então por que nós não comemos gente?"

"Porque é nojento", diz Inés. "Por isso."

8.

Como Inés nunca manifestou antes um interesse por moda, ele espera que ela não vá ficar muito tempo na Modas Modernas. Mas está errado. Ela se revela um sucesso como vendedora, principalmente junto às clientes mais velhas, que apreciam a sua paciência com elas. Descartando o guarda-roupa que trouxe de Novilla, ela própria começa a usar roupas novas compradas com desconto ou emprestadas da loja.

Logo fica amiga de Claudia, a proprietária, uma mulher de sua idade. Almoçam num café na esquina, ou compram sanduíches que comem na sala de estoque, onde Claudia desabafa a respeito do filho que começou a andar em más companhias e está a ponto de largar a escola; também, em termos menos específicos, a respeito do marido aventureiro. Inés não conta se ela, por sua vez, também desabafa, ao menos não para ele, Simón.

Para preparar a nova estação, Claudia vai numa expedição de compras a Novilla e deixa Inés encarregada da loja. Sua repentina promoção desperta a ira da caixa, Inocencia, que trabalha na Modas Modernas desde que a loja abriu. Quando Claudia volta, é um alívio para todas.

Toda noite, ele, Simón, ouve as histórias de Inés sobre os altos e baixos da moda, sobre as clientes difíceis ou ultraexigentes, sobre a involuntária rivalidade com Inocencia. Inés não manifesta curiosidade sobre as miúdas aventuras que ocorrem com ele em seu turno de distribuidor.

Na viagem seguinte de Claudia a Novilla, ela convida Inés para ir junto. Inés pergunta a ele, Simón, o que ele acha. Deve ir? E se for reconhecida e capturada pela polícia? Ele zomba dos medos dela. Na escala dos crimes hediondos, diz ele, ajudar e acobertar um menor na prática de cabular aulas certamente figura bem embaixo. A ficha de Davíd a essa altura já deve estar enterrada sob montanhas de outras fichas; e mesmo que não esteja, a polícia certamente tem coisa melhor a fazer do que patrulhar as ruas em busca de pais delinquentes.

Então Inés aceita o convite de Claudia. Juntas, tomam o trem noturno para Novilla e passam o dia no depósito de um distribuidor no bairro industrial da cidade fazendo sua seleção. Durante uma pausa, Inés telefona para La Residencia e fala com o irmão, Diego. Sem preliminares, Diego pede o carro de volta (ele diz que é *seu* carro). Inés recusa, mas oferece pagar metade do valor se ele concordar que ela fique com o carro. Ele pede dois terços; mas ela finca o pé e ele capitula.

Ela então pede para falar com o outro irmão, Stefano. Diego a informa de que Stefano não mora mais em La Residencia. Foi morar na cidade com a namorada que está esperando bebê.

Com Inés distante ou preocupada com o movimento da Modas Modernas, sobra para ele, Simón, atender as necessidades de Davíd. Além de acompanhá-lo à Academia de manhã e trazê-lo de volta à tarde, ele assume a tarefa de preparar suas refeições. Seu comando da arte culinária é rudimentar, mas felizmente o menino anda tão esfomeado que come o que se puser à sua frente. Engole grandes porções de purê de batatas com ervilhas verdes; espera ansiosamente o frango assado dos fins de semana.

Está crescendo depressa. Nunca será alto, mas seus membros são bem-proporcionados e sua energia ilimitada. Depois da escola, ele corre para os jogos de futebol com outros meninos do prédio de apartamentos. Embora seja o mais novo, sua determinação e sua fibra conquistam o respeito dos meninos mais velhos, maiores. Seu estilo ao correr — ombros encolhidos, cabeça baixa, cotovelos fincados no corpo — pode ser excêntrico, mas ele é rápido, duro de derrubar.

No começo, ele, Simón mantinha Bolívar na guia enquanto o menino jogava, temendo que o cachorro pudesse correr para o campo e atacar alguém que ameaçasse seu jovem dono. Mas Bolívar logo aprende que correr atrás da bola é só um jogo, um jogo humano. Ele agora se contenta em ficar sentado quieto nas laterais, indiferente ao futebol, curtindo o suave calor do sol e a rica mistura de odores no ar.

Segundo Inés, Bolívar tem sete anos, mas ele, Simón, se pergunta se o cachorro não é mais velho. Certamente está na fase final da vida, a fase de declínio. Começou a ganhar peso; embora seja um macho intacto, parece ter perdido o interesse por cadelas. Tornou-se menos acessível também. Outros cachorros o temem. Basta levantar a cabeça e dar um rosnado baixo para que saiam correndo.

Ele, Simón, é o único espectador das fragmentadas partidas de futebol à tarde, partidas cuja ação é continuamente interrompida por discussões entre os jogadores. Um dia, uma delegação de meninos mais velhos o aborda para pedir que ele seja o juiz. Ele recusa: "Estou muito velho e fora de forma", diz. Não é verdade, absolutamente; mas pensando bem, ele fica contente de ter recusado e desconfia que Davíd ficou contente também.

Fica imaginando o que os meninos do prédio pensam que ele é: pai de Davíd? Avô? Um tio? Que história Davíd terá contado a eles? Que o homem que assiste aos jogos mora na mesma casa com ele e sua mãe, embora durma sozinho? Davíd tem orgulho ou vergonha dele, ou as duas coisas, orgulho e vergonha?; ou será que, aos seis, quase sete anos, é jovem demais para ter sentimentos ambivalentes?

Ao menos os meninos respeitam o cachorro. No primeiro dia em que ele chega com o cachorro, reúnem-se em volta dele. "O nome dele é Bolívar", Davíd anuncia. "É um alsaciano. Não morde." Bolívar, o alsaciano, olha calmamente ao longe, deixando que os meninos o reverenciem.

No apartamento, ele, Simón, se comporta mais como um inquilino do que como membro igual da família. Cuida para que seu quarto esteja limpo e arrumado o tempo todo. Não deixa seus objetos de toalete no banheiro, ou seu casaco no cabide da porta de entrada. Não sabe como Inés explica para Claudia o papel dele em sua vida. Com toda certeza, na sua frente, ela nunca se referiu a ele como marido; se ela prefere apresentá-lo como um cavalheiro pensionista, ele se contenta com o papel.

Inés é uma mulher difícil. Mesmo assim, ele descobre em si mesmo uma crescente admiração por ela e também um afeto cada vez maior. Quem poderia imaginar que ela deixaria La Residencia e a boa vida que levava lá para se dedicar exclusivamente ao destino daquele menino caprichoso?

"A gente é uma família, você, a Inés e eu?", o menino pergunta.

"Claro que somos uma família", ele responde devidamente. "Famílias têm muitas formas. Nós somos uma das formas de família."

"Mas a gente tem de ser uma família?"

Ele tomou a resolução de não ceder à irritação, de levar as perguntas do menino a sério mesmo quando são meras bobagens.

"Se a gente quiser, pode ser menos que família. Eu posso mudar daqui, encontrar acomodação só para mim e ver você de vez em quando. Ou Inés pode se apaixonar, casar e levar você para morar com o marido novo. Mas esses são caminhos que nenhum de nós quer tomar."

"O Bolívar não tem família."

"Nós somos a família do Bolívar. Nós cuidamos do Bolívar e o Bolívar cuida de nós. Mas não, você tem razão, o Bolívar não tem família, uma família canina. Ele tinha família quando era pequeno, mas depois cresceu e descobriu que não precisava mais de família. O Bolívar prefere morar sozinho e encontrar outros cachorros na rua, ao acaso. Você pode resolver fazer isso também, quando crescer: viver sozinho, sem família. Mas enquanto é criança precisa de nós para cuidar de você. Então nós somos a sua família: a Inés, o Bolívar e eu."

Se a gente quiser, pode ser menos que família. Dois dias depois dessa conversa, o menino anuncia, do nada, que quer ser aluno interno na Academia.

Ele, Simón, tenta desencorajá-lo. "Por que você ia querer se mudar para a Academia quando tem uma vida tão boa aqui?", ele pergunta. "Inés vai sentir terrivelmente a sua falta. Eu vou sentir sua falta."

"A Inés não vai sentir. A Inés nunca me reconheceu."

"Claro que reconheceu."

"Ela diz que não."

"A Inés ama você. Tem você no coração."

"Mas ela não me reconhece. O señor Arroyo me reconhece."

"Se você se mudar para o señor Arroyo, não vai mais ter um quarto só seu. Vai ter de dormir no dormitório com os outros meninos. Quando se sentir sozinho no meio da noite, não vai ter ninguém para te consolar. O señor Arroyo e Ana Magdalena com certeza não vão deixar você ir para a cama deles. Não vai mais ter futebol de tarde. No jantar, vai ter de comer cenoura e couve-flor, que você detesta, em vez de purê de batatas e molho.

E o Bolívar? O Bolívar não vai entender o que aconteceu. *Cadê o meu dono?*, o Bolívar vai dizer. *Por que ele me abandonou?*"

"O Bolívar pode me visitar", diz o menino. "Você pode levar ele junto."

"É uma decisão importante, virar interno. Não podemos deixar para o próximo trimestre e dar um tempo para pensar direito?"

"Não. Eu quero ser interno agora."

Ele fala com Inés. "Não sei o que Ana Magdalena pode ter prometido", diz ele. "Acho que não é uma boa ideia. Ele é muito novo para sair de casa."

Para sua surpresa, Inés discorda. "Deixe ele ir. Logo vai estar implorando para voltar para casa. Isso vai ensinar a ele uma lição."

É a última coisa que ele podia esperar dela: ceder seu precioso filho para os Arroyo.

"Vai ser caro", ele diz. "Vamos ter que pelo menos discutir com as irmãs, ver o que elas acham. Afinal de contas, é o dinheiro delas."

Embora não tenham sido convidados à casa das irmãs em Estrella, tomaram o cuidado de manter o vínculo com Roberta na fazenda e de vez em quando fazem uma visita quando as irmãs estão lá, como prova de que não esqueceram de sua generosidade. Nessas visitas, Davíd em geral é eloquente sobre a Academia. As irmãs ouviram sua exposição sobre os números nobres e os números auxiliares e viram o menino realizar alguns movimentos das danças mais simples, a Dois e Três, danças que, se feitas direito, invocam das estrelas seus respectivos números nobres. Ficaram encantadas com a graça física dele e impressionadas com a seriedade com que ele apresenta o ensinamento incomum da Academia. Mas nessa nova visita o menino se depara com um desafio de outro tipo: explicar por que ele quer sair de casa e ir morar com os Arroyo.

"Tem certeza que o señor e a señora Arroyo vão ter lugar

para você?", Consuelo pergunta. "Pelo que sei, me corrija se eu estiver errada, Inés, são só os dois, e eles têm um bom grupo de internos, além dos próprios filhos. O que você tem contra morar em casa com seus pais?"

"Eles não me entendem", diz o menino.

Consuelo e Valentina trocam olhares. "*Meus pais não me entendem*", Consuelo rumina. "Onde eu ouvi essas palavras antes? Por favor, me diga, mocinho: por que é tão importante seus pais entenderem você? Não basta eles serem bons pais?"

"Simón não entende os números", diz o menino.

"Eu também não entendo de números. Deixo esse tipo de coisa com a Roberta."

O menino fica calado.

"Você pensou bem a respeito, Davíd?", pergunta Valentina. "Está decidido? Tem certeza que depois de uma semana com os Arroyo você não vai mudar de ideia e pedir para voltar para casa?"

"Não vou mudar de ideia."

"Muito bem", diz Consuelo. Ela olha para Valentina, para Alma. "Se é o que você quer, vai ser interno na Academia. Vamos discutir a mensalidade com a señora Arroyo. Mas a sua queixa sobre seus pais, que eles não entendem você, é dolorosa para nós. Parece que você está querendo muita coisa, que eles não só sejam bons pais, mas que entendam você também. Eu com toda certeza não entendo você."

"Nem eu", diz Valentina. Alma fica calada.

"Não vai agradecer a señora Consuelo, señora Valentina e señora Alma?", diz Inés.

"Obrigado", o menino diz.

Na manhã seguinte, em vez de ir para a Modas Modernas, Inés o acompanha até a Academia. "Davíd disse que quer ser aluno interno daqui", ela diz a Ana Magdalena. "Não sei quem pôs essa ideia na cabeça dele e não estou pedindo que me diga. Só quero saber o seguinte: tem vaga para ele?"

87

"É verdade, Davíd? Quer morar conosco?"

"Quero", diz o menino.

"E a señora se opõe?", pergunta Ana Magdalena. "Se é contra a ideia, por que não dizer simplesmente?"

Ela está se dirigindo a Inés, mas ele, Simón, é quem responde. "Nós não nos opomos a essa última vontade dele pela simples razão de que não temos força para isso", ele diz. "Conosco, Davíd sempre acaba conseguindo o que quer. Somos uma família desse tipo: um chefe e dois servidores."

Inés não acha engraçado. Nem Ana Magdalena. Mas Davíd sorri serenamente.

"Meninas gostam de segurança", diz Ana Magdalena, "mas meninos são diferentes. Para meninos, alguns meninos, sair de casa é uma grande aventura. Mas tenho de te avisar, Davíd, que se vier morar conosco não vai mais ser o chefe. Na nossa casa o señor Arroyo é o chefe e os meninos e meninas escutam o que ele diz. Você aceita isso?"

"Aceito", diz o menino.

"Mas só durante a semana", diz Inés. "Nos fins de semana ele volta para casa."

"Vou fazer uma lista das coisas que precisam trazer", diz Ana Magdalena. "Não se preocupem. Se ele se sentir sozinho, sentir falta dos pais, eu telefono. Alyosha vai ficar de olho nele também. Alyosha tem sensibilidade para essas coisas."

"Alyosha", diz ele, Simón. "Quem é Alyosha?"

"Alyosha é quem cuida dos internos", diz Inés. "Eu falei para você. Você não estava ouvindo?"

"Alyosha é o rapaz que nos ajuda", diz Ana Magdalena. "Ele é um filho da Academia, então conhece o nosso jeito de fazer as coisas. Os internos são responsabilidade especial dele. Faz as refeições com eles e tem um quarto próprio fora do dormitório. É muito sensível, muito bondoso, muito simpático. Vou apresentar vocês a ele."

A transição de estudante externo para interno se revela muito simples. Inés compra uma pequena mala na qual embala alguns objetos de toalete e mudas de roupa. O menino acrescenta o *Dom Quixote*. Na manhã seguinte, prosaicamente ele dá um beijo de despedida em Inés e marcha rua abaixo, com ele, Simón, seguindo atrás com a mala.

Dmitri, como sempre, está esperando na porta. "Ahá, então o rapazinho está chegando pra se instalar", diz Dmitri, pegando a mala. "Grande dia, com certeza. Dia para cantar, dançar e aprontar a festa."

"Até logo, meu menino", diz ele, Simón. "Seja um bom garoto e nos vemos no sábado."

"Eu sou bom", diz o menino. "Sou sempre bom."

Ele fica olhando enquanto Dmitri e o menino desaparecem escada acima. Então, num impulso, ele o segue. Chega ao estúdio a tempo de ver de relance o menino trotando para a parte interna do apartamento, segurando a mão de Ana Magdalena. Uma sensação de perda rola dentro dele como uma névoa. Vêm-lhe lágrimas, que ele tenta em vão esconder.

Dmitri passa um braço consolador por seu ombro. "Calma", diz Dmitri.

Em vez de se acalmar, ele cai em prantos. Dmitri o aperta junto ao peito; ele não oferece resistência. Permite-se um imenso soluço, outro, um terceiro, inalando profundamente e de um jeito trêmulo os cheiros de fumaça de tabaco e sarja. *Desapegando*, ele pensa, *estou me desapegando. É desculpável, num pai.*

Então o momento das lágrimas acaba. Ele se liberta, pigarreia, sussurra uma palavra com intenção de agradecimento, mas que sai como uma espécie de gorgolejo, e desce a escada correndo.

Em casa, essa noite, ele conta o episódio a Inés, um episódio que em retrospecto lhe parece mais e mais estranho, mais que estranho, bizarro.

89

"Não sei o que deu em mim", ele diz. "Afinal, o menino não foi levado embora e trancado numa prisão. Se ele se sentir sozinho, se não se der bem com esse sujeito Alyosha, pode, como disse a Ana Magdalena, estar em casa em meia hora. Então por que me partiu o coração? E na frente do Dmitri, justamente ele, o Dmitri!"

Mas Inés está com a cabeça em outra coisa. "Eu devia ter mandado um pijama quente", ela diz. "Se eu te der, você leva amanhã?"

Na manhã seguinte, ele entrega a Dmitri o pijama dentro de um saco marrom com o nome de Davíd. "Roupa quente que Inés mandou", ele diz. "Não entregue direto para o Davíd, ele é muito avoado. Entregue para a Ana Magdalena, ou melhor, dê para o rapaz que cuida dos internos."

"O Alyosha. Entrego para ele, sem falta."

"A Inés está preocupada que o Davíd possa sentir frio de noite. É o jeito dela: se preocupa. A propósito, você me desculpe pelo drama que fiz ontem. Não sei o que deu em mim."

"Foi amor", diz Dmitri. "Você ama o menino. Partiu seu coração ver ele virar as costas desse jeito."

"Virar as costas? Você não entendeu direito. O Davíd não está virando as costas para nós. Longe disso. Ficar interno na Academia é só temporário, um capricho dele, uma experiência. Quando ele se cansar, ou ficar infeliz, vai voltar para casa."

"Os pais sempre ficam magoados quando os filhos saem do ninho", diz Dmitri. "É natural. Você tem coração mole, dá pra perceber. Eu também tenho coração mole, apesar de parecer durão. Não precisa se envergonhar. É a sua natureza e a minha. Nós nascemos assim. Sensíveis." Ele sorri. "Não como aquela sua Inés. *Un corazón de cuero*."

"Você não faz a menor ideia do que está dizendo", ele diz, duro. "Nunca existiu mãe mais dedicada que Inés."

"*Un corazón de cuero*", Dmitri repete. "Um coração de couro. Se não acredita, espere para ver."

Ele estica o turno de bicicleta o máximo possível, pedalando devagar, perdendo tempo pelas esquinas. A tarde boceja diante dele como um deserto. Ele encontra um bar e pede um *vino de paja*, o vinho rústico de que passou a gostar na fazenda. Quando sai, está se sentindo agradavelmente tonto. Mas não demora para a melancolia opressiva voltar. *Tenho de encontrar alguma coisa para fazer!*, ele diz a si mesmo. *Não se pode viver assim, matando o tempo!*

Un corazón de cuero. Se alguém tem o coração duro é Davíd, não Inés. Não pode haver dúvidas do amor de Inés pelo menino, nem do dele. Mas será bom para o menino eles, por amor, cederem tão facilmente a seus desejos? Quem sabe nas instituições da sociedade resida uma sabedoria cega. Quem sabe se em vez de tratar o menino como um principezinho, devessem devolvê-lo às escolas públicas e deixar que os professores o domassem, transformando-o em um animal social.

Está com dor de cabeça, volta ao apartamento, se tranca em seu quarto e adormece. Quando acorda, já é noite e Inés está em casa.

"Desculpe", ele diz, "eu estava exausto. Não fiz o jantar."

"Eu já comi", diz Inés.

9.

Nas semanas seguintes, a fragilidade de seu arranjo doméstico fica mais e mais aparente. Em termos simples, com a criança fora de casa, não há razão para ele e Inés viverem juntos. Não têm nada a dizer um para o outro; não têm quase nada em comum. Inés preenche os silêncios com conversas sobre a Modas Modernas, que ele mal escuta. Quando não está nos turnos de bicicleta, ele fica em seu quarto, lê o jornal ou cochila. Não faz compras, não cozinha. Inés começa a ficar fora até tarde, ele presume que com Claudia, embora ela não dê nenhuma informação. Só durante as visitas do menino, nos finais de semana, eles têm alguma coisa parecida com uma vida familiar.

Então, uma sexta-feira, quando ele chega à Academia para pegar o menino, encontra as portas trancadas. Depois de longa procura, encontra Dmitri no museu.

"Cadê o Davíd?", ele pergunta. "Cadê as crianças? Cadê os Arroyo?"

"Foram nadar", diz Dmitri. "Não te avisaram? Viajaram até o lago Calderón. É um brinde pros internos, agora que o tempo está esquentando; eu gostaria de ir também, mas, ai, tenho os meus compromissos."

"Quando vão voltar?"

"Se o tempo estiver bom, domingo à tarde."

"Domingo!"

"Domingo. Não se preocupe. Seu menino vai se divertir muito."

"Mas ele não sabe nadar!"

"O lago Calderón é o espelho d'água mais tranquilo do mundo. Ninguém nunca morreu afogado lá."

É com essa notícia que Inés se depara quando volta para casa: que o menino foi numa excursão para o lago Calderón, que não vão vê-lo esse fim de semana.

"E onde fica o lago Calderón?", ela pergunta.

"A duas horas de viagem para o norte. Segundo o Dmitri, o lago Calderón é uma experiência educacional que não se pode perder. Levam as crianças em barcos com fundo de vidro para olhar a vida debaixo d'água."

"Dmitri. Então agora o Dmitri é especialista em educação."

"Nós podemos ir ao lago Calderón amanhã logo cedo, se você quiser. Só para ter certeza de que está tudo em ordem. Podemos dar um alô para o Davíd; se ele não estiver contente, o trazemos de volta."

É o que fazem. Vão para o lago Calderón com Bolívar ressonando no banco de trás. O céu está sem nuvens, o dia promete ser quente. Perdem a entrada; é meio-dia antes que encontrem o pequeno assentamento junto ao lago, com sua única hospedaria e sua única loja que vende sorvete, sandálias de plástico, equipamento de pesca e iscas.

"Estou procurando o lugar aonde vão os grupos de escolas", ele diz à moça atrás do balcão.

"*El centro recreativo*. Siga a estrada que acompanha o lago. Fica um quilômetro mais para a frente."

El centro recreativo é um prédio baixo, esparramado, que dá para uma praia de areia. Há uma porção de gente se divertindo na praia, homens e mulheres, adultos e crianças, todos nus. Mesmo de longe, ele não tem dificuldade em reconhecer Ana Magdalena.

"Dmitri não falou nada disso, desse nudismo", ele diz a Inés. "O que a gente faz?"

"Bom, eu com toda certeza não vou tirar a roupa", ela responde.

Inés é uma mulher bonita. Não tem razão para ter vergonha do próprio corpo. O que ela não diz é: *Não vou tirar a roupa na sua frente.*

"Então deixa que eu vou", ele diz. Enquanto o cachorro, agora livre, corre para a praia, ele se retira para o banco de trás e despe a roupa.

Escolhendo delicadamente o caminho pelas pedras, ele chega à praia de areia no momento em que um barco cheio de crianças está voltando. Um rapaz de cabelo preto como asa de corvo equilibra o barco enquanto as crianças descem, chapinhando na água rasa, saltando e rindo, Davíd, nu, entre eles. Com um sobressalto, o menino o reconhece. "Simón!", ele exclama, e vem correndo. "Adivinhe o que a gente viu, Simón! Uma enguia, e ela estava comendo uma enguia bebê, a cabeça da enguia bebê espetada para fora da boca da enguia grande, tão engraçado, você tinha de ver! E nós vimos peixes, um monte de peixes. E caranguejos. Só isso. Cadê a Inés?"

"A Inés está esperando no carro. Não está se sentindo bem, está com dor de cabeça. Nós viemos perguntar quais são os seus planos. Você quer ir para casa conosco ou quer ficar aqui?"

"Eu quero ficar. O Bolívar pode ficar também?"

"Acho que não. O Bolívar não está acostumado com lugares estranhos. Pode sair por aí e se perder."

"Ele não vai se perder. Eu cuido dele."

"Não sei. Vou discutir isso com o Bolívar e ver o que ele quer fazer."

"Tudo bem." E, sem dizer mais nem uma palavra, o menino se vira e corre atrás dos amigos.

O menino parece não achar estranho que ele, Simón, esteja ali parado, nu. E, de fato, toda sua vergonha está evaporando rápido entre toda aquela gente nua, jovens e velhos. Mas tem consciência de que evitou olhar diretamente para Ana Magdalena. Por quê? Por que só diante dela ele sente a própria nudez? Não tem nenhuma atração sexual por ela. Ele apenas não é seu igual, sexualmente ou não. No entanto, é como se algo fosse espocar de seus olhos se olhar diretamente para ela, algo como uma flecha, dura como aço e, sem sombra de dúvida, algo a que ele não pode se permitir.

Ele não é um igual dela: isso com certeza. Se ela tivesse os olhos vendados e fosse posta em exibição, como uma das estátuas do museu de Dmitri ou como um animal numa jaula num zoológico, ele poderia passar horas olhando para ela, arrebatado de admiração pela perfeição de certa forma de criatura que ela representa. Mas essa não é a história completa, não até esse ponto. Não se trata apenas de ela ser jovem e vital enquanto ele é velho e abatido; não se trata apenas de ela ser esculpida em mármore, por assim dizer, enquanto ele é formado de barro. Por que essa expressão lhe veio à cabeça imediatamente: *não seu igual*? Qual a diferença mais fundamental entre os dois que ele sente, mas não consegue identificar?

Uma voz fala atrás dele: "Señor Simón". Ele se volta e, relutante, ergue os olhos.

Os ombros dela estão polvilhados de areia; seus seios são rosados, queimados pelo sol; entre as virilhas um tufo de pelos, de tom castanho muito claro, tão finos que são quase invisíveis.

"Está sozinho?", ela pergunta.

Ombros altos, cintura baixa. Pernas compridas, de musculatura firme, pernas de bailarina.

"Não. Inés está esperando no carro. Estávamos preocupados com Davíd. Não fomos informados da excursão."

Ela franze a testa. "Mas mandamos um aviso a todos os pais. Não receberam?"

"Não recebi aviso nenhum. De qualquer forma, está tudo bem quando acaba bem. As crianças parecem estar se divertindo. Quando vão voltar?"

"Ainda não decidimos. Se o tempo continuar bom, talvez a gente fique aqui o fim de semana inteiro. Conhece meu marido? Juan, este é o señor Simón, pai do Davíd."

Señor Arroyo, professor de música e diretor da Academia de Dança: não era assim que ele esperava ser apresentado a ele, nu. Um homem grande, não corpulento, não exatamente, porém não mais jovem: sua carne, no pescoço, no peito, na barriga, começou a ficar flácida. Sua pele, a pele do corpo inteiro, até mesmo do crânio calvo, é de um vermelho-tijolo, como se o sol fosse seu elemento natural. Deve ter sido ideia dele essa excursão à praia.

Apertam-se as mãos. "É seu cachorro?", pergunta o señor Arroyo, com um gesto.

"É, sim."

"Belo animal." A voz dele é grave e agradável. Juntos olham o belo animal. Espreitando a água, Bolívar não lhes dá atenção. Uma dupla de spaniels chega até ele, se alternam cheirando seus genitais; ele não se digna a cheirar os deles.

"Estava explicando a sua esposa", ele, Simón, diz. "Devido a alguma falha de comunicação, não ficamos sabendo com antecedência desta excursão. Achamos que Davíd viria passar o fim de semana em casa, como sempre. Por isso é que estamos aqui.

Ficamos um pouco ansiosos. Mas está tudo bem, estou vendo, então já estamos indo embora."

O señor Arroyo olha para ele com o que parece ser uma curva divertida dos lábios. Ele não diz: *Falha de comunicação? Por favor, explique.* Não diz: *Desculpe, fizeram uma viagem à toa.* Não diz: *Gostariam de ficar para o almoço?* Não diz nada. Sem papo-furado.

Até suas pálpebras têm um tom queimado. E os olhos são azuis, mais claros que os da esposa.

Ele se refaz. "Posso saber como o Davíd está se saindo nos estudos?"

A cabeça pesada balança uma, duas, três vezes. Agora há um sorriso definido nos lábios. "Seu filho tem, como posso dizer?, uma segurança inusitada em alguém tão novo. Não tem medo de aventuras, aventuras da mente."

"Não, ele não tem medo. E ele canta bem também. Não sou músico, mas sou capaz de perceber isso."

O señor Arroyo levanta a mão e languidamente afasta suas palavras. "Você agiu bem", diz ele. "Foi o único, não foi?, a se responsabilizar pela criação dele. É o que ele diz."

O coração dele infla. Então é isso que o menino diz para as pessoas: que ele, Simón, foi o único que o criou! "O Davíd teve educação variada, se posso dizer assim", ele responde. "Você diz que ele é seguro. É verdade. Às vezes, é mais que segurança. Ele pode ser cabeça-dura. Com alguns professores isso não deu muito certo. Mas pelo senhor e pela señora Arroyo ele tem o maior respeito."

"Bom, se é assim, temos de fazer o melhor para merecer isso."

Sem que ele notasse, a señora Arroyo, Ana Magdalena, saiu de perto, deslizando. Ela agora reaparece no campo de visão dele, se afastando pela beira do lago, graciosa, com um bando de crianças nuas cabriolando em torno dela.

"Eu tenho de ir embora", ele diz. "Até logo." E então: "Os números, dois, três e assim por diante... eu tenho lutado para entender seu sistema. Ouvi cuidadosamente a palestra da señora Arroyo, conversei com Davíd, mas confesso que ainda tenho dificuldade."

O señor Arroyo ergue uma sobrancelha e espera.

"Contar não desempenha um grande papel na minha vida", ele continua. "Quer dizer, eu conto maçãs e laranjas como todo mundo. Conto dinheiro. Somo e subtraio. A aritmética das formigas, como falou sua esposa. Mas a dança do dois, a dança do três, os números nobres e os números auxiliares, evocar das estrelas, esse negócio me escapa. Nunca vai além do dois e três em suas aulas? As crianças nunca estudam matemática de verdade: x, y, z? Ou isso é depois?"

O señor Arroyo fica calado. O sol do meio-dia bate sobre eles.

"Pode me dar alguma pista, algo em que eu possa me segurar?", ele diz. "Quero entender. Sinceramente. Sinceramente, eu quero entender."

O señor Arroyo fala. "Quer entender. Fala comigo como se eu fosse o sábio de Estrella, o homem que tem todas as respostas. Não sou. Não tenho nenhuma resposta para você. Mas permita que diga uma palavra sobre respostas em geral. Na minha opinião, pergunta e resposta andam juntas como céu e terra, homem e mulher. Um homem corre o mundo em busca da resposta para uma grande questão: *O que me faz falta?* Então, um dia, se ele tiver sorte, encontra sua resposta: a mulher. Homem e mulher se juntam, eles *são um*, vamos usar esses termos, e de sua interação, de sua união, nasce um filho. O filho cresce até que um dia ocorre a ele a questão: *O que me faz falta?*, e o ciclo é retomado. O ciclo é retomado porque na pergunta já se encontra a resposta, como uma criança que ainda não nasceu."

"Portanto?"

"Portanto se quisermos escapar do ciclo, talvez seja preciso correr o mundo em busca não da resposta verdadeira, mas da pergunta verdadeira. Talvez isso é que nos faça falta."

"E como isso me ajuda, señor, a entender as danças que ensina a meu filho, as danças e as estrelas que as danças supostamente invocam e o lugar da dança na educação dele?"

"Claro, as estrelas... Vamos continuar intrigados com as estrelas, mesmo homens mais velhos como o senhor e eu. *Quem são elas? O que elas têm a nos dizer? Quais as leis que orientam a vida delas?* Para uma criança é fácil. A criança não precisa pensar porque a criança pode dançar. Enquanto nós ficamos paralisados, olhando o vazio que se abre entre nós e as estrelas: *Que abismo! Como vamos atravessar isso?* A criança simplesmente dança até o outro lado."

"O Davíd não é assim. Ele é cheio de ansiedade a respeito de vazios. Às vezes ele paralisa. Eu já vi. É um fenômeno até comum entre crianças. Uma síndrome."

O señor Arroyo ignora as palavras. "A dança não é uma questão de beleza. Se eu quisesse criar belas figuras de movimento usaria marionetes, não crianças. Marionetes podem flutuar e deslizar de um jeito que humanos não podem. Podem traçar padrões de grande complexidade no ar. Mas não podem dançar. Elas não têm alma. É a alma que leva graça à dança, a alma que acompanha o ritmo, cada passo o instinto do próximo passo e do próximo.

"Quanto às estrelas, elas têm suas próprias danças, mas sua lógica está além do nosso alcance; seus ritmos também. Essa é a nossa tragédia. E então há as estrelas cadentes, aquelas que não acompanham a dança, como crianças que não sabem aritmética. *Las estrellas errantes, niños que ignoran la aritmética,* como escreveu o poeta. Às estrelas é dado pensar o impensável, os pensamentos que estão além do seu alcance e do meu: os pensamentos *anteriores à eternidade* e *posteriores à eternidade,* os pensamentos *do nada ao um* e *do um ao nada*, e assim por diante. Nós, mortais, não temos dança para *do nada ao um*. Então, para retomar sua pergunta sobre o misterioso x e se nossos alunos da Academia nunca vão aprender o x, minha resposta é: lamentavelmente, eu não sei."

Ele espera mais, porém não há mais. O señor Arroyo disse o que tinha a dizer. É a vez dele. Mas ele, Simón, está perdido. Não tem nada a oferecer.

"Fique tranquilo", diz o señor Arroyo. "Não veio até aqui para saber sobre o x, mas porque estava preocupado com o bem-estar de seu filho. Pode ter certeza. Ele está bem. Assim como outras crianças, Davíd não está interessado em x. Ele quer estar no mundo, experimentar esse estar vivo que é tão novo e excitante. Agora eu tenho de ir e ajudar a minha mulher. Até logo, señor Simón."

Ele encontra o caminho de volta ao carro. Inés não está lá. Ele se veste depressa, assobia para Bolívar. "Inés!", exclama, se dirigindo ao cachorro. "Onde está a Inés? Encontre Inés!"

O cachorro o leva a Inés, sentada não muito longe, debaixo de uma árvore numa pequena elevação que dá para o lago.

"Onde está o Davíd?", ela pergunta. "Achei que ele ia voltar para casa conosco."

"O Davíd está se divertindo e quer ficar com os amigos."

"Então quando vou ver o menino outra vez?"

"Depende do tempo. Se continuar bom, eles vão ficar o fim de semana inteiro. Não se aflija, Inés. Ele está em boas mãos. Está feliz. Não é isso que conta?"

"Então nós vamos voltar para Estrella?" Inés se levanta, limpa o vestido. "Estou surpresa com você. Essa história toda não te deixa triste? Primeiro, ele pede para sair de casa, agora não quer nem passar o fim de semana conosco."

"Ia acontecer mais cedo ou mais tarde. Ele tem uma natureza independente."

"Chama isso de independência, mas para mim parece que ele está totalmente dominado pelos Arroyo. Vi você conversando com o señor. Era sobre o quê?"

"Ele estava me explicando a filosofia dele. A filosofia por trás da Academia. Os números e as estrelas. Invocar as estrelas e tal."

"É assim que você chama? Filosofia?"

"Não, eu não acho que seja filosofia. Particularmente, acho que é conversa mole. Particularmente, acho que é um monte de lixo místico."

"Então por que nós não tomamos jeito e tiramos Davíd da Academia deles?"

"Tirar e mandar para onde? Para a Academia de Canto, onde ele vai receber mais um pouco da filosofia sem sentido deles? *Respire. Esvazie sua mente. Seja um com o cosmos.* Para as escolas da cidade? *Fiquem quietos. Repitam comigo: um mais um dois, dois mais um três.* E o Davíd está contente aí. Ele gosta dos Arroyo. Ele gosta da Ana Magdalena."

"É, Ana Magdalena… Acho que você está apaixonado por ela. Pode confessar. Não vou rir."

"Apaixonado? Não, nada disso."

"Mas você acha ela atraente."

"Acho que é bonita, do jeito que uma deusa é bonita, mas não acho atraente. Seria… como dizer isso?… irreverente se me sentisse atraído por ela. Talvez até perigoso. Ela é capaz de levar um homem à morte."

"Levar você à morte! Então você deve tomar precauções. Usar uma armadura. Levar um escudo. Você me disse que o homem do museu, o Dmitri, é apaixonado por ela. Já avisou para ele que ela é capaz de levá-lo à morte também?"

"Não, não avisei. Não sou amigo do Dmitri. Não trocamos confidências."

"E o rapaz? Quem é ele?"

"O rapaz que foi no barco com as crianças? É Alyosha, o assistente, que cuida dos internos. Ele parece bom."

"Você parece achar fácil ficar sem roupa na frente de estranhos."

"Supreendentemente fácil, Inés. Surpreendentemente fácil. Você volta a ser um animal. Os animais não estão nus, eles são apenas eles mesmos."

"Notei você e a sua deusa perigosa sendo vocês mesmos juntos. Deve ter sido muito excitante."

"Não zombe de mim."

"Não estou zombando. Mas por que você não pode ser franco comigo? Qualquer um pode ver que você está caído por ela, exatamente como o Dmitri. Por que não admite, em vez de ficar rodeando o assunto?"

"Porque não é verdade. Dmitri e eu somos pessoas diferentes."

"Dmitri e você são homens, os dois. Para mim isso basta."

10.

A viagem ao lago marca mais um esfriamento nas relações entre ele e Inés. Logo depois, ela informa que vai tirar uma semana de folga para passar algum tempo em Novilla com os irmãos. Sente falta dos irmãos, está pensando em convidá-los para vir a Estrella.

"Seus irmãos e eu nunca nos demos bem", ele diz. "Principalmente o Diego. Se eles vierem ficar com você, vou ter que me mudar."

Inés não protesta.

"Me dê algum tempo para encontrar um lugar para mim", ele diz. "Prefiro não informar isso ao Davíd, não ainda. Você concorda?"

"Casais se divorciam todos os dias e os filhos sobrevivem", diz Inés. "Davíd terá a mim, terá você, só não vamos estar vivendo juntos."

Ele agora conhece o noroeste da cidade como a palma da mão. Não tem dificuldade para encontrar um quarto na casa de um casal idoso. As instalações são rudimentares, a eletricidade tende a falhar imprevisivelmente, mas o quarto é barato e tem entrada própria, perto do centro da cidade. Enquanto Inés está no trabalho, ele tira suas coisas do apartamento e se instala em seu novo lar.

Embora ele e Inés demonstrem uma amizade matrimonial para o menino, ele não se deixa enganar nem por um minuto. "Onde estão as suas coisas, Simón?", ele pergunta; diante do que Simón tem de admitir que, por enquanto, mudou-se para dar lugar para Diego e talvez Stefano também.

"O Diego vai ser meu tio ou meu pai?", o menino pergunta.

"Vai ser seu tio, como sempre foi."

"E você?"

"Eu vou ser o que sempre fui. Eu não mudo. As coisas mudam à minha volta, mas eu sou imutável. Você vai ver."

Se fica abalado com a ruptura entre Inés e ele, Simón, o menino não dá sinal disso. Ao contrário, está efervescente, cheio de histórias sobre a vida na Academia. Ana Magdalena tem uma máquina de waffle e faz waffles para os internos toda manhã. "Você precisa comprar uma máquina de waffle, Inés, é brilhante." Alyosha assumiu a leitura das histórias na hora de dormir sobre três irmãos e sua busca pela espada Madragil, que também é brilhante. Atrás do museu, Ana Magdalena tem um jardim com um cercado onde ela cria coelhos, galinhas e um carneiro. Um dos coelhos é malvado e fica cavoucando para escapar. Uma vez o encontraram escondido no porão do museu. Seu animal favorito é o carneiro, que se chama Jeremias. Jeremias não tem mãe, então tem de tomar leite de vaca de um frasco com uma teta de borracha. Dmitri deixa que ele segure o frasco para Jeremias.

"Dmitri?"

Dmitri, por sua vez, é o encarregado de cuidar do viveiro da Academia, assim como é encarregado de trazer lenha do porão para o forno grande e esfregar o banheiro depois que as crianças tomaram banho.

"Achei que Dmitri trabalhava no museu. As pessoas do museu sabem que Dmitri trabalha para a Academia também?"

"O Dmitri não quer dinheiro. Ele faz isso pela Ana Magdalena. Ele faz qualquer coisa por ela porque ama e adora ela."

"Ama e adora: é isso que ele diz?"

"É."

"Sei, que bom. É admirável. O que me preocupa é que o Dmitri pode estar prestando esses serviços por amor e adoração durante o tempo que é pago pelo museu para tomar conta dos quadros. Mas chega de Dmitri. O que mais tem para nos contar? Você gosta de ser interno? Nós tomamos a decisão certa?"

"Tomaram, sim. Quando tenho pesadelo, eu acordo o Alyosha e ele me deixa dormir na cama dele."

"É só você que dorme na cama do Alyosha?", Inés pergunta.

"Não, qualquer um que tenha pesadelo pode dormir com o Alyosha. Ele disse isso."

"E o Alyosha? Na cama de quem vai dormir quando é ele que tem pesadelos?"

O menino não acha engraçado.

"E a dança?", pergunta ele, Simón. "Como está indo a sua dança?"

"A Ana Magdalena disse que sou o melhor bailarino de todos."

"Isso é muito bom. Quando vou conseguir te convencer a dançar para mim?"

"Nunca, porque você não acredita."

Você não acredita. No que ele tem de acreditar para que o menino dance para ele? Naquela enrolação sobre as estrelas?

Eles comem juntos — Inés fez o jantar —, depois é hora de ele ir embora. "Boa noite, meu menino. Eu passo de manhã. Podemos levar o Bolívar para dar uma volta. Talvez tenha um jogo de futebol no parque."

"A Ana Magdalena falou que se você é bailarino não pode jogar futebol. Diz que pode sobrecarregar os músculos."

"Ana Magdalena sabe muitas coisas, mas não sabe nada de futebol. Você é um menino forte. Não vai se machucar jogando futebol."

"A Ana Magdalena falou que eu não posso."

"Tudo bem, não vou forçar você a jogar futebol. Mas por favor me explique uma coisa. Você nunca me obedece, raramente obedece a Inés, no entanto faz exatamente o que manda a Ana Magdalena. Por que isso?"

Nenhuma resposta.

"Tudo bem. Boa noite. Nos vemos de manhã."

Ele volta para seu quarto de mau humor. Houve um tempo em que o menino se entregava de corpo e alma a Inés, ou pelo menos à visão que Inés tinha dele, de um pequeno príncipe na clandestinidade; mas esse tempo parece ter acabado. Para Inés deve ser desanimador ser superada pela señora Arroyo. Quanto a ele, que lugar lhe sobrou na vida do menino? Talvez devesse seguir o exemplo de Bolívar. Bolívar quase completou a transição para o ocaso de uma vida de cachorro. Está barrigudo; às vezes, ao se acomodar para dormir, solta um pequeno suspiro triste. Porém se Inés fosse tão inconsciente a ponto de introduzir um filhote na família, um filhote destinado a crescer e tomar o lugar do atual guardião, Bolívar ia cravar os dentes no pescoço do rival e sacudir até lhe quebrar o osso do pescoço. Talvez ele devesse se tornar um pai desse tipo: ocioso, egoísta e perigoso. Talvez assim o menino o respeitasse.

Inés parte na prometida viagem a Novilla; durante esse tempo, o menino é de novo responsabilidade dele. Na sexta-feira à tarde, ele está esperando na porta da Academia. A campainha toca, os alunos saem, mas nem sinal de Davíd.

Ele sobe a escada. O estúdio está vazio. Um pouco adiante dele, um corredor sem iluminação leva a uma série de salas com painéis de madeira escura, sem nenhuma mobília. Ele passa por um espaço sombrio, talvez um refeitório, com mesas compridas que parecem desgastadas e um aparador cheio de louças, e se vê ao pé de outro lance de escadas. Do alto, vem o murmúrio de uma voz masculina. Ele sobe, bate a uma porta fechada. A voz se cala. Então: "Entre".

Ele está numa sala espaçosa, iluminada por claraboias, evidentemente o dormitório dos internos. Sentados lado a lado em uma das camas estão Ana Magdalena e Alyosha. Uma dúzia de crianças reunidas em torno deles. Ele reconhece os dois filhos dos Arroyo que dançaram no concerto, mas Davíd não está ali.

"Desculpe a intromissão", ele diz. "Estou procurando meu filho."

"Davíd está na aula de música", diz Ana Magdalena. "Vai estar livre às quatro horas. Gostaria de esperar? Pode ficar conosco. Alyosha está lendo uma história. Alyosha, meninos, este é o señor Simón, pai do Davíd."

"Não estou incomodando?", ele pergunta.

"Você não está incomodando", diz Ana Magdalena. "Sente-se. Joaquín, conte para o señor Simón o que aconteceu até agora."

Você não está incomodando. Sente-se. Na voz de Ana Magdalena, em toda sua postura, há uma inesperada cordialidade. A mudança terá acontecido porque estiveram nus juntos? Só precisava disso?

Joaquín, o mais velho dos meninos Arroyo, fala. "Era um pescador, um pobre pescador, e um dia ele pega um peixe, corta e encontra na barriga dele um anel de ouro. Ele esfrega o anel e..."

"E sai uma faísca." É o irmão mais novo que interrompe. "Ele esfrega o anel e faz sair faísca."

"Ele esfrega o anel para sair faísca, aí aparece um gênio e o gênio diz: 'Cada vez que esfregar o anel mágico eu apareço e atendo um pedido seu; você tem três pedidos; então qual o seu primeiro pedido?'. É isso."

"Todo-poderoso", diz Ana Magdalena. "Não esqueça que o gênio diz que é todo-poderoso e pode atender qualquer pedido. Continue a leitura, Alyosha."

Ele não havia olhado com cuidado para Alyosha antes. O rapaz tem uma vasta cabeleira preta, muito bonita, que ele penteia para trás, e a pele delicada como a de uma moça. Não há sinal de que faça a barba. Ele baixa os olhos escuros de cílios longos e, com voz surpreendentemente ressonante, lê.

"Sem acreditar nas palavras do gênio, o pescador decide fazer um teste. 'Desejo cem peixes para vender no mercado', ele disse.

"Imediatamente uma grande onda quebrou na praia e deixou cem peixes aos pés dele, saltando e se debatendo ao morrer.

"'Qual seu segundo desejo?', perguntou o gênio.

"Encorajado, o pescador replicou: 'Desejo uma linda moça para ser minha esposa'.

"Imediatamente apareceu e se ajoelhou diante do pescador uma moça tão linda que ele ficou sem fala. 'Sou sua, meu senhor', disse a moça.

"'E qual é o seu desejo final?', perguntou o gênio.

"'Desejo ser o rei do mundo', disse o pescador.

"Imediatamente o pescador se viu vestido de seda dourada, com uma coroa de ouro na cabeça. Apareceu um elefante que o ergueu com a tromba e o pôs sentado no trono que tinha nas costas. 'Você fez o seu desejo final. É o rei do mundo', disse o gênio. 'Adeus.' E desapareceu numa nuvem de fumaça.

"O dia estava terminando. A praia estava deserta, a não ser pelo pescador e sua linda futura noiva, o elefante e cem peixes morrendo. 'Siga para a minha aldeia', disse o pescador em sua voz mais majestosa. 'Siga!' Mas o elefante não se mexeu. 'Siga!', gritou o pescador ainda mais alto; mesmo assim o elefante não lhe deu atenção. 'Você! Moça!', gritou o rei. 'Pegue uma vara e bata no elefante para ele andar!' Obediente, a moça pegou uma vara e bateu no elefante até que ele começou a andar.

"O sol estava se pondo quando chegaram à aldeia do pescador. Os vizinhos se juntaram em torno dele, deslumbrados com o elefante, com a linda moça e com o próprio pescador, sentado em seu trono com a coroa na cabeça. 'Atenção, eu sou o rei do mundo e esta é a minha rainha!', disse o pescador. 'Como prova da minha generosidade, amanhã darei um banquete com cem peixes.' Os aldeões se rejubilaram e ajudaram o rei a descer do elefante; ele se recolheu na sua humilde morada, onde passou a noite nos braços de sua linda noiva.

"Assim que o dia amanheceu, os aldeões foram para a praia pegar os cem peixes. Quando chegaram, não viram nada além de espinhos, pois durante a noite lobos e ursos tinham ido até a praia e enchido a barriga. Então os aldeões voltaram e disseram: 'Ó rei, lobos e ursos devoraram os peixes, pegue mais peixe para nós, estamos com fome'.

"Das dobras de sua roupa, o pescador tirou o anel de ouro. Esfregou e esfregou, mas não apareceu gênio nenhum.

"Então os aldeões ficaram furiosos e disseram: 'Que rei é esse que não é capaz de nos alimentar?'.

"'Eu sou o rei do mundo inteiro', respondeu o pescador que virou rei. 'Se se recusarem a me aceitar, irei embora.' Virou-se para sua noiva dessa noite. 'Traga o elefante', ordenou. 'Vamos embora desta aldeia ingrata.'

"Mas durante a noite o elefante tinha ido embora, com trono e tudo, e ninguém sabia onde encontrá-lo.

"'Venha!', disse o pescador a sua noiva. 'Vamos andando.'

"Mas a noiva se recusou. 'Rainhas não andam', ela disse,

amuada. 'Quero ir como rainha montada em *un palafrén blanco* com uma comitiva de donzelas abrindo caminho com pandeiros.'"

A porta se abriu, e Dmitri entrou na sala na ponta dos pés, seguido por Davíd. Alyosha fez uma pausa na leitura. "Venha, Davíd", disse Ana Magdalena. "Alyosha está lendo para nós a história do pescador que queria ser rei."

Davíd se acomodou ao lado dela e Dmitri ficou na porta, agachado, com o quepe na mão. Ana Magdalena franziu a testa e fez um pequeno gesto abrupto ordenando que saísse, mas ele não deu atenção.

"Vamos lá, Alyosha", diz Ana Magdalena, "e escutem bem, crianças, porque quando o Alyosha terminar, vou perguntar para vocês o que aprenderam com a história do pescador."

"Eu sei a resposta", diz Davíd. "Já li a história sozinho."

"Pode ter lido a história, Davíd, mas nós não lemos", diz Ana Magdalena. "Continue, Alyosha."

"Você é minha noiva e vai me obedecer", disse o pescador.

"A moça ergueu a cabeça, altiva. 'Sou uma rainha, não ando, vou montada num *palafrén*', ela repetiu."

"O que é *palafrén*, Alyosha?", perguntou uma das crianças.

"*Palafrén* é um cavalo", diz Davíd. "Não é, Alyosha?"

Alyosha faz que sim com a cabeça. "Vou montada num *palafrén*."

"Sem dizer uma palavra, o rei virou as costas para sua noiva e foi embora. Andou muitos quilômetros até chegar a uma aldeia. Os aldeões se juntaram em torno dele, deslumbrados com sua coroa e a roupa de seda.

"'Atenção, eu sou o rei do mundo', disse o pescador. 'Tragam comida porque estou com fome.'

"'Trazemos comida, sim', replicaram os aldeões, 'mas se é rei como diz, onde está sua comitiva?'

"'Não preciso de comitiva para ser rei', disse o pescador. 'Não estão vendo a coroa na minha cabeça? Façam o que eu mando. Tragam um banquete.'

"Então os aldeões riram dele. Em vez de trazer um banquete, derrubaram a coroa de sua cabeça e puxaram a roupa de seda até ele ficar diante deles com a roupa humilde de pescador. 'Você é um mentiroso!', gritaram os aldeões. 'Não passa de um pescador! Não é melhor do que nós! Volte para o lugar de onde saiu!' E bateram nele com varas até ele sair correndo. E assim termina a história do pescador que queria ser rei."

"E assim termina a história", ecoa Ana Magdalena. "Uma história interessante, não é, crianças? O que acham que aprenderam com ela?"

"Eu sei", diz Davíd, e dá a ele, Simón, um pequeno sorriso secreto como se dissesse: *Está vendo como eu sou inteligente aqui na Academia?*

"Você pode saber, Davíd, mas é porque leu a história antes", diz Ana Magdalena. "Vamos dar uma chance para as outras crianças."

"O que aconteceu com o elefante?", pergunta o menino Arroyo mais novo.

"Alyosha, o que aconteceu com o elefante?", Ana Magdalena pergunta.

"O elefante foi arrebatado para o céu num grande redemoinho e deixado de volta na floresta onde morava e viveu feliz para sempre", diz Alyosha, serenamente.

Um brilho passa pelos olhos dela. Pela primeira vez, ocorre a ele que pode haver alguma coisa entre eles, entre a esposa de alabastro puro do diretor e o belo assistente jovem.

"O que nós podemos aprender com a história do pescador?", Ana Magdalena repete. "O pescador era um homem bom ou mau?"

"Era um homem mau", diz o menino Arroyo mais novo. "Ele bateu no elefante."

"Ele não bateu no elefante, a noiva dele bateu no elefante", diz o menino Arroyo mais velho, Joaquín.

"Mas foi ele que fez ela bater."

"O pescador era ruim porque era egoísta", diz Joaquín. "Ele só pensou nele mesmo quando ganhou os três pedidos. Ele podia ter pensado nos outros."

"Então o que aprendemos com a história do pescador?", pergunta Ana Magdalena.

"Que a gente não deve ser egoísta."

"Todo mundo concorda, crianças?", Ana Magdalena pergunta. "Todo mundo concorda com o Joaquín que a história nos ensina a não ser egoístas, que se somos muito egoístas vamos acabar expulsos para o deserto por nossos vizinhos? Davíd, você queria dizer alguma coisa."

"Os aldeões estavam errados", diz Davíd. Ele olha em torno, erguendo o queixo de um jeito desafiador.

"Explique", diz Ana Magdalena. "Diga suas razões. Por que os aldeões estavam errados?"

"Ele era rei. Eles tinham que se curvar diante dele."

De Dmitri, acocorado na porta, vem o som de um aplauso lento. "Bravo, Davíd", diz Dmitri. "Falou como um mestre."

Ana Magdalena franze a testa para Dmitri. "Você não tem suas obrigações?", ela pergunta.

"Obrigações com estátuas? As estátuas são mortas, todas elas, podem se cuidar sozinhas."

"Ele não era rei de verdade", diz Joaquín, que parece estar ganhando segurança. "Ele era um pescador fingindo que era rei. É isso que a história diz."

"Ele era rei", diz Davíd. "O gênio transformou ele em rei. O gênio é todo-poderoso."

Os dois meninos se encaram. Alyosha intervém. "Como alguém se transforma em rei?", ele pergunta. "Essa é a verdadeira pergunta, não é? Como qualquer um de nós vira rei? Temos que encontrar um gênio? Temos que abrir um peixe e encontrar um anel mágico?"

"Primeiro precisa ser príncipe", diz Joaquín. "Não pode ser rei se não foi príncipe antes."

"Pode, sim", diz Davíd. "Ele tinha três desejos, e esse era o terceiro desejo dele. O gênio fez ele ser rei do mundo."

Mais uma vez, vem de Dmitri um aplauso lento e sonoro. Ana Magdalena o ignora. "Então o que *você* acha que podemos aprender com a história, Davíd?", ela pergunta.

O menino respira fundo, como se fosse falar, mas abruptamente balança a cabeça.

"O quê?", Ana Magdalena repete.

"Não sei. Não consigo ver."

"Hora de ir embora, Davíd", ele diz e se levanta. "Muito obrigado, Alyosha, pela leitura. Muito obrigado, señora."

É a primeira visita do menino ao quarto apertado em que agora ele, Simón, está morando. Ele não faz nenhum comentário a respeito, mas toma suco de laranja e come biscoitos. Depois, com Bolívar à sombra deles, saem para um passeio, explorando o bairro. Não é um bairro interessante, só uma rua atrás da outra com casas de fachada estreita. Porém, é fim de tarde de sexta-feira e as pessoas que voltam do trabalho semanal para casa olham com curiosidade o menino pequeno e o cachorro grande de frios olhos amarelos.

"Este é o meu território", diz ele, Simón. "É aqui que eu entrego minhas mensagens, em todas as ruas por aqui. Não é um grande emprego, mas ser estivador também não era. Cada um encontra o nível que melhor lhe convém, e este é o meu nível."

Param num cruzamento. Bolívar passa à frente deles em direção à rua. Um homem rude de bicicleta desvia dele, olha para trás, furioso. "Bolívar!", o menino exclama. Preguiçosamente, Bolívar volta para o lado dele.

"O Bolívar se comporta como se fosse rei", diz ele, Simón. "Ele se comporta como se tivesse encontrado um gênio. Pensa que todo mundo vai abrir passagem para ele. Devia pensar melhor. Talvez tenha esgotado todos os seus desejos. Ou talvez seu gênio fosse feito só de fumaça."

"Bolívar é o rei dos cachorros", diz o menino.

"Ser rei dos cachorros não impede que ele seja atropelado por um carro. No fim, o rei dos cachorros é só um cachorro."

Por alguma razão, o menino não está na sua animação habitual. À mesa, durante a refeição de purê de batatas, molho e ervilhas, ele tem os olhos baixos. Sem protestar, se acomoda no sofá para dormir.

"Durma bem", ele, Simón, sussurra e o beija na testa.

"Estou ficando pequenininho-pequenininho-pequenininho", o menino diz com voz rouca, meio dormindo. "Estou ficando pequenininho-pequenininho-pequenininho e estou caindo."

"Pode cair", ele sussurra. "Eu estou aqui para cuidar de você."

"Eu sou um fantasma, Simón?"

"Não, você não é um fantasma, você é real. Você é real e eu sou real. Agora durma."

De manhã, ele parece mais esperto. "O que a gente vai fazer hoje?", pergunta. "Podemos ir até o lago? Eu quero andar naquele barco de novo."

"Hoje não. Nós podemos fazer uma excursão ao lago quando o Diego e o Stefano estiverem aqui; vamos mostrar os lugares para eles. Que tal uma partida de futebol? Vou comprar o jornal e ver quem está jogando."

"Não quero assistir futebol. É chato. A gente pode ir ao museu?"

"Tudo bem. Mas é o museu mesmo que você quer ver ou é o Dmitri? Por que você gosta tanto do Dmitri? Por que ele te dá balas?"

"Ele conversa comigo. Me conta coisas."

"Ele conta histórias?"

"É."

"O Dmitri é um homem solitário. Está sempre procurando alguém para contar história. É um pouco patético. Ele devia arrumar uma namorada."

"Ele está apaixonado pela Ana Magdalena."

"É, ele me disse, então ele diz para quem quiser ouvir. A Ana Magdalena deve achar embaraçoso."

"Ele tem fotos de mulher sem roupa."

"Bom, isso não me surpreende. É isso o que os homens fazem quando estão solitários, alguns homens. Colecionam fotos de mulheres bonitas e ficam sonhando como seria ficar com elas. O Dmitri é solitário e não sabe o que fazer com a solidão dele, então quando não está andando atrás da señora Arroyo como um cachorro, olha as fotos. Não se pode censurar, mas ele não devia mostrar essas fotos para você. Não é legal, e a Inés vai ficar furiosa se souber. Vou falar com ele. Ele mostra para as outras crianças também?"

O menino assente.

"O que mais você pode me dizer? Sobre o que vocês conversam?"

"Sobre a outra vida. Ele diz que vai ficar com a Ana Magdalena na outra vida."

"Só isso?"

"Ele diz que eu posso ficar com eles na outra vida."

"Você e quem mais?"

"Só eu."

"Definitivamente, vou falar com ele. Vou falar com Ana

Magdalena também. Não estou contente com o Dmitri. Não acho que você deva ficar muito com ele. Agora acabe seu café da manhã."

"Dmitri disse que ele tem luxúria. O que é luxúria?"

"Luxúria é uma coisa que acontece com os adultos, meu menino, geralmente homens adultos como o Dmitri que ficam muito sozinhos, sem mulher nem namorada. É um tipo de dor, como uma dor de cabeça, uma dor de estômago. Faz com que tenham fantasias. Faz imaginarem coisas que não são verdade."

"O Dmitri sofre de luxúria por causa da Ana Magdalena?"

"Davíd, Ana Magdalena é uma mulher casada. Tem um marido que ela ama. Pode ser amiga do Dmitri, mas não pode amar o Dmitri. Ele precisa de uma mulher que sinta amor por ele mesmo. Assim que encontrar uma mulher para amar, ele vai ficar curado de todo o sofrimento. Não vai precisar mais olhar para fotos e não vai precisar contar para qualquer um que passa o quanto ele adora a senhora do andar de cima. Mas tenho certeza que ele fica agradecido por você ouvir as histórias dele, por ser um bom amigo para ele. Tenho certeza que isso o ajuda."

"Ele falou para um outro menino que vai se matar. Que vai botar uma bala na cabeça."

"Para qual menino?"

"Outro menino."

"Não acredito. O menino deve ter entendido errado. Dmitri não vai se matar. Além disso, ele não tem uma arma. Na segunda-feira de manhã, quando levar você para a escola, vou ter uma conversa com o Dmitri e perguntar qual é o problema e o que eu posso fazer para ajudar. Talvez, quando formos todos para o lago, a gente possa convidar o Dmitri. Vamos fazer isso?"

"Vamos."

"Até lá, não quero que fique sozinho com o Dmitri. Entendeu? Entende o que estou dizendo?"

O menino fica calado, se recusa a olhar para ele.

"Davíd, entende o que eu estou dizendo? Isso é coisa séria. Você não conhece o Dmitri. Não sabe por que ele te faz confidências. Não sabe o que acontece no coração dele."

"Ele estava chorando. Eu vi. Estava escondido dentro do armário e chorando."

"Qual armário?"

"No armário das vassouras, dessas coisas."

"Ele te falou por que estava chorando?"

"Não."

"Bom, quando alguma coisa está pesada no coração, sempre faz bem chorar. Provavelmente tem alguma coisa pesando no coração do Dmitri, e, agora que ele chorou, o coração dele vai ficar mais leve. Vou falar com ele. Vou descobrir qual o problema. Vou até o fundo dessa história."

11.

Ele cumpre a palavra. Na segunda-feira de manhã, depois de entregar Davíd à sua classe, ele procura Dmitri. Encontra-o em uma das salas de exposição, em pé em cima de uma cadeira, usando um longo espanador de plumas para tirar o pó de um quadro pendurado alto na parede. A pintura mostra um homem e uma mulher vestidos bastante formalmente de preto, sentados num gramado em ambiente silvestre, com uma toalha de piquenique estendida diante deles, enquanto no fundo um rebanho de gado pasta tranquilamente.

"Tem um minuto, Dmitri?", ele pergunta.

Dmitri desce e para na frente dele.

"Davíd me contou que você tem convidado as crianças da Academia para ir ao seu quarto. Contou também que você tem mostrado a ele fotos de mulheres nuas. Se for verdade, quero que pare com isso imediatamente. Se não, haverá sérias consequências para você, que não preciso dizer quais são. Entendeu?"

Dmitri ajeita o quepe. "Acha que estou violando os lindos corpos jovens dessas crianças? É disso que está me acusando?"

"Não estou te acusando de nada. Tenho certeza que sua relação com as crianças é totalmente inocente. Mas crianças imaginam coisas, exageram as coisas, conversam entre elas, falam com os pais. Essa história toda pode ficar feia. Sem dúvida você percebe isso."

Um jovem casal entra na sala de exposição, os primeiros visitantes do dia. Dmitri devolve a cadeira a seu lugar num canto, senta-se nela, segurando o espanador de plumas ereto como uma lança. "Totalmente inocente", ele diz em voz baixa. "Diz isso na minha cara: *Totalmente inocente?* Deve estar brincando, com certeza, Simón. É esse o seu nome: Simón?"

O jovem casal dá uma olhada, cochicha e sai da sala.

"Ano que vem, Simón, vou completar quarenta e cinco anos nesta vida. Ontem eu era um moleque; hoje, num piscar de olhos, tenho quarenta e quatro, barba, uma barriga grande, um joelho ruim e todo o resto que vem com os quarenta e quatro anos. Você acha mesmo que dá para chegar a essa idade avançada e ser *totalmente inocente?* Diria isso de si mesmo? Você é totalmente inocente?"

"Por favor, Dmitri, sem discursos. Eu vim aqui fazer um pedido, um pedido educado. Pare de convidar alunos da Academia para o seu quarto. Pare de mostrar fotos indecentes para eles. Pare também de falar sobre a professora deles, a señora Arroyo, e dos seus sentimentos por ela. Eles não entendem."

"E se eu não parar?"

"Se não parar vou denunciar você para as autoridades do museu e você perde seu emprego. Simples assim."

"Simples assim... Nada nesta vida é simples, Simón, você devia saber disso. Deixe eu contar sobre o meu emprego. Antes de vir para o museu trabalhei no hospital. Não como médico, já vou esclarecendo, eu sempre fui o burro, nunca passei nos exames, não sou bom em ler livros. Dmitri, o boi burro. Não, eu não era médico, era servente hospitalar, fazia as coisas que ninguém mais queria fazer. Durante sete anos, entrei e saí desse emprego. Já contei isso para você, se ainda lembra. Não lamento esses anos. Vi muita coisa da vida, muito da vida e muito da morte. Tanta morte que no fim tive de ir embora, não aguentava mais. Troquei aquele empreso por este, em que não tem nada pra fazer a não ser ficar o dia inteiro sentado, bocejando, esperando tocar a sineta da hora de fechar. Se não fosse a Academia do andar de cima, se não fosse a Ana Magdalena, eu teria morrido de tédio faz muito tempo.

"Por que acha que converso com seu filhinho, Simón, e com os outros pequenos? Por que acha que brinco com eles e compro balas para eles? Porque quero corromper os meninos? Porque quero violar eles? Não. Acredite ou não, eu brinco com eles na esperança de que um pouco daquele perfume e inocência deles passe pra mim, pra eu não virar um velho amuado e sozinho sentado num canto feito uma aranha, sem serventia pra ninguém, supérfluo, indesejado. Para que eu sirvo sozinho e para que você serve sozinho — é, você, Simón! —, para que nós servimos sozinhos, velhos cansados, gastos como nós? Podíamos muito bem nos trancar no lavatório e dar um tiro na cabeça. Não concorda?"

"Quarenta e quatro anos não é velho, Dmitri. Está no auge da vida. Você não precisa assombrar os corredores da Academia de Dança dos Arroyo. Podia casar, ter filhos seus."

"Podia. Podia mesmo. Acha que eu não quero? Mas tem um problema, Simón, tem um problema. O problema é a señora Arroyo. Estou *encaprichado* por ela. Conhece a palavra? Não? Pode procurar nos livros. Apaixonado. Você sabe, ela sabe, todo mundo sabe, não é segredo. Até o señor Arroyo sabe, ele, com a cabeça nas nuvens quase o tempo todo. Sou apaixonado pela señora Arroyo, sou louco por ela, *loco*, é aí que começa e termina tudo. Você diz, *desista dela, procure outra*. Mas eu não procuro. Sou bobo demais para isso, bobo demais, simplório demais, antiquado demais, fiel demais. Como um cachorro. Não tenho vergonha de dizer. Eu sou o cachorro da Ana Magdalena. Lambo o chão que ela pisa. De joelhos. E agora você quer que eu a abandone, assim, abandone e encontre uma substituta. *Cavalheiro, responsável, emprego fixo, não tão jovem, procura viúva respeitável com fins de matrimônio. Escreva para caixa postal 123, anexo fotografia.*

"Não vai funcionar, Simón. Não é a mulher da caixa postal 123 que eu amo, mas a Ana Magdalena Arroyo. Que marido eu seria para a caixa postal 123, que tipo de pai, se guardar a imagem da Ana Magdalena no coração? E esses filhos que você deseja para mim, esses filhos meus mesmo: acha que vão me amar, filhos gerados pela indiferença? Claro que não. Vão me odiar e desprezar, o que seria exatamente o que eu mereceria. Quem precisa de um pai com o coração ausente?

"Então, muito obrigado por seu conselho pensado e considerado, mas infelizmente não posso seguir esse conselho. Quando se trata das grandes escolhas da vida, eu sigo o meu coração. Por quê? Porque o coração está sempre certo e a cabeça sempre errada. Entende?"

Ele começa a ver por que Davíd está cativado por esse homem. Sem dúvida existe um elemento de pose em toda aquela história de amor extravagante e não correspondido, assim como uma espécie de perversa vanglória. E também zombaria: desde o começo ele sentiu que tinha sido escolhido para essas confidências apenas porque Dmitri o vê como um eunuco ou um lunático, alienado das paixões terrenas. Mas a performance é poderosa mesmo assim. Quão sincero, grandioso, *verdadeiro*, Dmitri deve parecer para um menino da idade de Davíd, comparado a um velho seco como ele!

"É, Dmitri, eu entendo. Você foi claro, muito claro. Deixe

que eu também seja claro. Suas relações com a señora Arroyo são problema seu, não meu. A señora Arroyo é uma mulher adulta, sabe se cuidar. Mas as crianças são outra coisa. Os Arroyo administram uma escola, não um orfanato. Você não pode pegar os alunos e adotar todos como se fossem sua família. *Eles não são seus filhos*, Dmitri, assim como a señora Arroyo não é sua esposa. Quero que pare de convidar o Davíd, meu filho, uma criança cujo bem-estar é minha responsabilidade, para ir ao seu quarto ver fotos indecentes. Meu filho ou qualquer outra criança. Se não parar com isso, vou tomar providências para que seja demitido. Isso é tudo."

"Uma ameaça, Simón? Está me ameaçando?" Dmitri se levanta da cadeira, ainda segurando o espanador. "Você, um estranho que veio de lugar nenhum, me ameaçando? Acha que não tenho nenhum poder aqui?" Seus lábios se abrem num sorriso que revela os dentes amarelados. Ele sacode de leve as plumas na cara dele, Simón. "Acha que não tenho amigos em altos cargos?"

Ele, Simón, dá um passo para trás. "O que eu acho não tem nada a ver com você", ele diz, friamente. "Eu disse o que tinha para dizer. Bom dia."

Nessa noite, começa a chover. Chove o dia inteiro também, sem parar, sem promessa de interrupção. Os mensageiros de bicicleta não podem sair para seus turnos. Ele fica em seu quarto, matando o tempo, ouvindo música no rádio, cochilando, enquanto a água pinga num balde de uma goteira no forro.

No terceiro dia de chuva, a porta de seu quarto se abre e Davíd está diante dele, a roupa encharcada, o cabelo grudado na cabeça.

"Eu fugi", ele anuncia. "Fugi da Academia."

"Você fugiu da Academia! Entre, feche a porta, tire essa

roupa molhada, deve estar gelado. Achei que você gostava da Academia. Aconteceu alguma coisa?" Enquanto fala, ele se ocupa do menino, tira sua roupa, enrola-o numa toalha.

"A Ana Magdalena foi embora. E o Dmitri também. Foram embora os dois."

"Tenho certeza que deve haver alguma explicação. Eles sabem que você está aqui? O señor Arroyo sabe? O Alyosha sabe?"

O menino balança a cabeça.

"Eles vão ficar preocupados. Deixe eu fazer alguma coisa quente para você beber, depois saio e telefono para dizer que você está bem."

Com sua capa impermeável amarela e chapéu de marinheiro, ele sai no temporal. Da cabine telefônica da esquina, liga para a Academia. Não atendem.

Ele volta a seu quarto. "Não atende", diz. "Vou ter de ir até lá. Me espere aqui. Por favor, por favor, não fuja."

Dessa vez, vai de bicicleta. Leva quinze minutos debaixo da chuvarada. Chega encharcado até os ossos. O estúdio está vazio, mas no cavernoso refeitório encontra os colegas internos de Davíd sentados a uma das mesas compridas com Alyosha lendo para eles. Alyosha interrompe a leitura e olha para ele interrogativamente.

"Desculpe interromper", ele diz. "Telefonei, mas ninguém atendeu. Vim dizer que o Davíd está bem. Está em casa comigo."

Alyosha fica vermelho. "Desculpe. Estou tentando controlar todo mundo, mas às vezes me atrapalho. Achei que ele estava lá em cima."

"Não, está comigo. Ele disse alguma coisa sobre Ana Magdalena ter ido embora."

"É, Ana Magdalena está fora. Vamos ter uma pausa nas aulas até ela voltar."

"E quando vai ser isso?"

Alyosha dá de ombros, impotente.

Ele pedala de volta para casa. "Alyosha disse que vão fazer uma pausa nas aulas", ele conta ao menino. "Disse que Ana Magdalena vai voltar logo. Que ela não fugiu não. Que isso é só uma história boba."

"Não é boba. A Ana Magdalena fugiu com o Dmitri. Eles vão ser ciganos."

"Quem te disse isso?"

"O Dmitri."

"O Dmitri é um sonhador. Ele sempre sonhou fugir com Ana Magdalena. Ana Magdalena não está interessada nele."

"Você nunca me escuta! Eles fugiram. Vão viver uma vida nova. Eu não quero voltar para a Academia. Eu quero ir com a Ana Magdalena e o Dmitri."

"Você quer abandonar a Inés e ficar com a Ana Magdalena?"

"A Ana Magdalena me ama. O Dmitri me ama. A Inés não me ama."

"Claro que a Inés te ama! Ela mal pode esperar voltar de Novilla para ficar de novo com você. Quanto ao Dmitri, ele não ama ninguém. Ele é incapaz de amar."

"Ele ama a Ana Magdalena."

"Ele tem uma paixão pela Ana Magdalena. É diferente. Paixão é egoísta. Amor é altruísta. Inés te ama de um jeito altruísta. Eu também."

"É chato ficar com a Inés. É chato ficar com você. Quando vai parar de chover? Odeio chuva."

"Sinto muito ouvir você dizer que está entediado. Quanto à chuva, infelizmente não sou o imperador do céu, então não posso fazer nada para a chuva parar."

Estrella tem duas estações de rádio. Ele muda para a segunda estação no momento em que o locutor está noticiando o fechamento de uma feira agrícola devido à chuva "fora de época". Depois da notícia, vem um longo recital de serviços de ônibus que foram interrompidos e de escolas que suspenderam as aulas. "As duas academias de Estrella também fecharão os portões, a Academia de Canto e a Academia de Dança."

"Eu falei", disse o menino. "Eu nunca mais vou voltar para a Academia. Odeio aquilo lá."

"Um mês atrás você adorava a Academia. Agora odeia. Quem sabe, Davíd, esteja na hora de você aprender que não existem só dois sentimentos que você pode ter, amor e ódio, que existem outros sentimentos também. Se você resolve odiar a Academia e virar as costas para ela, logo vai estar em uma das escolas públicas, onde os professores não vão ler histórias de gênios e elefantes, mas obrigá-lo a fazer contas o dia inteiro, sessenta e três dividido por nove, setenta e dois dividido por seis. Você é um menino de sorte, Davíd, de sorte e muito mimado. Acho que tem de despertar para esse fato."

Depois de dizer isso, ele sai na chuva e telefona para a Academia. Dessa vez, Alyosha atende. "Alyosha! É o Simón de novo. Acabei de saber pelo rádio que a Academia vai ficar fechada até parar a chuva. Por que não me disse isso? Me deixe falar com o señor Arroyo."

Um longo silêncio. E: "O señor Arroyo está ocupado, não pode atender o telefone".

"O señor Arroyo, diretor da sua Academia, está ocupado demais para falar com os pais. A señora Arroyo abandonou seus deveres e não pode ser encontrada. O que está acontecendo?"

Silêncio. Do lado de fora da cabine, uma moça lhe dá um olhar exasperado, fala sem som, bate no relógio. Tem um guarda-chuva, mas é insignificante, não protege das rajadas de chuva que caem sobre ela.

"Alyosha, escute. Nós vamos voltar, o Davíd e eu. Vamos agora mesmo. Deixe a porta aberta. Obrigado."

Ele desistiu de tentar não se molhar. Rodam juntos para

a Academia, o menino sentado no cano da pesada bicicleta velha, espiando por baixo da capa amarela, gritando de prazer e erguendo bem os pés quando passam por poças d'água. Os semáforos não estão funcionando, as ruas estão quase vazias. Na praça da cidade, os donos de barracas guardaram tudo e foram embora faz tempo.

Há um carro parado na entrada da Academia. Um menino que ele reconhece como um dos colegas de Davíd está no banco de trás, o rosto colado à janela, enquanto sua mãe tenta erguer uma mala para o porta-malas. Ele vai ajudá-la.

"Muito obrigada", ela diz. "Você é pai do Davíd, não? Me lembro do concerto. Vamos sair da chuva?"

Ele e ela vão para a entrada, enquanto Davíd sobe no carro do amigo.

"Terrível, não é?", diz a mulher, sacudindo a água do cabelo. Ele a reconhece, lembra-se de seu nome: Isabella. De capa e salto alto ela é bem elegante, bem atraente. Os olhos inquietos.

"Está falando do tempo? É, nunca vi chover assim antes. Parece o fim do mundo."

"Não, falo dessa história da señora Arroyo. Tão perturbadora para as crianças. A Academia tinha uma reputação tão boa. Agora começo a ter minhas dúvidas. O que está planejando para o Davíd? Vai manter o menino aqui?"

"Não sei. A mãe dele e eu precisamos conversar. O que quer dizer exatamente sobre a señora Arroyo?"

"Não ficou sabendo? Eles se separaram, os Arroyo, e ela fugiu. Acho que devíamos ter previsto isso, a mulher mais nova, o homem mais velho. Mas no meio do semestre, sem nenhum aviso aos pais. Não sei como a Academia vai continuar funcionando. Essa é a desvantagem de instituições pequenas: dependem demais dos indivíduos. Bom, tenho de ir. Como vamos separar as crianças? Deve ter orgulho do Davíd. Ele é um menino inteligente, pelo que eu soube."

Ela ergue a gola da capa, enfrenta a chuva, bate na janela do carro. "Carlos! Carlito! Vamos embora agora! Até logo, Davíd. Quem sabe você possa ir um dia desses lá em casa para brincar. Vamos telefonar para os seus pais." Um aceno rápido e ela vai embora.

As portas do estúdio estão abertas. Quando sobem a escada, escutam música vindo do órgão, uma passagem rápida e brilhante, repetida de novo e de novo. Alyosha está esperando por eles, com o rosto abatido. "Ainda está chovendo?", pergunta. "Venha, Davíd, me dê um abraço."

"Não fique triste, Alyosha", diz o menino. "Eles foram embora para uma vida nova."

Alyosha olha para ele, Simón, de um modo intrigado.

"O Dmitri e a Ana Magdalena", o menino explica, pacientemente. "Eles foram para uma vida nova. Vão ser ciganos."

"Estou totalmente confuso, Alyosha", diz ele, Simón. "Escuto uma história atrás da outra e não sei em qual acreditar. É indispensável que eu fale com o señor Arroyo. Onde ele está?"

"O señor Arroyo está tocando", diz Alyosha.

"Estou ouvindo. Mesmo assim, posso falar com ele?"

A passagem rápida, brilhante que tinha ouvido mescla-se agora com uma passagem mais pesada, grave, que parece obscuramente relacionada com ela. Não havia tristeza na música, nada meditativo, nada que sugerisse que o músico tinha sido abandonado por sua bela esposa jovem.

"Ele está no teclado desde as seis da manhã", diz Alyosha. "Acho que não quer ser interrompido."

"Muito bem, eu tenho tempo, vou esperar. Pode providenciar uma roupa seca para o Davíd vestir? Posso usar seu telefone?"

Ele telefona para a Modas Modernas. "Aqui é Simón, o amigo da Inés. Alguém pode, por favor, passar um recado para a Inés em Novilla? Dizer a ela que há uma crise na Academia e que ela deve voltar para casa sem demora... Não, não tenho o telefone dela... Diga apenas *uma crise na Academia*, ela vai entender."

Ele se senta e espera por Arroyo. Se não estivesse tão exasperado, poderia ser capaz de fruir a música, a maneira engenhosa como o homem entretece temas, as surpresas harmônicas, a lógica de suas resoluções. Um verdadeiro músico, sem dúvida, consignado ao papel de professor. Não é de admirar que não tenha disposição para encarar pais irados.

Alyosha volta trazendo um saco plástico com a roupa molhada do menino. "O Davíd foi dar um oi para os animais", ele conta.

Então o menino entra correndo. "Alyosha! Simón!", grita. "Eu sei onde ele está! Eu sei onde o Dmitri está! Venham!"

Eles seguem o menino, descem a escada dos fundos para o vasto porão pouco iluminado do museu, passam por pilhas de andaimes, passam por telas encostadas de qualquer jeito contra as paredes, passam por um grupo de nus de mármore amarrados uns aos outros, até chegarem a um pequeno cubículo num canto, feito de placas de compensado pregadas de qualquer jeito, sem teto. "Dmitri!", o menino grita, e bate na porta. "O Alyosha está aqui e o Simón!"

Nenhuma resposta. Então ele, Simón, nota que a porta do cubículo está trancada com um cadeado. "Não tem ninguém aí dentro", ele diz. "Está trancada por fora."

"Ele *está* aqui!", o menino diz. "Eu estou ouvindo ele! Dmitri!"

Alyosha arrasta um dos painéis de andaime, encosta na parede do cubículo. Sobe, espia para dentro, desce depressa.

Antes que alguém possa detê-lo, Davíd escala o andaime também. No alto, ele congela visivelmente. Alyosha sobe e o traz para baixo.

"O que foi?", pergunta ele, Simón.

"Ana Magdalena. Vá. Leve o Davíd com você. Chame uma ambulância. Diga que houve um acidente. Diga para virem depressa." Então as pernas dele cedem e ele se ajoelha no chão. Está com o rosto pálido. "Vá, vá, vá!", ele diz.

Tudo o que se segue acontece depressa. A ambulância chega, depois a polícia. Retiram os visitantes do museu; designam um guarda para a entrada; a escada para o porão é interditada. Com os dois meninos Arroyo sob controle, Alyosha se retira para o andar superior do prédio. Nem sinal do señor Arroyo: a sala do órgão está vazia.

Ele se aproxima de um dos policiais: "Podemos ir embora?", pergunta.

"Quem é você?"

"Fomos nós que encontramos... que encontramos o corpo. Meu filho Davíd é aluno aqui. Está muito perturbado. Gostaria de levar meu filho para casa."

"Eu não quero ir pra casa", o menino anuncia. Tem um aspecto fechado, obstinado; o choque que o silenciara parece ter se esgotado. "Quero ver a Ana Magdalena."

"Isso não vai acontecer de jeito nenhum."

Soa um apito. Sem dizer uma palavra, o policial os abandona. No mesmo instante, o menino sai correndo pelo estúdio, com a cabeça abaixada como um pequeno touro. Ele, Simón, só o alcança ao pé da escada, onde dois enfermeiros, levando uma maca envolta em lençol branco, tentam passar por um nó de gente. O lençol enrosca, descobrindo por um momento a falecida señora Arroyo até o peito nu. O lado esquerdo de seu rosto está roxo, quase preto. Os olhos abertos. O lábio superior afastado num esgar. Rapidamente, os enfermeiros recolocam o lençol.

Um policial fardado pega o menino pelo braço, dominando-o. "Me solte!", ele grita, se debatendo. "Quero salvar ela!"

O policial o carrega sem esforço e o mantém suspenso, chutando. Ele, Simón, não intervém, mas espera até que a maca esteja instalada na ambulância, com as portas fechadas.

"Pode soltar agora", diz ao policial. "Eu cuido dele. É meu filho. Está perturbado. Ela era professora dele."

Ele não tem nem a energia, nem o ânimo para ir de bicicleta. Lado a lado, ele e o menino seguem a pé debaixo da chuva monótona até o chalé. "Estou ficando molhado de novo", o menino reclama. Ele enrola sua capa no menino.

Na porta, são recebidos por Bolívar, à sua maneira altiva de sempre. "Sente perto do Bolívar", ele instrui o menino. "Deixe ele te aquecer. Deixe ele passar para você um pouco do calor dele."

"O que vai acontecer com a Ana Magdalena?"

"Ela deve estar no hospital agora. Não vou mais falar disso. Já basta por um dia".

"Foi o Dmitri que matou ela?"

"Não faço ideia. Não sei como ela morreu. Agora, tem uma coisa que quero que me conte. Aquele quartinho onde ela foi encontrada... era naquele quartinho que o Dmitri levava você para mostrar as fotos de mulheres?"

"Era."

12.

No dia seguinte, primeiro dia de céu claro depois da grande chuva, Dmitri se entrega. Ele se apresenta ao balcão frontal da delegacia de polícia. "Fui eu", ele anuncia à moça atrás da mesa, e como ela não entende, ele pega o jornal da manhã e bate na manchete "MORTE DE BAILARINA", com uma fotografia de Ana Magdalena, cabeça e ombros, linda à sua maneira bastante fria. "Fui eu que matei ela", diz. "O culpado sou eu."

Nas horas seguintes, ele escreve para a polícia um relato completo e detalhado do que aconteceu: que usando algum pretexto, ele convenceu Ana Magdalena a acompanhá-lo até o porão do museu; como forçou seu corpo sobre o dela e depois a estrangulou; que trancou o corpo dela no cubículo; que durante dois dias e duas noites vagou pelas ruas da cidade, indiferente a frio e chuva, louco, escreve ele, porém não diz louco com quê (de culpa? de tristeza?), até que, ao topar em uma banca de jornal com a fotografia daqueles olhos, conforme diz, que o penetraram até a alma, ele caiu em si e se entregou, "decidido a pagar pelo seu erro".

Tudo isso vem à tona no primeiro inquérito, que é conduzido em meio a intenso interesse público, uma vez que nada tão extravagante ocorreu em Estrella desde que se possa lembrar. O señor Arroyo não está presente no inquérito: ele trancou as portas da Academia e não fala com ninguém. Ele, Simón, tenta comparecer, mas a multidão à porta do minúsculo tribunal é tão compacta que ele desiste. Pelo rádio, fica sabendo que Dmitri admitiu sua culpa e recusou ajuda legal, mesmo com a explicação do magistrado de que aquele não era nem o lugar nem a hora de se declarar. "Eu fiz a pior coisa do mundo, matei a pessoa que eu amava", dizem que ele falou. "Me açoitem, me enforquem, quebrem os meus ossos." Do tribunal, ele é levado de volta para a cela, enfrentando pelo caminho uma torrente de ofensas e insultos dos curiosos.

Atendendo ao chamado dele, Inés voltou de Novilla, acompanhada pelo irmão mais velho, Diego. Davíd muda-se de volta para o apartamento com eles. Como não há aulas, ele está livre para jogar futebol com Diego o dia inteiro. Diego, ele conta, é "brilhante" no futebol.

Ele, Simón, encontra Inés para almoçar. Discutem o que fazer com Davíd. "Ele parece estar normal, parece ter superado o choque", ele diz a ela, "mas tenho minhas dúvidas. Nenhuma criança pode ser exposta a uma imagem dessas sem sofrer consequências."

"Ele nunca devia ter ido para a Academia", diz Inés. "Nós devíamos ter contratado um tutor, como eu disse. Que calamidade esses Arroyo acabaram sendo!"

Ele discorda. "Dificilmente foi culpa da señora Arroyo ou do marido ela ter sido assassinada, é preciso dizer. Pode-se cruzar com um monstro como o Dmitri em qualquer lugar. Olhando pelo lado positivo, pelo menos o Davíd aprendeu uma lição sobre adultos e aonde levam as suas paixões."

Inés funga. "Paixões? Você chama estupro e assassinato de paixões?"

"Não, estupro e assassinato são crimes, mas não se pode negar que o Dmitri foi levado a isso pela paixão."

"A paixão que se dane", diz Inés. "Se houvesse menos paixão o mundo seria um lugar mais seguro."

Estão num café em frente a Modas Modernas, com as mesas muito próximas umas das outras. As vizinhas, duas mulheres bem-vestidas que podem fazer parte da clientela de Inés, ficaram caladas e estão ouvindo o que parece ter começado a soar como uma briga. Portanto ele cala o que estava a ponto de dizer (*Paixão*, ele estava a ponto de dizer, *o que você entende de paixão, Inés?*) e em vez disso observa: "Vamos tentar não perder o rumo. Como está o Diego? O que ele acha de Estrella? Quanto tempo vai ficar? O Stefano vem também?".

Não, ele fica sabendo, Stefano não virá a Estrella. Stefano está totalmente dominado pela namorada, que não quer que ele saia do lado dela. Quanto a Diego, ele não teve uma impressão favorável de Estrella. Ele a chama de *atrasada*, retrógrada; não entende o que Inés está fazendo ali; quer que ela volte para Novilla com ele.

"E você vai fazer isso?", ele pergunta. "Vai se mudar para Novilla? Preciso saber, porque aonde o Davíd for eu vou."

Inés não responde, brinca com a colher.

"E a loja?", ele pergunta. "Como Claudia vai ficar se você abandonar o trabalho de repente?" Ele se inclina para mais perto, sobre a mesa. "Me fale sinceramente, Inés, você ainda é dedicada ao Davíd como sempre foi?"

"O que você quer dizer com isso, se *eu ainda sou dedicada*?"

"Quero dizer, ainda é mãe do menino? Ainda ama o Davíd ou está se afastando dele? Porque você fique sabendo que não consigo ser pai e mãe."

Inés se levanta. "Tenho de voltar para a loja", ela diz.

* * *

A Academia de Canto é um lugar muito diferente da Academia de Dança. Instalada em um elegante prédio envidraçado, está situada numa praça frondosa, no bairro mais caro da cidade. Ele e Davíd são levados à sala da señora Montoya, a vice-diretora, que os recebe com frieza. Depois do fechamento da Academia de Dança, ela informa, a Academia de Canto recebeu uma pequena avalanche de solicitações de ex-alunos. O nome de Davíd pode entrar na lista, mas a perspectiva não é favorável: será dada precedência aos pretendentes que tenham tido formação musical anterior. Além disso, ele, Simón, deve observar que a mensalidade da Academia de Canto é consideravelmente mais alta que a da Academia de Dança.

"O Davíd teve aulas de música com o próprio señor Arroyo", ele diz. "Tem boa voz. Não vai dar ao menino uma chance de provar sua capacidade? É excelente bailarino. Pode ser excelente no canto também."

"É isso que ele quer ser na vida: cantor?"

"Davíd, você ouviu a pergunta da señora. Quer ser cantor?"

O menino não responde, olhando firme pela janela.

"O que você quer fazer da vida, mocinho?", pergunta a señora Montoya.

"Não sei", diz o menino. "Depende."

"O Davíd tem seis anos", diz ele, Simón. "Não se pode esperar que um menino de seis anos tenha um projeto de vida."

"Señor Simón, se existe um traço que liga todos os alunos de nossa Academia, do mais novo ao mais velho, é a paixão pela música. Você tem paixão pela música, mocinho?"

"Não. Paixão é ruim para as pessoas."

"De fato! E quem disse isso, que as paixões são ruins?"

"Inés."

"E quem é Inés?"

"Inés é a mãe dele", ele, Simón, intervém. "Acho que você entendeu mal o que a Inés disse, Davíd. Ela estava falando de paixão física. Paixão pelo canto não é uma paixão física. Por que não canta para a señora Montoya ouvir como sua voz é bonita? Cante aquela música em inglês que cantava para mim."

"Não. Não quero cantar. Odeio cantar."

Ele leva o menino para visitar as três irmãs na fazenda. São recebidos com o mesmo calor de sempre, com bolinhos glaceados e a limonada feita em casa de Roberta. O menino parte para um passeio nos estábulos e baias, retomando o contato com velhos amigos. Em sua ausência, ele, Simón, relata a história da entrevista com a señora Montoya. "Paixão pela música", ele diz, "imagine perguntar a um menino de seis anos se tem paixão pela música. Crianças podem ter entusiasmos, mas não podem ter paixões ainda."

Ele passou a gostar das irmãs. Com elas, sente que pode abrir o coração.

"Sempre achei a Academia de Canto uma instituição bastante pretensiosa", diz Valentina. "Mas tem um alto nível, isso sem dúvida nenhuma."

"Se, por algum milagre, Davíd for aceito, as senhoras estariam dispostas a ajudar com as mensalidades?" Ele repete os valores que lhe foram passados.

"Claro", diz Valentina, sem hesitar. Consuelo e Alma balançam a cabeça concordando. "Nós gostamos do Davíd. É uma criança excepcional. Tem um grande futuro pela frente. Talvez não necessariamente num palco de ópera."

"Como ele está reagindo ao choque, Simón?", pergunta Consuelo. "Deve ter ficado profundamente perturbado."

"Ele sonha com a señora Arroyo. Tinha ficado muito próximo dela, o que me surpreendeu, porque achei que ela era bastante fria, fria e inacessível. Mas ele gostou dela desde o começo. Deve ter encontrado nela alguma qualidade que eu não pude ver."

"Ela era muito bonita. Muito clássica. Não a achava bonita?"

"Ela era bonita, sim. Mas para um menino pequeno, beleza dificilmente é uma coisa a ser considerada."

"Acho que não. Me diga: acha que ela não teve nenhuma culpa em todo esse caso tão triste?"

"Não inteiramente. Havia uma longa história entre ela e o Dmitri. Ele era obcecado por ela, adorava o chão que ela pisava. Foi o que ele mesmo me disse, dizia para todo mundo que quisesse ouvir. Mas ela não tinha consideração por ele. Tratava o Dmitri como lixo, de fato. Eu mesmo vi. Será de admirar que ele tenha acabado enlouquecendo? Claro, não estou tentando encontrar desculpa para ele…"

Davíd volta de sua excursão. "Onde está o Rufo?", ele pergunta.

"Estava doente, pusemos para dormir", responde Valentina. "Cadê seu sapato?"

"A Roberta disse para eu tirar. Posso ver o Rufo?"

"Pôr alguém para dormir é um eufemismo, meu menino. O Rufo morreu. A Roberta vai encontrar para nós um filhote para crescer e virar o cão de guarda daqui."

"Mas onde ele está?"

"Não sei dizer. Não sei onde. Deixamos a Roberta cuidar disso."

"Ela não tratava ele como lixo."

"Desculpe. Quem não tratava quem como lixo?"

"A Ana Magdalena. Ela não tratava o Dmitri como lixo."

"Você estava escutando atrás da porta? Que coisa feia, Davíd. Não devia ficar ouvindo."

"Ela não tratava ele como lixo. Só estava fingindo."

"Bom, você sabe melhor do que eu, com certeza. Como está sua mãe?"

Ele, Simón, intervém. "Sinto que a Inés não esteja aqui, mas um irmão dela de Novilla está de visita. Hospedado no nosso apartamento. Eu me mudei por enquanto."

"O nome dele é Diego", diz o menino. "Ele odeia o Simón. Diz que o Simón é *una manzana podrida*. Ele fala que a Inés devia fugir do Simón e voltar para Novilla. O que quer dizer *una manzana podrida*?"

"Uma maçã podre."

"Sei, mas o que *quer dizer*?"

"Não sei. Você quer dizer para ele, Simón, o que é *una manzana podrida*, já que você é a *manzana* em questão?"

As três irmãs se dissolvem em risos.

"O Diego está bravo comigo faz muito tempo, por ter tirado dele a irmã. No entender dele, ele, Inés e o irmão mais novo deles estavam vivendo juntos muito felizes até eu entrar em cena e roubar a Inés. O que é totalmente falso, claro, uma visão completamente equivocada dos fatos."

"Ah? E qual é a verdade?", Consuelo pergunta.

"Eu não roubei a Inés. Inés não tem nenhum sentimento por mim. Ela é a mãe do Davíd. Cuida dele e eu cuido dos dois. Só isso."

"Muito estranho", diz Consuelo. "Muito fora do comum. Mas nós acreditamos em você. Conhecemos você e acreditamos. Não achamos que você é *una manzana podrida* de jeito nenhum." As irmãs balançam a cabeça, concordando. "Portanto, você, rapazinho, deve voltar para esse irmão da Inés e informar a ele que cometeu um grande erro com o Simón. Vai fazer isso?"

"A Ana Magdalena tinha paixão pelo Dmitri", diz o menino.

"Acho que não", diz ele, Simón. "É o contrário. Era ele que tinha a paixão. Foi a paixão pela Ana Magdalena que levou o Dmitri a fazer coisas ruins."

"Você sempre diz que paixão é ruim", diz o menino. "A Inés também. Vocês dois odeiam paixão."

"De jeito nenhum. Eu não odeio paixão, isso é uma total inverdade. Mesmo assim, não posso ignorar as más consequências da paixão. O que acham, Valentina, Consuelo, Alma: a paixão é boa ou ruim?"

"Acho que paixão é bom", diz Alma. "Sem paixão o mundo parava de rodar. Seria um lugar vazio e sem graça. Na verdade", ela olha para as irmãs, "sem paixão nós não estaríamos aqui, nenhum de nós. Nem os porcos, as vacas, as galinhas. Nós todos estamos aqui por causa da paixão, a paixão de alguém por alguma outra pessoa. Eu ouço a paixão na primavera, quando o ar está cheio de cantos das aves, cada uma procurando um macho. Se isso não é paixão, o que é? Até as moléculas. A gente não teria água se o oxigênio não tivesse uma paixão pelo hidrogênio."

Das três irmãs, é de Alma que ele mais gosta, embora não com paixão. Ela não tem nenhum traço da beleza das irmãs. É baixa, atarracada até; o rosto é redondo e agradável, mas sem personalidade; usa uns óculos pequenos de aro metálico que não lhe caem bem. Será irmã mesmo das outras duas ou apenas meia-irmã? Ele não as conhece o suficiente para perguntar.

"Não acha que existem dois tipos de paixão, Alma, paixão boa e paixão ruim?", Valentina pergunta.

"Não, acho que só existe um tipo de paixão, igual em toda parte. O que você pensa, Davíd?"

"O Simón disse que eu não posso ter pensamentos", diz o menino. "O Simón acha que sou muito novo. Ele diz que eu tenho de ficar velho que nem ele para ter pensamentos."

"O Simón fala muita bobagem", diz Alma. "O Simón está virando uma *manzana* velha toda enrugada." De novo as irmãs se desmancham de rir. "Não ligue para o Simón. Diga para a gente o que *você* pensa."

O menino vai até o centro da sala e sem preâmbulo, de meias, começa a dançar. Imediatamente, Simón reconhece a dança. É a mesma que o menino Arroyo mais velho realizou no concerto; mas Davíd dança melhor, com mais graça, mais autoridade e convicção, mesmo o outro menino sendo filho do professor de dança. As irmãs assistem em silêncio, absortas, enquanto o menino traça seu complexo hieróglifo, evitando com facilidade as mesinhas e banquetas da sala.

Você dança para essas mulheres, mas não dança para mim, ele pensa. *Você dança para Inés. O que elas têm que eu não tenho?*

A dança termina. Davíd não faz uma reverência, não é assim na Academia, mas por um momento permanece ereto e imóvel diante deles, com os olhos fechados e um pequeno sorriso arrebatado nos lábios.

"Bravo!", diz Valentina. "Foi uma dança de paixão?"

"É uma dança pra chamar o Três", diz o menino.

"E a paixão?", Valentina pergunta. "Onde entra a paixão aí?"

O menino não responde, mas, com um gesto que ele, Simón, nunca viu antes, pousa três dedos da mão direita sobre a boca.

"É uma charada?", pergunta Consuelo. "Nós temos de adivinhar?"

O menino não se mexe, mas seus olhos cintilam maliciosamente.

"Entendo", diz Alma.

"Então talvez *você* possa explicar para nós", diz Consuelo.

"Não tem nada para explicar", diz Alma.

Quando ele contou às irmãs que o menino sonhava com Ana Magdalena, não era toda a verdade. Em todo o tempo deles juntos, primeiro com ele, depois com Inés, o menino sempre adormecera à noite sem problemas, dormia profundamente e acordava vivo e cheio de energia. Mas desde a descoberta no porão do museu ocorrera uma mudança. Agora, ele aparecia regularmente ao lado da cama de Inés durante a noite, ou ao lado da cama dele quando o estava visitando, chorando, reclamando de pesadelos. Em seus sonhos, Ana Magdalena aparecia, azul da cabeça aos pés e carregando um bebezinho que é "pequenininho, pequenininho, pequenininho como uma ervilha"; ou então ela abre a mão e revela o bebê na palma, enrolado como uma pequena lesma azul.

Ele tenta consolar o menino da melhor maneira que pode. "Ana Magdalena gostava muito de você", ele diz. "Por isso ela te visita nos sonhos. Ela vem se despedir e dizer para você não ter mais maus pensamentos porque ela está em paz na outra vida."

"Eu sonhei com o Dmitri também. A roupa dele estava toda molhada. O Dmitri vai me matar, Simón?"

"Claro que não", ele o tranquiliza, "por que haveria de fazer isso? Além disso, não é o Dmitri verdadeiro que você está vendo, é só um Dmitri de fumaça. Abane as mãos assim", ele abana as mãos, "e ele desaparece."

"Mas foi o pênis dele que fez ele matar gente? O pênis que fez ele matar a Ana Magdalena?"

"Seu pênis não te faz fazer coisas. Alguma outra coisa entrou dentro do Dmitri para ele fazer o que fez, algo estranho que nenhum de nós entende."

"Não vou ter um pênis como o do Dmitri quando eu crescer. Se o meu pênis ficar grande, vou cortar fora."

Ele conta a conversa para Inés. "Ele parece estar com a impressão de que adultos estão tentando matar uns aos outros quando fazem amor, que o estrangulamento é a culminação do ato. Ele parece ter visto o Dmitri nu em algum momento. Está tudo confuso na cabeça dele. O Dmitri disse que tem amor por ele, e isso quer dizer que quer estuprar e estrangular o menino. Queria que ele nunca tivesse cruzado com esse homem!"

"O erro foi mandar Davíd a essa tal Academia, para começar", diz Inés. "Eu nunca confiei naquela Ana Magdalena."

"Tenha um pouco de compaixão", ele diz. "Ela está morta. Nós estamos vivos."

Ele pede a Inés que seja mais compassiva, mas na verdade não havia mesmo alguma coisa estranha em Ana Magdalena? Mais que estranha, desumana? Ana Magdalena e seu bando de crianças, como uma loba com sua ninhada. Olhos que te enxergavam por dentro. Mesmo no fogo que tudo devora, difícil acreditar que aqueles olhos jamais sejam consumidos.

"Quando eu morrer vou ficar azul feito a Ana Magdalena?", o menino pergunta.

"Claro que não", ele responde. "Você vai direto para a outra vida. Vai ser uma nova pessoa viva lá. Vai ser excitante. Será uma aventura, assim como esta vida tem sido uma aventura.

"Mas se eu não for pra outra vida, vou ficar azul?"

"Acredite, meu menino, sempre haverá a outra vida. A morte não é nada que a gente deva temer. Acaba num segundo, e a outra vida começa."

"Eu não quero ir para outra vida. Quero ir para as estrelas."

13.

As cortes de justiça de Estrella têm como seu dever a recuperação, reabilitação e salvação (*recuperación, rehabilitación y salvación*) dos transgressores: foi o que ele ficou sabendo de seus colegas mensageiros de bicicleta. Disso se conclui que há dois tipos de julgamentos legais: o tipo longo, no qual o acusado contesta a acusação e a corte tem de determinar se é culpado ou inocente; e o tipo breve, em que o acusado admite a culpa, e a função da corte é determinar a pena punitiva adequada.

Desde o começo Dmitri admitiu a culpa. Assinou seu nome não em uma, mas em três confissões, cada uma mais copiosa que a anterior, relatando em detalhes como violou e estrangulou Ana Magdalena Arroyo. Teve todas as oportunidades para minimizar a transgressão (*Tinha bebido na noite fatídica? A vítima morrera por infelicidade durante o jogo erótico?*), mas recusou todas. O que fez era indesculpável, ele diz, imperdoável. Se o que fez é perdoável ou imperdoável, não cabe a ele decidir, respondem seus interrogadores; o que ele tem de dizer é *por que* fez o que fez. Esse é o ponto em que a terceira confissão chega a uma parada abrupta. "O acusado se recusou a continuar cooperando", anotam os interrogadores. "O acusado passou a ficar desbocado e violento."

Marcam o julgamento para o último dia do mês, quando Dmitri comparecerá perante um juiz e dois assessores para a sentença.

Dois dias antes do julgamento, uma dupla de oficiais fardados bate à porta do quarto dele, Simón, e entrega uma mensagem: Dmitri pediu para vê-lo.

"Eu?", ele pergunta. "Por que haveria de querer me ver? Ele mal me conhece."

"Não faço ideia", diz um oficial. "Por favor, venha conosco."

Levam-no de carro até a prisão. São seis horas da tarde; hora da mudança de turno, os prisioneiros nas celas estão para receber o jantar; ele tem de esperar bastante antes de ser levado a uma sala abafada com um aspirador de pó num canto e cadeiras descombinadas em outro, onde Dmitri o espera: cabelo bem cortado, usando calça cáqui muito bem passada, camisa cáqui e sandálias, parecendo consideravelmente mais elegante que nos velhos dias de funcionário do museu.

"Como vai, Simón?", Dmitri o cumprimenta. "Como está a linda Inés e como vai aquele pequeno de vocês? Penso sempre nele. Gosto dele, sabe. Gostava de todos, os pequenos bailarinos da Academia. E eles gostavam de mim. Mas agora acabou tudo, acabou."

Ele, Simón, já está bem irritado por ter sido chamado a visitar o homem; ter de ouvir seu lamento sentimental o deixa fervendo. "Você comprava o afeto deles com balas", diz. "O que quer de mim?"

"Está zangado e entendo por quê. Fiz uma coisa terrível. Levei sofrimento a muitos corações. Meu comportamento é indesculpável, indesculpável. Você tem razão de virar as costas para mim."

"O que você quer, Dmitri? Por que estou aqui?"

"Você está aqui, Simón, porque eu confio em você. Repassei na cabeça todos os meus conhecidos e você é a pessoa em quem mais confio. Por que confio em você? Não porque te conheça bem, não conheço você bem, assim como você não me conhece bem. Mas confio em você. Você é um homem que merece confiança, um homem digno de confiança. Qualquer um pode ver isso. E é discreto. Eu próprio não sou discreto, mas admiro a discrição nos outros. Se tiver outra vida, vou escolher ser um homem discreto, digno de confiança. Mas esta é a vida que eu tenho, a vida que me coube. Eu sou, ai, ai, o que sou."

"Fale de uma vez, Dmitri. Por que eu estou aqui?"

"Se você descer até o depósito do museu, se parar no fim da escada e olhar à direita, vai ver três armários de arquivos encostados na parede. Os armários estão trancados. Eu tinha uma chave, mas as pessoas aqui pegaram de mim. Mas esses armários são muito fáceis de arrombar. Enfie uma chave de fenda na fresta em cima da tranca e dê uma batida seca. A fita de metal que segura as gavetas vai ceder. Você vai ver na hora que tentar. É fácil.

"Na gaveta de baixo do armário do meio — *a gaveta de baixo do armário do meio* —, você vai encontrar uma caixinha dessas que as crianças usam na escola. Está cheia de papéis. Quero que você queime os papéis. Queime tudo, sem olhar o que é. Posso confiar que vai fazer isso?"

"Você quer que eu vá até o museu, arrombe um armário de arquivos, roube papéis e os destrua. Qual outro ato criminoso você quer que eu cometa em seu lugar porque não pode cometer sozinho, atrás das grades?"

"Confie em mim, Simón. Eu confio em você, você tem de confiar em mim. Essa caixinha não tem nada a ver com o museu. É coisa minha. Contém pertences pessoais particulares. Daqui a poucos dias vou ser julgado e quem sabe qual sentença vão me dar? O mais provável é que eu nunca mais vá ver Estrella, nunca mais vá entrar pela porta do museu. Na cidade que eu chamava de minha, vou ser esquecido, legado ao esquecimento. E isso está certo, certo, justo e bom. Eu não quero ser lembrado. Não quero ficar na memória popular só porque os jornais conseguiram botar a mão nos meus pertences mais privados. Você entende?"

"Entendo, mas não aprovo. Não vou fazer o que você pede. Em vez disso, vou fazer o seguinte. Vou até o diretor do museu e digo: 'O Dmitri, que trabalhava aqui, me diz que existem no local pertences dele, papéis e outras coisas. Ele me pediu para recolher essas coisas e levar para ele na prisão. Você permite que eu faça isso?'. Se o diretor concordar, trago os papéis para você. Você faz com eles o que quiser. Isso eu faço por você, mas nada ilegal."

"Não, Simón, não, não, não! Não pode trazer aqui, é muito arriscado! Ninguém pode ver esses papéis, nem você!"

"A última coisa que eu quero no mundo é ver esses papéis que você chama de privados. Tenho certeza que não passam de imundície."

"Isso! Exatamente! Imundície! Por isso é que precisam ser destruídos! Para haver menos sujeira no mundo!"

"Não. Eu me recuso a fazer isso. Encontre outro."

"Não tem outro, Simón, ninguém em quem eu confie. Se você não me ajudar, ninguém mais ajuda. É só questão de tempo alguém encontrar aquilo e vender para os jornais. Então vai ser outro escândalo e vão reabrir todas as feridas. Você não pode deixar isso acontecer, Simón. Pense nas crianças que eram minhas amigas e iluminavam meu dia. Pense no seu pequeno."

"Escândalo mesmo. A verdade é que você não quer que a sua coleção de fotos indecentes venha a público porque quer que as pessoas pensem bem de você. Quer que pensem em você como um homem de paixões, não como um criminoso com apetite para pornografia. Estou indo agora." Ele tamborila na porta, que é aberta imediatamente. "Boa noite, Dmitri."

"Boa noite, Simón. Não está zangado comigo, espero."

Chega o dia do julgamento. O *crime passionnel* do museu é o assunto dominante em toda Estrella, como ele descobriu durante seus turnos de bicicleta. Embora tome o cuidado de chegar ao tribunal bem antes da hora, já existe uma multidão na porta. Ele abre caminho até o foyer, onde se depara com uma placa grande impressa: *Mudança de jurisdição. A sessão da corte marcada para as 8h30 foi remarcada. Será realizada às 9h30 no Teatro Solar.*

O Teatro Solar é o maior teatro de Estrella. No caminho, conversa com um homem que leva com ele uma menina, uma menininha não mais velha que Davíd.

"Está indo ao julgamento?", o homem pergunta.

Ele acena que sim.

"Grande dia", diz o homem. A menina, toda vestida de branco com uma fita vermelha no cabelo, abre um sorriso para ele.

"Sua filha?", ele pergunta.

"A mais velha", responde o homem.

Ele olha em torno e nota diversas outras crianças na multidão que segue para o teatro.

"Acha uma boa ideia levar a menina junto?", ele pergunta. "Não é muito nova para esse tipo de coisa?"

"Boa ideia? Depende", diz o homem. "Se tiver muito palavrório legal e ela ficar cansada, posso ter de levar a menina para casa. Mas eu espero que vá ser breve e direto."

"Eu tenho um filho da mesma idade", ele diz. "Devo dizer que nunca pensaria em trazer o menino comigo."

"Bom", diz o homem. "Acho que existem pontos de vista diferentes. No meu entender, um grande evento como este pode ser educativo, fazer os pequenos entenderem como pode ser perigoso se envolver com os professores."

"Pelo que sei o homem que vai ser julgado nunca foi professor", ele responde, áspero. Então, chegam à entrada do teatro, e pai e filha são engolidos pela multidão.

A plateia já está cheia, mas ele encontra lugar no balcão com vista para o palco, onde foi instalada uma bancada comprida, coberta com lona verde, certamente para os juízes.

Nove e meia chega e passa. O teatro começa a ficar quente e abafado. Mais recém-chegados empurram por trás até ele ficar espremido contra o parapeito. Embaixo, as pessoas estão sentando nos corredores. Um rapaz empreendedor vai de um lado para outro vendendo garrafas de água.

Então, há um movimento. A luz do palco se acende. Conduzido por um policial fardado, Dmitri aparece, acorrentado nos tornozelos. Ofuscado, ele para e olha para a plateia. O assistente o deixa sentado dentro de um pequeno espaço cercado por corda.

Tudo quieto. Das coxias emergem três juízes, ou melhor, o juiz presidente e seus dois assessores, usando togas vermelhas. Com um grande hausto, a multidão se põe em pé. O teatro tem, ele calcula, capacidade para duzentas pessoas; mas há pelo menos o dobro ali presente.

A multidão se senta. O juiz presidente diz alguma coisa inaudível. O guarda de Dmitri dá um salto à frente e ajusta o microfone.

"O senhor é o prisioneiro conhecido como Dmitri?", pergunta o juiz. Ele acena com a cabeça para o guarda, que coloca diante de Dmitri um microfone só para ele.

"Sou, meritíssimo."

"E é acusado de violar e matar Ana Magdalena Arroyo no dia 5 do mês de março deste ano."

Não é uma pergunta, é uma afirmação. Mesmo assim, Dmitri responde: "A violação e o assassinato ocorreram na noite de 4 de março, meritíssimo. Esse erro no relatório eu já apontei antes. Quatro de março foi o último dia de Ana Magdalena na terra. Foi um dia terrível, terrível para mim, mas ainda mais terrível para ela".

"E você confessou-se culpado de ambas as acusações."

"Três vezes. Confessei três vezes. Culpado, meritíssimo. Dê minha sentença."

"Paciência. Antes da sentença o senhor terá o direito de se dirigir à corte, um direito de que, espero, faça uso. Primeiro terá a oportunidade de exculpar-se, depois terá a oportunidade de pleitear mitigação. Entende o que querem dizer estes termos: exculpação, mitigação?"

"Entendo os termos perfeitamente, meritíssimo, mas não têm relevância no meu caso. Não vou me exculpar. Sou culpado. Me julgue. Me dê minha sentença. Caia sobre mim com todo o peso da lei. Não darei nem um murmúrio, prometo."

Há um sussurro entre a multidão. "Julguem!", um grito. "Silêncio!", vem um grito de resposta. Há murmúrios, chiados baixos.

O juiz olha interrogativamente para seus colegas, primeiro um, depois o outro. Levanta o martelo e bate uma, duas, três vezes. O murmúrio cessa, baixa o silêncio.

"Eu me dirijo a todos vocês que se deram ao trabalho de vir hoje aqui para ver a justiça sendo feita", ele diz. "Lembro a todos com muita seriedade que a justiça não é aplicada apressadamente, nem por aclamação e certamente não pondo de lado os protocolos da lei." Ele se volta para Dmitri. "Exculpação. O senhor diz que não pode ou não quer se exculpar. Por que não? Porque, como diz, sua culpa é inegável. Pergunto: quem é o senhor para antecipar esses procedimentos e decidir a questão perante esta corte, que é precisamente a questão de sua culpa?

"*Sua* culpa: dediquemos um momento a ponderar essa expressão. O que quer dizer, o que jamais quis dizer, falar de *minha culpa*, ou *sua culpa* ou *nossa culpa* a respeito de uma ou outra ação? E se não estivéssemos em nosso juízo perfeito, ou não plenamente em nosso juízo perfeito, quando a ação em questão foi praticada? A ação então foi *nossa*? Por que, quando as pessoas cometem atos hediondos, é comum dizerem depois, *não sei explicar por que fiz o que fiz, estava fora de mim, não era eu*? O senhor está hoje aqui diante de nós e afirma sua culpa. Alega que sua culpa é inegável. Mas e se, no momento em que faz essa alegação, o senhor não estiver em seu juízo perfeito, ou não completamente em seu juízo perfeito? Estes são alguns dos pontos que a corte tem o dever de levantar e depois resolver. Não cabe ao senhor, o acusado, o homem no olho do furacão, determiná-las.

"O senhor diz ainda que não quer se salvar. Mas sua salvação não está em suas mãos. Se nós, seus juízes, não dermos o nosso melhor para salvar o senhor, seguindo escrupulosamente a letra da lei, então teremos falhado em cumprir a lei. Claro que temos uma responsabilidade com a sociedade, uma grave e onerosa responsabilidade, de escudá-la de estupradores e assassinos. Mas temos igual responsabilidade de preservar o senhor, o acusado, de si próprio, no caso de o senhor estar ou não em seu juízo perfeito, conforme a lei entende estar a pessoa em juízo perfeito. Sou claro?"

Dmitri fica calado.

"Encerramos a questão da exculpação, que o senhor se recusa a colocar. Passo para questão da mitigação, na qual, uma vez mais, o senhor se recusa a pleitear qualificação. Permita que eu diga, falando de homem para homem, Dmitri: entendo que o senhor possa desejar agir honradamente e aceitar sem protestos a sentença por nós pronunciada. Posso entender que não queira se envergonhar em público parecendo implorar perante a lei. Mas é exatamente por essa razão que temos advogados. Quando você instrui um advogado a pleitear em seu nome, permite que ele tome para si qualquer vergonha que a alegação possa trazer. Como seu representante, ele implora em seu nome, por assim dizer, deixando sua preciosa dignidade intacta. Então deixe-me perguntar: por que o senhor recusa ter um advogado?"

Dmitri pigarreia. "Eu cuspo em advogados", ele diz, e cospe no chão.

O primeiro assessor intervém. "Nosso juiz presidente levantou a possibilidade de você não estar em seu juízo perfeito, conforme a lei entende um juízo perfeito. Permita que, àquilo que ele disse, eu acrescente que cuspir numa corte de justiça não é coisa que uma pessoa faça em seu juízo perfeito."

Dmitri fica olhando fixamente para ele, os dentes expostos como um animal cercado.

"A corte pode indicar um advogado para o senhor", continua o assessor. "Não é tarde demais. Isso está ao alcance dos poderes da corte. Podemos indicar um advogado e adiar esta audiência para o funcionário ter tempo de se familiarizar inteiramente com o caso e decidir qual o melhor curso de ação."

Há um ligeiro murmúrio de decepção da multidão.

"Me julguem agora!", Dmitri exclama. "Senão eu corto minha garganta. Me enforco. Bato a cabeça até os miolos saltarem fora. Não vão conseguir me segurar."

"Tome cuidado", diz o assessor. "Meu colega já reconheceu que o senhor deseja ser visto como alguém de comportamento honrado. Mas o senhor não se comporta com honradez quando ameaça a corte. Ao contrário, se comporta como um louco."

Dmitri está a ponto de responder, mas o juiz presidente ergue a mão. "Silêncio, Dmitri. Vamos todos fazer silêncio junto com você. Vamos silenciar juntos e permitir que se esfriem as paixões. Depois, vamos deliberar de maneira calma e razoável como deveremos prosseguir."

O juiz cruza os braços e fecha os olhos. Seus colegas fazem a mesma coisa. Todo mundo começa a cruzar os braços e a fechar os olhos. Relutante, ele, Simón, segue o exemplo dos outros. Correm os segundos. Em algum lugar atrás dele, um bebê choraminga. *Permitir que se esfriem as paixões*, ele pensa: que paixão sinto eu a não ser uma paixão de irritação?

O juiz presidente abre os olhos. "Então", diz. "Não se contesta que a falecida Ana Magdalena encontrou seu fim em consequência das ações do acusado Dmitri. A corte chama agora Dmitri para contar sua história, a história do 4 de março vista pelos olhos dele; e para fins de registro seja dito que a narrativa de Dmitri será designada como exculpação. Fale, Dmitri."

"Quando a raposa pega o ganso pelo pescoço", diz Dmitri, "ela não diz: 'Caro ganso, como sinal de minha generosidade vou te dar a chance de me convencer de que você não é um ganso afinal'. Não, ela arranca a cabeça do ganso, abre seu peito e devora o coração. Vocês estão comigo pelo pescoço. Vamos em frente. Devorem meu coração."

"O senhor não é um animal, Dmitri, nem nós somos animais. O senhor é um homem e nós somos homens, a quem foi confiada a tarefa de administrar justiça ou pelo menos uma aproximação de justiça. Ajude-nos nessa tarefa. Deposite sua confiança na lei, nos protocolos tentados e testados da lei. Conte-nos a sua história, começando com a falecida Ana Magdalena. Quem era Ana Magdalena para você?"

"Ana Magdalena era uma professora de dança e esposa do diretor da Academia de Dança. A Academia de Dança ocupava o andar de cima do museu onde eu trabalhava. Eu via a Ana Magdalena todos os dias."

"Continue."

"Eu amava Ana Magdalena. Amava desde o primeiro momento que a vi. Venerava. Adorava. Beijava o chão que ela pisava. Mas ela não queria nada comigo. Me achava bruto. Ela ria de mim. Então matei ela. Violei e depois estrangulei. É isso."

"Não é só isso, Dmitri. O senhor venerava Ana Magdalena, venerava, mas mesmo assim a estuprou e a estrangulou. Achamos difícil de entender. Ajude-nos. Quando a mulher que amamos nos rejeita, fere nossos sentimentos, nós sem dúvida não reagimos nos voltando contra ela e a matando. Deve ter havido alguma outra causa, algo que aconteceu no dia em questão que levou o senhor a agir assim. Conte com mais detalhes o que aconteceu nesse dia."

Mesmo de onde está, ele, Simón, consegue ver a onda de raiva que passa pelo rosto de Dmitri, a intensidade com que agarra o microfone. "Me julguem!", ele berra. "Acabem com isso!"

"Não, Dmitri. Não estamos aqui para obedecer a suas ordens. Estamos aqui para administrar justiça."

"Não podem administrar justiça! Não podem calcular a minha culpa! Ela não é calculável!"

"Ao contrário, é exatamente por isso que estamos aqui: para calcular a sua culpa e chegar a uma sentença de acordo."

"Como um chapéu para servir numa cabeça!"

"Isso, como um chapéu para servir na sua cabeça. Administramos justiça não apenas para você, mas para a sua vítima."

"A mulher que vocês chamam de vítima não liga para o que vocês fazem. Está morta. Já foi. Ninguém pode trazer ela de volta."

"Pelo contrário, Dmitri, Ana Magdalena não foi embora. Está conosco hoje, aqui, neste teatro. Ela nos assombra, a você acima de todos. Ela não irá embora até ficar satisfeita com a justiça feita. Portanto, conte-nos o que aconteceu no dia 4 de março."

Há um nítido estalo quando a capa do microfone na mão de Dmitri racha. De seus olhos jorram lágrimas como água espremida de uma pedra. Ele balança a cabeça devagar de um lado para outro. Emergem palavras sufocadas: "Não posso! Não quero!".

O juiz põe água num copo e gesticula para o guarda levar a Dmitri. Ele bebe ruidosamente.

"Podemos continuar, Dmitri?", pergunta o juiz.

"Não", diz Dmitri, e agora as lágrimas rolam livremente. "Não."

"Então vamos fazer uma pausa para permitir que o senhor se recupere. Voltamos esta tarde às catorze horas."

Um rosnar de insatisfação percorre os espectadores. O juiz dá uma batida seca do martelo. "Silêncio!", ordena. "Isto não é divertimento! Comportem-se!" E sai do palco, seguido primeiro pelos dois assessores, depois pelo guarda, que empurra Dmitri à sua frente.

Ele, Simón, se junta à multidão que desce a escada. No foyer fica perplexo ao encontrar o irmão de Inés, Diego, e com ele, Davíd.

"Eu quis vir", diz o menino "Queria ver o Dmitri."

"Tenho certeza que o Dmitri já se sente bem humilhado sem as crianças da Academia aqui olhando para ele. Inés deixou você vir?"

"Ele quer ser humilhado", diz o menino.

"Não, não quer. Isto aqui não é uma coisa que uma criança consiga entender. O Dmitri não quer ser tratado como lunático. Quer preservar a própria dignidade."

Um desconhecido, um rapaz magro, que parece um passarinho, com uma mochila, está ouvindo. Ele então intervém. "Mas sem dúvida esse homem é um doente mental", ele diz. "Como alguém pode cometer um crime desses, a menos que esteja com a cabeça torta? E ele fica pedindo a sentença mais pesada. Que pessoa normal faria isso?"

"Qual é a sentença mais pesada aqui em Estrella?", Diego pergunta.

"As minas de sal. Trabalhos forçados nas minas de sal até o fim da vida."

Diego ri. "Então vocês ainda têm minas de sal!"

O rapaz fica intrigado. "É, nós temos minas de sal. O que é tão estranho?"

"Nada", diz Diego. Mas continua sorrindo.

"O que é mina de sal?", o menino pergunta.

"É onde cavam sal. Igual a uma mina de ouro, onde cavam ouro."

"É pra lá que o Dmitri vai?"

"É para lá que mandam as maçãs podres", diz Diego.

"A gente pode visitar ele? Pode ir até as minas de sal?"

"Não vamos nos adiantar", diz ele, Simón. "Não acredito que o juiz vá mandar Dmitri para as minas de sal. Isso é o que sinto pelo jeito como as coisas estão indo. Acredito que ele vai decidir que o Dmitri tem uma doença mental e será mandado a um hospital para ser curado. Então dentro de um ou dois anos, ele sai um homem novo com uma cabeça nova em folha."

"O senhor parece não ter a psiquiatria em alta conta", diz o rapaz da mochila. "Desculpe, não me apresentei. Meu nome é Mario. Estudo na escola de direito. Por isso é que estou aqui hoje. É um caso intrigante. Levanta várias questões básicas. Por exemplo, é dever da corte reabilitar transgressores, mas até que ponto a corte deve ir para reabilitar um transgressor que não quer ser reabilitado? Talvez ela deva ter uma escolha: reabilitação via minas de sal ou reabilitação via hospital psiquiátrico. Por outro lado, será que um transgressor deve desempenhar um papel na própria sentença? Nos círculos legais, a resistência a esse procedimento sempre foi muito forte, como podem imaginar."

Ele percebe que Diego está começando a ficar inquieto. Ele conhece Diego, sabe que está entediado com o que chama de conversa inteligente. "Está um dia bonito, Diego", ele diz. "Por que você e o Davíd não procuram alguma coisa mais interessante para fazer?"

"Não!", diz o menino. "Eu quero ficar!"

"Foi ideia dele vir aqui, não minha", diz Diego. "Não tenho absolutamente nada a ver com o que acontece com esse tal de Dmitri."

"Você não tem nada a ver, mas eu tenho!", diz o menino. "Não quero que o Dmitri ganhe uma cabeça nova! Quero que ele vá para a mina de sal!"

O julgamento recomeça às catorze horas. Reunida de novo, a plateia é consideravelmente menor do que antes. Ele, Diego e o menino encontram lugares com facilidade. Dmitri é trazido de volta ao palco, seguido pelo juiz e pelos assessores.

"Tenho em mãos um relatório do diretor do museu onde você, Dmitri, estava empregado", diz o juiz. "Ele escreve que o senhor sempre cumpriu fielmente com suas obrigações e que, até esses últimos eventos, tinha toda razão para considerar o senhor um homem honesto. Tenho também um relatório do dr. Alejandro Toussaint, especialista em doenças nervosas, que foi comissionado pela corte para avaliar seu estado mental. O dr. Toussaint relata que não foi possível realizar a avaliação devido a comportamento violento e pouco cooperativo de sua parte. Gostaria de fazer alguma observação?"

Dmitri fica calado como uma pedra.

"Por fim, tenho um relatório do médico da polícia a respeito dos acontecimentos do dia 4 de março. Ele escreve que ocorreu relação sexual completa, o que quer dizer, relação terminada com ejaculação do sêmen masculino e que isso ocorreu enquanto a falecida ainda estava viva. A seguir, a falecida foi estrangulada manualmente. Gostaria de contestar alguma coisa?"

Dmitri fica calado.

"O senhor pode perguntar por que detalho esses últimos fatos desagradáveis. Faço-o para deixar claro que a corte está plenamente consciente do quão terrível foi o crime que cometeu. O senhor violou uma mulher que confiava no senhor e a matou da maneira mais impiedosa. Estremeço, todos estremecemos, ao pensar o que ela enfrentou em seus últimos minutos. O que nos falta é algum entendimento do porquê de o senhor ter cometido esse ato gratuito, sem sentido. O senhor é um ser humano transviado, Dmitri, ou pertence a alguma outra espécie sem alma, sem consciência? Insisto mais uma vez: explique-se para nós."

"Eu pertenço a uma espécie estranha. Não tenho lugar nesta terra. Acabem comigo. Me matem. Me esmaguem debaixo dos seus pés."

"É só isso que vai dizer?"

Dmitri se cala.

"Isso não basta, Dmitri, não basta. Mas não solicitaremos mais que o senhor fale. Este corpo legal se desdobrou em seus esforços de lhe fazer justiça, e o senhor resistiu a todos os passos. Agora terá de enfrentar as consequências. Meus colegas e eu vamos nos retirar para conferenciar." Ele se dirige ao guarda. "Leve o acusado."

Há uma agitação inquieta na plateia. Devem ficar? Quanto tempo a coisa toda vai levar? Porém, assim que as pessoas começam a sair do auditório, Dmitri é trazido de volta ao palco e os juízes retomam seus lugares.

"De pé, Dmitri", diz o juiz. "Pelos poderes que me foram conferidos, neste momento pronuncio a sentença. Serei breve. O senhor não se declarou em mitigação da sentença. Ao contrário, solicitou que procedêssemos com o senhor com absoluto rigor. A questão diante de nós é a seguinte: esse pedido vem do seu coração, contrito por seus atos hediondos, ou de uma mente perturbada?

"É uma pergunta difícil de responder. Em sua conduta não há sinal de contrição. Ao desolado marido de sua vítima, o senhor não pronunciou uma única palavra de desculpas. O senhor se apresenta como um ser sem consciência. Meus colegas e eu temos toda razão para enviar o senhor para as minas de sal e encerrar a questão.

"Por outro lado, é a sua primeira transgressão O senhor foi um bom trabalhador. Tratou a falecida com respeito até o dia em que se voltou contra ela. A força maligna que o dominou permanece um mistério para nós. O senhor resistiu a todos os nossos esforços para entender.

"Nossa sentença é a seguinte: o senhor será removido daqui para o hospital de insanidade mental criminosa e lá será detido. As autoridades médicas reexaminarão o seu caso anualmente e relatarão a esta corte. Dependendo desses relatos, o senhor poderá ou não ser chamado perante a corte em alguma data futura para revisão da sentença. Isso é tudo."

Algo como um suspiro coletivo se ergue dos cidadãos. O suspiro é por Dmitri? Sentem pena dele? Difícil acreditar nisso. Os juízes deixam o palco. Dmitri, de cabeça baixa, é levado.

"Até logo, Diego", diz ele, Simón. "Até logo, Davíd. Quais são seus planos para o fim de semana? Vou ver você?"

"Posso falar com o Dmitri?"

"Não. Isso não é possível."

"Eu quero!" E inesperadamente ele dispara pelo corredor e sobe ao palco. Apressados, ele e Diego vão atrás, atravessam as coxias, seguem uma estreita passagem. No fim da passagem, topam com Dmitri e o guarda, que está espiando a rua por uma porta semiaberta.

"Dmitri!", o menino grita.

Ignorando as correntes, Dmitri ergue o menino e o abraça. Sem muito empenho, o guarda tenta separá-los.

"Não deixaram você ir para as minas de sal, Dmitri?", pergunta o menino.

"Não, para mim não é as minas de sal, é o hospício. Mas eu vou escapar, não se preocupe. Vou escapar e pego o primeiro ônibus para as minas de sal. Vou dizer: *Dmitri, aqui, se apresentando para o trabalho, senhor.* Eles não vão ter coragem de me recusar. Então não se preocupe, rapaz. O Dmitri ainda é dono do próprio destino."

"O Simón disse que vão cortar sua cabeça e botar outra no lugar."

A porta se abre e a luz inunda. "Vamos!", diz o guarda. "O camburão chegou."

"O camburão chegou", diz Dmitri. "Hora de o Dmitri ir embora." Ele beija o menino na boca e o põe no chão. "Até logo, meu amiguinho. É, eles querem me dar uma cabeça nova. É o preço do perdão. Eles te perdoam, depois cortam sua cabeça. Cuidado com o perdão, é isso que eu digo."

"Eu não te perdoo", diz o menino.

"Muito bom! Aprenda uma lição com o Dmitri: nunca deixe ninguém te perdoar e não dê ouvidos quando te prometerem uma nova vida. A vida nova é uma mentira, rapaz, a maior mentira de todas. Não tem outra vida. Esta vida é a única que existe. Na hora que você deixar cortarem sua cabeça, acabou-se. Só escuridão, escuridão e nada mais que escuridão."

Da luz do sol ofuscante emergem dois homens fardados e levam Dmitri escada abaixo. Quando estão para enfiá-lo no camburão, ele se volta e grita: "Fale pro Simón queimar você sabe o quê! Diga que eu volto e corto a garganta dele se ele não queimar!". A porta bate e o camburão vai embora.

"O que foi esta última coisa?", Diego pergunta.

"Nada. Ele deixou umas coisas e quer que eu destrua. Fotos de revistas, coisas assim."

"Mulheres sem roupa", diz o menino "Ele deixava eu ver."

14.

Ele é levado à sala do diretor do museu. "Obrigado por me receber", ele diz. "Estou aqui a pedido de um funcionário seu, o Dmitri, que gostaria de preservar tanto a si mesmo como o museu de um possível embaraço. Ele me disse que neste local há uma coleção de imagens obscenas que lhe pertenciam. Ele gostaria que fossem destruídas antes que os jornais descubram. O senhor permite?"

"Imagens obscenas... O senhor viu essas imagens, señor Simón?"

"Não, mas meu filho viu. Meu filho é aluno da Academia de Dança."

"E o senhor diz que essas imagens foram roubadas da nossa coleção?"

"Não, não, não é esse tipo de imagem. São fotografias de mulheres recortadas de revistas pornográficas. Posso mostrar para o senhor. Sei exatamente onde estão, o Dmitri me contou."

O diretor pega um molho de chaves, mostra o caminho até o porão e destranca o armário descrito por Dmitri. Na gaveta de baixo, há uma pequena caixa de papelão, que ele abre.

A primeira imagem é de uma loira com lábios berrantemente vermelhos, sentada nua num sofá com as pernas abertas, segurando os seios imensos e os oferecendo para a frente.

Com uma exclamação de repulsa, o diretor fecha a caixa. "Leve isso embora!", ele diz. "Não quero mais nem ouvir falar sobre isso."

Há mais uma meia dúzia de fotos do mesmo tipo, que ele, Simón, descobre quando abre a caixa na privacidade de seu quarto. Mas, além delas, embaixo das fotos, há um envelope com uma calcinha de mulher, preta; um brinco único de prata, bastante simples; uma fotografia de uma moça, reconhecível como Ana Magdalena, carregando um gato e sorrindo para a câmera; e finalmente, presas com um elástico, cartas para *Mi amor* de AM. Não há data em nenhuma delas, nem endereço de remetente, mas ele calcula que foram enviadas da estação de veraneio de Aguaviva. Descrevem várias atividades de férias (nadar, catar conchinhas, caminhar pelas dunas) e menciona nominalmente Joaquín e Damian. "Queria estar em seus braços outra vez", diz uma carta. "Sinto sua falta apaixonadamente (*apasionadamente*)", diz outra.

Ele as lê todas, devagar, do começo ao fim, lê uma segunda vez, acostumando-se com a caligrafia, que é bastante infantil, muito diferente do que ele esperava, o pingo de cada *i* um cuidadoso pequeno círculo, e as guarda de novo no envelope, junto com a fotografia, o brinco e a calcinha, põe o envelope de volta na caixa e a caixa debaixo da cama.

Sua primeira ideia é que Dmitri queria que ele lesse as cartas — queria que soubesse que ele, Dmitri, fora amado por uma mulher que ele, Simón, poderia ter desejado de longe, mas que não era homem bastante para possuir. Mas, quanto mais pensa a respeito, menos plausível parece a explicação. Se Dmitri estava de fato tendo um caso com Ana Magdalena, se sua conversa de venerar o chão que ela pisava e o desdém com que ela o tratava em troca não fossem nada mais que uma cobertura para encontros clandestinos no porão do museu, por que ele, em suas várias confissões, afirmou ter se imposto a ela à força? Além disso, por que Dmitri haveria de querer que ele, Simón, ficasse sabendo dos dois, uma vez que com toda probabilidade ele, Simón, iria prontamente informar as autoridades, que muito prontamente também ordenariam novo julgamento? A explicação mais simples não é a melhor: que Dmitri confiara nele para queimar a caixa e seu conteúdo sem examiná-lo?

Mas restava o enigma principal: se Ana Magdalena não era a mulher que todos pensavam que era, e se sua morte não era o tipo de morte que parecia ser, por que Dmitri teria mentido para a polícia e no tribunal? Para proteger o nome dela? Para poupar a humilhação do marido? Estaria Dmitri, por nobreza de espírito, assumindo toda a culpa para que o nome dos Arroyo não fosse arrastado na lama?

No entanto, o que Ana Magdalena poderia ter dito ou feito na noite de 4 de março para ser morta por um homem em cujos braços queria estar *apasionadamente*?

Por outro lado, e se Ana Magdalena nunca escreveu aquelas cartas? E se fossem todas falsificações, e ele, Simón, estivesse sendo usado como instrumento para sujar o nome dela?

Ele estremece. É realmente um louco!, ele diz a si mesmo. *O juiz estava certo afinal! O lugar dele é no hospício, acorrentado, atrás de uma porta fechada a sete chaves!*

Ele se amaldiçoa. Nunca deveria ter se envolvido nos problemas de Dmitri. Nunca deveria ter respondido a seus chamados, nunca deveria ter falado com o diretor do museu, nunca deveria ter olhado dentro da caixa. Agora, o gênio está fora da garrafa e ele não tem ideia do que fazer. Se entregar as cartas à polícia, vai se tornar cúmplice de uma trama cujo propósito lhe é desconhecido; mesma situação se devolvê-las ao diretor do museu; mas, se queimá-las ou escondê-las, será cúmplice de outra trama, uma trama para apresentar Ana Magdalena como uma mártir imaculada.

No meio da noite ele se levanta, pega a caixa debaixo da cama, embrulha numa colcha extra e a põe em cima do guarda-roupa.

Então, de manhã, quando está saindo para buscar os panfletos que vai distribuir durante o dia, o carro de Inés estaciona e Diego desce, o menino com ele.

Diego está claramente mal-humorado. "Ontem o dia inteiro e hoje de novo esse menino ficou chateando a gente", diz ele. "Acabou com a paciência da Inés e a minha. Agora estamos aqui. Diga para ele, Davíd, diga para o Simón o que você quer."

"Quero ver o Dmitri. Quero ir até as minas de sal. Mas a Inés não deixa."

"Claro que ela não deixa. Achei que tinha entendido. O Dmitri não está nas minas de sal. Ele foi mandado para um hospital."

"É, mas o Dmitri não quer ir para um hospital, ele quer ir pras minas de sal!"

"Não sei o que você acha que acontece numa mina de sal, Davíd. Mas, em primeiro lugar, a mina de sal fica a centenas de quilômetros daqui e, segundo, uma mina de sal não é uma estação de veraneio. Por isso é que os juízes mandaram o Dmitri para um hospital: para ele ser poupado da mina de sal. Uma mina de sal é um lugar aonde você vai para sofrer."

"Mas o Dmitri não quer ser salvo! Ele quer sofrer! A gente pode ir até o hospital?"

"Claro que não. O hospital para onde mandaram o Dmitri não é um hospital normal. É um hospital para gente perigosa. O público não pode entrar."

"O Dmitri não é perigoso."

"Pelo contrário, o Dmitri é extremamente perigoso, como ele comprovou. De qualquer forma, não vou levar você ao hospital, nem o Diego vai. Não quero ter mais nada a ver com o Dmitri."

"Por quê?"

"Não tenho de te dizer por quê."

"Porque você odeia o Dmitri! Você odeia todo mundo!"

"Você usa essa palavra com muita facilidade. Eu não odeio ninguém. Só não quero ter mais nada a ver com o Dmitri. Ele não é uma boa pessoa."

"Ele é uma boa pessoa! Ele gosta de mim! Ele me reconhece! Você não gosta de mim!"

"Não é verdade. Eu amo você, sim. Amo você muito mais que o Dmitri ama. Dmitri nem sabe o que o amor significa."

"O Dmitri ama uma porção de gente. Ele ama todo mundo porque tem um grande coração. Ele me disse. Pare de rir, Diego! Por que você está dando risada?"

Diego não consegue parar de rir. "Ele realmente disse isso — que se você tem um grande coração pode amar uma porção de gente? Talvez estivesse falando de uma porção de garotas."

O riso de Diego inflama ainda mais o menino. Ele levanta a voz. "É verdade! O Dmitri tem um grande coração e o Simón tem um coração pequeno, foi isso que o Dmitri falou. Ele disse que o Simón tem coração pequenininho igual um percevejo, então não pode amar ninguém. Simón, é verdade que o Dmitri fez relação sexual com a Ana Magdalena para fazer ela morrer?"

"Não vou responder essa pergunta. É boba. É ridícula. Você nem sabe o que é relação sexual."

"Eu sei! A Inés me contou. Ela fez relação sexual um monte de vezes e detestou. Ela disse que é horrível."

"Seja como for, não vou responder mais pergunta nenhuma sobre o Dmitri. Não quero ouvir o nome dele outra vez. Para mim ele acabou."

"Mas por que ele fez relação sexual com ela? Por que você não conta? Ele queria fazer o coração dela parar?"

"Basta, Davíd. Se acalme." E para Diego: "Você está vendo que o menino está perturbado. Tem tido pesadelos desde... desde o acontecimento. Devia ajudar o menino, não dar risada dele".

"Conte!", o menino grita. "Por que você não me conta? Ele queria fazer um bebê dentro dela? Queria fazer o coração dela parar? Ela pode ter um bebê mesmo se o coração dela parar?"

"Não, não pode. Quando a mãe morre, o bebê dentro dela morre também. Essa é a regra. Mas Ana Magdalena não ia ter bebê."

"Como você sabe? Você não sabe nada. O Dmitri fez o bebê dela ficar azul? A gente pode fazer o coração dela bater de novo?"

"Ana Magdalena não ia ter bebê e não, não se pode fazer o coração dela bater de novo porque não é assim que o coração funciona. Quando o coração para, é para sempre."

"Mas quando ela estiver na outra vida, o coração dela vai bater de novo, não vai?"

"Em certo sentido, sim. Na outra vida, Ana Magdalena vai ter um coração novo. Ela não só vai ter uma vida nova e um coração novo, como não vai lembrar de nada dessa triste confusão. Não vai lembrar da Academia, não vai lembrar do Dmitri, o que vai ser uma bênção. Ela vai poder começar do zero, como você e eu, limpos do passado, sem lembranças ruins pesando na memória."

"Você perdoou o Dmitri, Simón?"

"Não fui eu que o Dmitri ofendeu, então não sou eu que tenho de perdoar. É o perdão da Ana Magdalena que ele deve procurar. E do señor Arroyo."

"Eu não perdoei o Dmitri. Ele não quer que ninguém perdoe ele."

"Isso é só gabolice dele, gabolice perversa. Ele quer que a gente pense que ele é um sujeito desvairado, que faz coisas que as pessoas normais têm medo de fazer. Davíd, eu estou cheio, não aguento mais falar desse homem. No que diz respeito a mim, ele está morto e enterrado. Agora tenho de pegar o meu turno. Da próxima vez que tiver pesadelo, lembre que tem de abanar os braços e o pesadelo evapora feito fumaça. Abane os braços e diga: *Vá embora!*, igual o Dom Quixote. Me dê um beijo. A gente se vê na sexta-feira. Até logo, Diego."

"Eu quero ir ver o Dmitri! Se o Diego não me levar, eu vou sozinho!"

"Você pode até ir, mas não vão deixar você entrar. O lugar onde ele está não é um hospital comum. É um hospital para criminosos, com muros em volta, guardas e cães de guarda."

"Eu levo o Bolívar comigo. Ele mata os cães de guarda."

Diego está com a porta do carro aberta. O menino entra e senta de braços cruzados, a cara enfezada.

"Se você quer minha opinião", Diego diz, baixo, "ele está descontrolado, este aqui. Você e a Inês precisam fazer alguma coisa. Mandar o menino para a escola, para começar."

Ele está errado a respeito do hospital, como vem a saber, completamente errado. O hospital psiquiátrico que imaginou, o hospital no interior remoto, com altos muros e cães de guarda, não existe. Tudo o que existe é o hospital urbano com sua ala psiquiátrica bem modesta, o mesmo hospital onde Dmitri trabalhava antes de se juntar à equipe do museu. Entre os serventes, há alguns que se lembram dele nos velhos tempos, com afeto. Ignorando o fato de que é um assassino confesso, eles o mimam, trazem lanches da cozinha, mantêm constante o fornecimento de cigarros. Ele tem um quarto próprio na parte da ala chamada de Acesso Restrito, com um boxe com chuveiro e uma mesa com abajur.

De tudo isso — os lanches, os cigarros, o boxe com chuveiro —, ele fica sabendo quando, no dia seguinte à visita de Diego, ele volta para casa de seu turno na bicicleta e encontra o assassino confesso deitado em sua cama, dormindo, enquanto o menino está de pernas cruzadas no chão, jogando baralho. Ele fica tão surpreso que solta um grito, diante do que o menino põe um dedo nos lábios e sussurra: "*Shh!*".

Ele vai até a cama e sacode Dmitri com raiva. "Você! O que está fazendo aqui?"

Dmitri se senta. "Calma, Simón", ele diz. "Eu já vou embora. Só queria ter certeza que... você sabe... fez o que eu falei?"

Ele ignora a pergunta. "Davíd, como esse homem veio parar aqui?"

Dmitri, ele mesmo, responde. "A gente veio de ônibus, Simón, como gente normal. Calma. O Davíd foi me visitar, como bom amigo que é. Nós conversamos. Aí eu pus um uniforme de servente, como antigamente, e o menino me levou pela mão, saímos nós dois, assim, sem mais nem menos. *Ele é meu filho*, eu falei. *Que encanto de menino*, disseram. Claro que o uniforme ajudou. As pessoas confiam em uniformes, isso foi uma das coisas que aprendi na vida. A gente saiu do hospital e veio direto para cá. E quando você acertar nosso assunto comigo, vou pegar o ônibus de volta. Ninguém vai nem notar que eu saí."

"Davíd, é verdade? Um hospital para criminosos loucos e deixaram este homem sair?"

"Ele queria pão", diz o menino. "Disse que não davam pão pra ele no hospital."

"Que bobagem. Ele recebe três refeições por dia e todo pão que quiser."

"Ele disse que não ganhava pão, então eu levei pão pra ele."

"Sente-se, Simón", diz Dmitri. "E pode me fazer um favor?" Tira um maço de cigarros e acende um. "Não me insulte, por favor, não na frente do menino. Não me chame de criminoso louco. Porque não é verdade. Criminoso talvez, mas não louco, nem um pouquinho.

"Quer saber o que os médicos dizem, os que tinham que descobrir o que eu tenho de errado? Não? Tudo bem, vou pular os médicos. Vamos falar dos Arroyo em vez disso. Ouvi dizer que tiveram de fechar a Academia. É uma pena. Eu gostava da Academia. Gostava de ficar com os pequenos, o bailarininhos, todos tão felizes, tão cheios de vida. Eu queria ter ido para uma academia daquelas quando era criança. Quem sabe eu teria crescido diferente. Mas não adianta chorar sobre o leite derramado, não é? O que está feito, está feito."

Leite derramado. A expressão o deixa indignado. "Uma porção de gente ficou chorando sobre o leite que você derramou", ele explode. "Você deixou um rastro de corações partidos e muita raiva."

"Que eu posso entender", diz Dmitri, fumando tranquilamente seu cigarro. "Acha que não tenho consciência da enormidade do meu crime, Simón? Por que motivo você acha que me ofereci voluntariamente pra ir para as minas de sal? As minas de sal não são para bebê chorão. Tem de ser homem para aguentar as minas de sal. Se ao menos me dessem os papéis de alta do hospital, eu ia para as minas de sal amanhã. *Dmitri se apresentando*, eu diria ao capitão da mina, *em forma e bem de saúde, se apresentando para o trabalho!* Mas eles não me deixam sair, os psicólogos e os psiquiatras, os especialistas em desvio disso, desvio daquilo. *Me fale da sua mãe*, eles dizem. *Sua mãe gostava de você? Quando era bebê sua mãe te dava o peito? Como era mamar no peito dela?* O que eu tenho de dizer? Como posso lembrar da minha mãe e dos peitos dela, se mal consigo lembrar o dia de ontem? Então eu falo o que me vem na cabeça. *Era igual chupar um limão*, digo. Ou: *era igual carne de porco, como chupar uma costeleta de porco.* Porque é assim que funciona a psiquiatria, não é?, você diz a primeira coisa que vem na cabeça e aí eles vão, analisam e resolvem o que há de errado com você.

"Estão todos tão interessados em mim, Simón! Eu fico bobo. Eu mesmo não estou interessado em mim, mas eles estão. Mas para eles sou alguma coisa especial. Não tenho consciência, ou então tenho consciência demais, eles não conseguem resolver. Se você tem consciência demais, eu quero contar para eles, a sua consciência te devora e não sobra nada de você, igual uma aranha que come uma vespa ou uma vespa que come uma aranha, nunca me lembro qual, não sobra nada além da casca. O que você acha, rapaz? Sabe o que é consciência?"

O menino assente.

"Claro que sabe! Você entende o velho Dmitri melhor do que ninguém, melhor que todos os psicólogos do mundo. *Com o que você sonha?*, eles perguntam. *Quem sabe você sonha que está caindo em buracos negros e sendo engolido por dragões. — Isso,* eu digo, *isso, exatamente!* Enquanto você nunca precisou me perguntar dos meus sonhos. Dava uma olhada e me entendia na hora. *Eu entendo você e não te perdoo.* Nunca esqueça disso. Ele é especial mesmo, Simón, esse seu menino. Um caso especial. Inteligente demais para a idade. Você devia aprender com ele."

"O Davíd não é um caso especial. Não existe essa história de caso especial. Ele não é um caso especial, nem você. Você não engana ninguém com essa cena de loucura, Dmitri, nem por um minuto. Eu espero que seja mandado para as minas de sal. Isso poria fim às suas bobagens."

"Muito bem falado, Simón, bem falado! Eu te adoro por isso. Podia te dar um beijo, só que você não gosta disso, não é homem de beijos. Enquanto seu filho aqui sempre esteve disposto a dar um beijo no velho Dmitri, não é mesmo, meu menino?"

"Dmitri, por que você fez o coração da Ana Magdalena parar?", o menino pergunta.

"Boa pergunta! Isso é exatamente o que mais os médicos querem saber. Isso é o que excita eles, a ideia disso — apertar tão forte uma linda mulher entre os braços que o coração dela para. Só que eles têm vergonha de perguntar. Não têm coragem de perguntar direto, como você, não, eles têm de chegar rodeando, feito cobras. *Sua mãe gostava de você? Que gosto tinha o leite da sua mãe?* Ou aquele juiz idiota: *Quem é você? Você está em si?*

"Por que eu parei o coração dela? Vou te contar. A gente estava junto, ela e eu, quando de repente me veio uma ideia na cabeça, apareceu na minha cabeça e não saía mais. Eu pensei: *Por que não botar as mãos no pescoço dela enquanto ela está, entende?, no auge da coisa e dar um bom apertão? Mostrar para ela quem é que manda. Mostrar a ela como é o amor de verdade.*

"Matar quem você ama: isso é uma coisa que o velho Simón aqui não vai entender nunca. Mas você entende, não entende? Você entende o Dmitri. Desde o primeiro momento você entendeu."

"Ela não casava com você?"

"Casar comigo? Não. Por que uma dama como a Ana Magdalena iria se casar com alguém como eu? Eu sou sujo, meu menino. O velho Simón tem razão. Eu sou sujo e a minha sujeira passa para todo mundo que encosta em mim. Por isso que tenho de ir para as minas de sal, onde todo mundo é sujo, e eu vou me sentir em casa. Não, a Ana Magdalena me desprezava. Eu amava ela, adorava, fazia qualquer coisa por ela, mas ela não queria saber de mim, você viu, todo mundo via. Então eu fiz uma grande surpresa para ela e parei o coração dela. Ensinei uma lição a ela. Dei para ela alguma coisa em que pensar."

Cai um silêncio. Então ele, Simón, fala. "Você perguntou dos papéis, os papéis que queria que eu destruísse."

"É. Por que mais eu ia me dar ao trabalho de sair da minha casa no hospital e vir até aqui? Para saber dos papéis, claro. Vá.

Me diga. Eu confiei em você e você traiu essa confiança. Era isso que ia dizer? Diga."

"Eu não traí confiança nenhuma, mas vou dizer uma coisa. Eu vi o que tem dentro da caixa, inclusive você sabe o quê. Portanto eu sei que a história que você conta não é verdade. Não vou dizer mais nada. Mas não vou ficar aqui parado, manso feito um cordeiro, ouvindo mentiras."

Dmitri vira-se para o menino. "Tem alguma coisa para comer, meu menino? Dmitri está sentindo um pouco de fome."

O menino dá um salto, remexe no armário, volta com um pacote de biscoitos.

"Crocante de gengibre!", Dmitri exclama. "Quer um crocante de gengibre, Simón? Não? E você, Davíd?"

O menino aceita um biscoito dele e morde.

"Então é de conhecimento público, é?", Dmitri pergunta.

"Não, não é de conhecimento público."

"Mas você vai usar contra mim."

"Usar o que contra você?", pergunta o menino.

"Não importa, meu filho. É uma coisa entre mim e o velho Simón."

"Depende do que você quer dizer com *contra*. Se cumprir sua promessa e desaparecer nas minas de sal pelo resto da vida, então isso a que estamos nos referindo deixa de ter consequências de um jeito ou de outro."

"Não faça jogos de lógica comigo, Simón. Você sabe e eu sei o que quer dizer *contra*. Por que não fez como eu mandei? Agora olhe a confusão em que você se meteu."

"Eu? Eu não me meti em confusão nenhuma, você é que se meteu numa confusão."

"Não, Simón. Amanhã ou depois, ou no dia depois, vou estar livre para ir para as minas de sal, pagar minha dívida e limpar minha consciência, enquanto você — *você* — vai ficar pra trás com essa confusão nas mãos."

"Qual confusão, Dmitri?", o menino pergunta. "Por que você não me conta?"

"Vou contar qual confusão. *Pobre Dmitri! Será que fomos justos com ele? Não devíamos nos esforçar mais para salvar o coitado, fazer dele um bom cidadão, membro produtivo da sociedade? Como será para ele definhar nas minas de sal enquanto nós vivemos nossas boas vidas em Estrella? Não deveríamos demonstrar um mínimo de misericórdia? Não devíamos chamar Dmitri de volta e dizer: está tudo perdoado, pode voltar para o seu antigo emprego, sua farda, sua pensão, você só precisa dizer que sente muito, para nós nos sentirmos melhor?* Essa é a confusão, meu menino. Chafurdar em excremento, feito um porco. Chafurdar na própria merda. Por que você simplesmente não fez o que eu disse, Simón, em vez de se deixar engolir por essa charada idiota de tentar me salvar de mim mesmo? *Que vá para os médicos, diga para desatarraxar a cabeça velha e atarraxar uma nova.* E os comprimidos que eles dão! É pior que as minas de sal, ficar na ala dos loucos! Só aguentar as vinte e quatro horas já é igual a andar na lama. Tique-taque, tique-taque. Mal posso esperar para começar a viver de novo."

Ele, Simón, chegou ao seu limite. "Agora basta, Dmitri. Por favor, saia. Saia imediatamente, senão eu chamo a polícia."

"Ah, então é a despedida, é isso? E você, Davíd? Vai se despedir do Dmitri também? *Adeus, nos vemos na outra vida.* É assim que vai ser? Achei que a gente tinha um combinado, você e eu. O velho Simón andou influenciando você, abalando sua confiança em mim? *Ele é um homem mau, como você pode gostar de um homem tão mau?* Quem algum dia deixou de amar uma pessoa porque ela era má? Eu fui péssimo com a Ana Magdalena, mas ela nunca deixou de me amar. Ela me odiava, talvez, mas isso não quer dizer que não me amava. Amor e ódio: não existe um sem o outro. Como sal e pimenta. Como preto e branco. É isso que as pessoas esquecem. Ela me amava e me odiava, como qualquer pessoa normal. Como o Simón aqui. Você acha que o Simón te ama o tempo inteiro? Claro que não. Ele te ama e te odeia, está tudo misturado dentro dele, só que ele não te diz. Não, ele guarda segredo, fingindo que está tudo bem e tranquilo dentro dele, sem ondas, sem agito. Como o jeito que ele fala, nosso famoso homem da razão. Mas pode crer, o velho Simón aqui é tão confuso por dentro como você ou eu. De fato, mais confuso. Porque eu pelo menos não finjo ser o que não sou. É isto que eu sou, eu digo, *e é assim que eu falo, tudo misturado*. Está ouvindo, meu menino? Escute as minhas palavras enquanto pode, porque o Simón aqui quer me expulsar da sua vida. Escute bem. Quando você escuta o que eu digo, você escuta a verdade, e o que a gente quer afinal senão a verdade?"

"Mas quando você encontrar a Ana Magdalena na outra vida, você não vai fazer o coração dela parar de novo, vai?"

"Não sei, meu menino. Talvez não exista outra vida. Não para mim, não para nenhum de nós. Talvez o sol apareça de repente imenso no céu e engula a gente, e esse é o fim de todos nós. Nada de Dmitri. Nada de Davíd. Só uma grande bola de fogo. É assim que eu vejo as coisas, às vezes. É a minha visão."

"E depois?"

"Depois nada. Muitas chamas, depois muito silêncio."

"Mas é verdade?"

"Verdade? Quem pode dizer? Está tudo no futuro, e o futuro é um mistério. O que você acha?"

"Eu acho que não é verdade. Acho que você só está falando isso."

"Bom, se você diz que não é verdade, então não é verdade, porque você, pequeno Davíd, é o rei do Dmitri, e sua palavra é uma ordem para o Dmitri. Mas para voltar ao assunto, não, não faço de novo. As minas de sal vão me curar para sempre da minha maldade, minhas raivas, meus assassinatos. Vão arrancar toda essa bobagem de dentro de mim. Então não precisa se preocupar, a Ana Magdalena está segura."

"Mas você não pode fazer relação sexual com ela de novo."

"Sem relação sexual! Esse seu jovem é muito estrito, Simón, muito absoluto. Mas ele vai entender quando ficar mais velho. Relação sexual... faz parte da natureza humana, meu menino, não tem como escapar. Até o Simón concorda. Não tem como escapar, tem, Simón? Não tem como escapar do relâmpago."

Ele, Simón, fica mudo. Quando foi atingido pelo relâmpago pela última vez? Não nesta vida.

Então, de repente, Dmitri perde o interesse neles. Seus olhos inquietos percorrem o quarto. "Hora de ir embora. Hora de voltar para minha cela solitária. Você se importa se eu levar os biscoitos? Gosto de roer um biscoito de vez em quando. Venha me ver de novo, rapaz. Podemos dar uma volta de ônibus, ou ir ao zoológico. Eu ia gostar disso. Sempre gosto de conversar com você. Você é o único que entende de verdade o velho Dmitri. Os psicólogos e os psiquiatras com as suas perguntas simplesmente não conseguem entender o que eu sou, homem ou animal. Mas você enxerga por dentro de mim, vê meu coração. Agora dê um abraço aqui no Dmitri."

Ele ergue o menino num abraço apertado, sussurra no ouvido dele palavras que Simón não consegue escutar. O menino assente com a cabeça, vigorosamente.

"Até logo, Simón. Não acredite em tudo o que eu digo. É só vento, vento que assopra onde quer."

A porta se fecha atrás dele.

15.

Da lista de cursos de espanhol oferecida pelo Instituto, ele escolhe Composição em Espanhol (Elementar). "Os estudantes inscritos neste curso devem ter domínio do espanhol falado. Vamos aprender a escrever com clareza, lógica e estilo."

Ele é o mais velho da turma. Até a professora é jovem: uma moça atraente de cabelo e olhos escuros que diz que quer ser chamada apenas de Martina. "Vamos passar por todos e cada um me diz quem é e o que espera conquistar com o curso", diz Martina. Quando chega sua vez, ele diz: "Meu nome é Simón e trabalho com publicidade, mas num nível bem baixo. Falo espanhol há bem mais de um ano e sou bastante fluente. Chegou a hora de aprender a escrever com clareza, lógica e estilo".

"Obrigada, Simón", diz Martina. "O próximo?"

Claro que ele quer escrever bem. Quem não quer? Mas não é por isso que está ali, não exatamente. O porquê de estar ali ele irá descobrir no processo de estar ali.

Martina distribui exemplares de textos do curso. "Por favor, tratem seus textos com consideração, como tratariam um amigo", diz Martina. "No fim do curso, vou pedir que devolvam o texto, para que possa ser amigo de outro aluno." O exemplar dele está bem manipulado, com muita coisa sublinhada a tinta e a lápis.

Eles leem dois tipos de carta comercial: uma carta de Juan se candidatando a um emprego de vendedor; e uma carta de Luisa ao locador encerrando a locação de seu apartamento. Eles anotam a forma de saudação e a forma de encerramento. Examinam a distribuição de parágrafos e a forma do parágrafo. "Um parágrafo é uma unidade de pensamento", diz Martina. "Desenvolve uma ideia e liga essa ideia às ideias anterior e posterior."

A primeira lição deles é praticar a composição em parágrafos. "Contem alguma coisa sobre si mesmos", diz Martina. "Não tudo, mas alguma coisa. Contem no espaço de três parágrafos, cada um ligado ao seguinte."

Ele aprova a filosofia de composição de Martina e dá tudo de melhor a sua tarefa. "Cheguei a esta terra com um propósito acima de tudo", ele escreve: "proteger de todo mal certo menininho que acabou sob meus cuidados e conduzi-lo à sua mãe. No devido tempo, encontrei a mãe dele e o liguei a ela."

É o seu primeiro parágrafo.

"Entretanto, meu dever não se encerrou aí", ele escreve. *Entretanto*, a palavra de ligação. "Continuei cuidando da mãe e do filho, zelando por seu bem-estar. Quando o bem-estar deles foi ameaçado, trouxe ambos para Estrella, onde fomos bem recebidos, e o menino, que atende pelo nome de Davíd e atualmente mora com sua mãe Inés e seu tio Diego (Inés e eu não ocupamos mais a mesma residência), cresceu."

Fim do segundo parágrafo. Começo do terceiro parágrafo, final, introduzido pela palavra de ligação *agora*.

"Agora, relutante, tenho de admitir que meu dever está cumprido, que o menino pode não depender mais de mim. Chegou a hora de encerrar certo capítulo de minha vida e começar um novo. O começo desse novo capítulo está ligado ao projeto de aprender a escrever. De que maneira, ainda não está claro para mim."

Isso basta. São os três parágrafos solicitados, ligados adequadamente. O quarto parágrafo, o parágrafo que, se fosse escrevê-lo, seria supérfluo à tarefa, seria sobre Dmitri. Ele não tem ainda a palavra de ligação, a palavra que faria o quarto parágrafo suceder ao terceiro com clareza e lógica; mas depois da palavra de ligação ele escreveria: "Aqui em Estrella conheci um homem chamado Dmitri, que ultimamente ganhou notoriedade como estuprador e assassino. Dmitri ridicularizou, em diversas ocasiões, minha maneira de falar, que lhe parece distante e racional demais". Ele reflete e substitui a palavra *distante* pela palavra *fria*. "Dmitri acredita que o estilo revela o homem. Dmitri não escreveria como escrevo agora, em parágrafos ligados um ao outro. Dmitri chamaria isso de escrita sem paixão, assim como chamaria a mim de homem sem paixão. Um homem apaixonado, Dmitri diria, se despeja sem parágrafos.

"Embora eu não tenha respeito por esse Dmitri", ele continuaria no que seria o quinto parágrafo, "fico perturbado com sua crítica. Por quê? Porque ele diz (e nisso posso concordar com ele) que uma pessoa fria e racional não é o melhor guia para um menino que é impulsivo e apaixonado por natureza.

"Portanto (sexto parágrafo), quero me tornar uma pessoa diferente." Aí ele interrompe, no meio do parágrafo. É suficiente, mais que suficiente.

Na segunda aula, Martina leva adiante a discussão do gênero carta comercial, particularmente a carta de apresentação. "A carta do candidato pode ser considerada um ato de sedução", diz ela. "Nela, nos apresentamos à luz mais favorável. *Este sou eu*, dizemos, *não sou atraente? Me contrate e serei seu*." Há uma onda de risos na classe. "Mas claro que a nossa carta tem de ser ao mesmo tempo objetiva. Tem de ser equilibrada. Portanto, compor uma boa carta de apresentação exige certa arte: a arte da autoapresentação. Hoje vamos estudar essa arte com o objetivo de dominá-la e tomar posse dela."

Ele fica intrigado com Martina: tão jovem e tão segura.

Há um intervalo de dez minutos no meio da aula. Enquanto os alunos saem para o corredor ou para o banheiro, Martina lê suas tarefas. Quando voltam, ela as devolve. Na tarefa dele, ela anotou: "Boa divisão de parágrafos. Conteúdo fora do comum".

A segunda tarefa é escrever uma carta comercial para aquilo que Martina chama de "o emprego dos seus sonhos, o emprego que você mais deseja". "Lembrem-se de ser atraentes", ela acrescenta. "De se fazerem desejados."

"*Estimado señor Director*", ele escreve, "estou respondendo ao anúncio do *Star* de hoje, oferecendo vagas para o cargo de funcionário do museu. Embora não tenha experiência no ramo, possuo diversas qualidades que me recomendam. Em primeiro lugar, sou uma pessoa madura e digna de confiança. Em segundo lugar, tenho muito gosto ou ao menos respeito pelas artes, inclusive as artes visuais. Em terceiro lugar, não tenho grandes expectativas. Se for aceito para o posto de assistente, não espero ser promovido para assistente principal já no dia seguinte, muito menos diretor."

Ele divide o bloco de prosa que escreveu em cinco partes, cinco breves parágrafos.

"Sinceramente", acrescenta, "não posso afirmar que ser assistente de museu tenha sido um sonho meu. Entretanto, cheguei a um momento de crise em minha vida. *Você tem de mudar*, digo a mim mesmo. Mas mudar para o quê? Talvez o anúncio em que meu olhar pousou fosse um sinal dirigido a mim, um sinal do céu. *Siga-me*, disse o *Star*. Então segui, e esta carta é a prova disso."

Esse é o sexto parágrafo.

Ele entrega a carta para Martina, os seis parágrafos. Durante o intervalo, não sai da sala, fica em sua carteira, observando discretamente enquanto ela lê, prestando atenção nos movimentos rápidos, decididos da caneta. Nota que chegou à carta dele: ela demora mais, lê com a testa franzida. Ergue os olhos e olha para ele, que a observa.

Ao final da pausa, ela devolve as tarefas. Na dele, escreveu: *Por favor, fale comigo depois da aula.*

Depois da aula, ele espera os outros alunos saírem.

"Simón, li o seu texto com interesse", ela diz. "Você escreve bem. Mas eu me pergunto se este é o melhor curso para você. Não acha que ficaria mais à vontade em um curso de escrita criativa? Ainda dá tempo de mudar, sabe?"

"Se está me dizendo para sair do curso, eu saio", ele responde. "Mas não concebo minha escrita como criativa. Para mim é o mesmo tipo de escrita que se usa num diário. Escrever diário não é escrita criativa. Mas entendo o que está dizendo. Estou fora de lugar aqui. Não vou fazer com que perca seu tempo. Obrigado." Ele tira da bolsa o livro de texto do curso. "Deixe eu devolver isto aqui."

"Não se ofenda", ela diz. "Não saia. Não desista. Vou continuar lendo suas tarefas. Mas vou ler exatamente do mesmo jeito que leio o trabalho dos outros alunos: como uma professora de escrita, não como confidente. Você aceita isso?"

"Aceito", ele diz. "Obrigado. Agradeço sua gentileza."

A terceira tarefa é descreverem sua experiência de trabalho anterior e elaborar um resumo de suas qualificações educacionais.

"Eu era um trabalhador braçal", ele escreve. "Hoje em dia ganho a vida distribuindo panfletos em caixas de correio. Porque não sou mais tão forte como era. Além de não ter mais força, me falta também paixão. Essa, pelo menos, é a opinião de Dmitri, o homem sobre quem escrevi antes, o homem de paixão. Uma noite, a paixão de Dmitri foi tão ardente que ele matou sua amante. Quanto a mim, não tenho desejo de matar ninguém, muito menos alguém que eu possa amar. Dmitri ri quando eu digo isso, quando digo que nunca mataria alguém que eu amasse. Segundo Dmitri, num nível profundo, cada um de nós deseja matar quem ama. Cada um de nós deseja matar o ser amado, mas só alguns eleitos têm a coragem de pôr esse desejo em ação.

"A criança é capaz de farejar um covarde, diz Dmitri. A criança fareja o mentiroso também e o hipócrita. Por isso, segundo Dmitri, definha o amor de Davíd por mim, que me revelei um covarde e um hipócrita. Pelo contrário, na atração que sente por personagens como o próprio Dmitri (assassino confesso) e seu tio Diego (na minha opinião um vagabundo valentão, mas deixemos passar), ele encontra profunda sabedoria. As crianças vêm ao mundo com uma intuição do que é bom e verdadeiro, diz ele, mas perdem essa capacidade ao serem socializadas. Davíd é, de acordo com ele, uma exceção. Davíd reteve sua faculdade inata na forma mais pura. Por isso ele o respeita de fato, o reverencia ou, como ele diz, o reconhece. *Meu soberano, meu rei*, ele o chama, não sem um elemento de gozação.

"*Como pode reconhecer alguém que nunca viu antes?* Essa é a pergunta que eu gostaria de fazer a Dmitri.

"Conhecer Dmitri (de quem não gosto e que, de fato, de um ponto de vista moral eu desprezo) foi uma experiência educativa para mim. Eu chegaria mesmo a listá-la entre as minhas qualificações educacionais.

"Acredito que sou aberto a novas ideias, inclusive as de Dmitri. Acho altamente provável que o juízo que Dmitri faz de mim seja correto: que enquanto pai, ou padrasto, ou guia de vida, eu não seja a pessoa certa para um menino como Davíd, uma criança excepcional, que nunca deixa de me lembrar que eu não o conheço ou não o entendo. Portanto, talvez tenha chegado a hora de me retirar e encontrar outro papel na vida, outro objetivo ou alma em que ou em quem eu possa despejar seja o que for que se despeja de mim, às vezes em uma mera conversa, às vezes como lágrimas, às vezes na forma que insisto em chamar de cuidado amoroso.

"*Cuidado amoroso* é uma fórmula que usaria sem hesitação num diário. Mas claro que isto não é um diário. Então a afirmação de ser motivado por cuidado amoroso é uma das grandes.

"Continua no próximo capítulo.

"Como nota de pé de página, quero acrescentar algumas palavras sobre lágrimas.

"Certa música me traz lágrimas aos olhos. Se eu não tenho paixão, de onde vêm essas lágrimas? Estou para ver Dmitri se comover até as lágrimas com música.

"Como segunda nota de rodapé, quero dizer alguma coisa sobre Bolívar, o cachorro de Inés, isto é, sobre o cachorro que veio com Inés quando ela consentiu em se tornar mãe de Davíd, mas que se tornou agora o cachorro de Davíd, no sentido de que nós falamos de alguém que nos guarda como 'nosso' guardião, embora não tenhamos nenhum poder sobre ele ou ela.

"Assim como as crianças, dizem que cachorros conseguem farejar covardes, mentirosos e assim por diante. No entanto, desde o primeiro dia, Bolívar me aceitou sem reserva como parte da família. Para Dmitri isso seria matéria para reflexão."

Quando a señora Martina (ele não consegue chamá-la simplesmente de Martina, apesar de sua juventude) distribui as tarefas corrigidas para o resto da classe, não devolve a dele. Em vez disso, ao passar por sua carteira, murmura: "Depois da aula, por favor, Simón". Essas palavras e um ligeiro perfume para o qual ele não tem nome.

A señora Martina é jovem, é bonita, é inteligente, ele admira sua segurança, sua competência e seus olhos escuros, mas não está apaixonado por ela, como não esteve apaixonado por Ana Magdalena, que ele conheceu melhor (e viu nua), mas que está morta agora. Não é amor que ele quer da señora Martina, mas uma outra coisa. Ele quer que ela o escute e lhe diga se seu discurso, o discurso que ele está tentando o melhor que pode botar na página, soa verdadeiro ou se, ao contrário, é uma longa mentira do começo ao fim. Então ele quer que ela lhe diga o que fazer consigo mesmo: se continua a sair em seus turnos de bicicleta de manhã, passando as tardes na cama, descansando, ouvindo rádio e (cada vez com maior frequência) bebendo, e depois dormir e dormir o sono dos mortos durante oito, nove, até dez horas; ou se sai para o mundo e faz algo bem diferente.

É esperar muito de uma professora de composição, muito mais do que ela é paga para fazer. Mas, por outro lado, para a criança que embarcou no navio na costa distante, foi muito esperar que o homem solitário de roupa parda a tomasse sob suas asas e guiasse seus passos numa terra estranha.

Os colegas de classe, com os quais ele ainda tem de vir a trocar mais que um aceno de cabeça, saem da sala. "Sente, Simón", diz a señora Martina. Ele se senta na frente dela. "Isto vai além da minha capacidade", ela diz. Ela o olha nos olhos.

"É só um texto", ele diz. "Não pode lidar com isto como texto?"

"É um apelo", ela diz. "Você está apelando a mim. Eu tenho um emprego de manhã, aulas à noite, mais um marido, um filho e uma casa para cuidar. É demais." Ela levanta a lição como se para avaliar seu peso. "Demais", repete.

"Às vezes somos solicitados quando menos esperamos", ele diz.

"Entendo o que diz", ela fala, "mas é demais para mim."

Ele pega as três páginas da mão dela e as guarda na bolsa. "Até logo", diz. "Mais uma vez, muito obrigado."

Agora podem acontecer duas coisas. Uma é que nada aconteça. A outra é que a señora Martina mude de ideia, o localize em seu quarto, onde ele estará deitado na cama uma tarde ouvindo o rádio, para dizer: *Muito bem, Simón, me esclareça: diga o que você quer de mim.* Ele dá a ela três dias.

Três dias passam. A señora Martina não bate na porta dele. Evidentemente, foi a primeira coisa que aconteceu: nada.

Seu quarto, que muito tempo atrás foi pintado de uma deprimente cor de amarelo-ovo, nunca chegou a constituir um lar para ele. O casal idoso de quem aluga mantém distância, coisa que ele agradece, mas há noites em que, através das paredes finas, ele ouve o homem, que tem algum problema, tossir e tossir.

Ele vaga pelos corredores do Instituto. Faz um breve curso de culinária, à procura de um jeito de melhorar sua dieta sem graça; mas os pratos que o instrutor ensina exigem um forno e ele não tem forno. Ele sai sem nada além da bandejinha de temperos que todos os alunos recebem: cominho, gengibre, canela, cúrcuma, pimenta vermelha, pimenta preta.

Entra numa aula de astrologia. A discussão gira em torno das esferas: se as estrelas pertencem às esferas ou, ao contrário, seguem trajetórias próprias; se o número de esferas é finito ou infinito. A palestrante acredita que o número de esferas é finito. Finito, mas desconhecido e incognoscível, como ela diz.

"Se o número de esferas é finito, o que existe além delas?", um aluno pergunta.

"Não existe além", responde a palestrante. O aluno parece confuso. "Não existe além", ela repete.

Ele não está interessado nas esferas, nem mesmo nas estrelas, que são, em seu entender, volumes de matéria insensata se deslocando pelo espaço vazio em obediência a leis de origem misteriosa. O que ele quer saber é o que as estrelas têm a ver com os números, o que os números têm a ver com a música, e como uma pessoa inteligente como Juan Sebastián Arroyo pode falar sobre estrelas, números e música de um fôlego só. Mas a palestrante não demonstra nenhum interesse por números ou música. Seu assunto são as configurações assumidas pelas estrelas e como essas configurações influenciam o destino humano.

Não existe além. Como pode essa mulher ter tanta certeza? A opinião dele é que, exista ou não um além, se não existisse a ideia de um além à qual nos apegarmos, nos afogaríamos em desespero.

16.

Inés recebe uma ligação das irmãs: surgiu uma questão urgente, ela e ele, Simón, poderiam ir até a fazenda?

São recebidos com chá e bolo de chocolate recém-feito. A convite das irmãs, Davíd devora duas grandes fatias.

"Davíd", diz Alma, quando ele termina, "eu tenho uma coisa que pode te interessar: uma família de marionetes que Roberta encontrou no sótão, com a qual brincávamos quando éramos crianças. Sabe o que é uma marionete? Gostaria de ver como são?"

Alma sai da sala com o menino; agora podem conversar.

"Recebemos uma visita do señor Arroyo", diz Valentina. "Ele trouxe aqueles dois lindos meninos dele. Queria saber se nós ajudaríamos a reerguer a Academia. Ele perdeu muitos alunos em consequência da tragédia, mas tem a esperança de que, se a Academia reabrir logo, alguns voltem. Qual a opinião de vocês, Inés, Simón? Vocês que têm experiência direta com a Academia."

"Deixa que eu começo", diz ele, Simón. "Está muito bem o señor Arroyo declarar reaberta a Academia, mas quem vai dar aula? E quem vai cuidar da administração? A señora Arroyo cuidava de tudo sozinha. Onde ele vai achar em Estrella alguém para ocupar o lugar dela, alguém que tenha a mesma visão dele, a mesma filosofia?"

"Ele falou que a cunhada vem ajudar", diz Valentina. "Também elogiou muito um rapaz chamado Alyosha. Ele acha que esse Alyosha pode assumir parte da carga de trabalho. Mas, essencialmente, a Academia vai se transformar em uma academia de música, mais que uma academia de dança, e o próprio señor Arroyo vai dar aula."

Então Inés fala e não perde tempo para esclarecer sua posição. "Quando mandamos Davíd para os Arroyo, nos foi prometido... prometido, veja bem... que além da dança ele receberia uma educação geral. Nos disseram que ele aprenderia a ler, escrever e usar números como as crianças fazem em escolas comuns. Ele não recebeu nada disso. O señor Arroyo é um homem gentil, tenho certeza, mas não é um professor de verdade. Eu ficaria muito relutante em deixar o Davíd de novo sob os cuidados dele."

"O que você quer dizer com ele não ser um professor de verdade?", Valentina pergunta.

"Quero dizer que ele vive com a cabeça nas nuvens. Quero dizer que ele não sabe o que está acontecendo debaixo do próprio nariz."

As irmãs trocam olhares. Ele, Simón, se inclina para Inés. "Será que é o melhor momento?", ele murmura.

"É, sim, o melhor momento", diz Inés. "É sempre melhor ser franca. Estamos falando do futuro de uma criança, uma criança pequena cuja educação até agora foi uma calamidade, que está ficando cada vez mais atrasada. Reluto muito em submeter Davíd a mais uma experiência."

"Bom, isso encerra o assunto", diz Consuelo. "Você é a mãe do Davíd, tem o direito de decidir o que é melhor para ele. Devemos concluir então que você considera a Academia um mau investimento?"

"Isso mesmo", diz Inés.

"E você, Simón?"

"Depende." Ele se volta para Inés. "Se a Academia de Dança fechar definitivamente, Inés, e se não houver vaga para o Davíd na Academia de Canto, o que pode muito bem ser o caso, e se as escolas públicas estão fora de questão, o que você propõe que a gente faça com ele? Onde ele vai receber uma educação?"

Antes que Inés possa responder, Alma volta com o menino, que traz uma caixa de compensado bastante usada. "A Alma disse que pode ficar pra mim", ele anuncia.

"São as marionetes", diz Alma. "Não temos uso para elas, achei que o Davíd ia gostar de levar para ele."

"Claro", diz Consuelo. "Espero que se divirta brincando com elas."

Inés não se deixa desviar. "Onde o Davíd vai ser educado? Eu falei para você. Podemos contratar um professor particular, alguém qualificado de verdade com um diploma de verdade, alguém que não tenha ideias do outro mundo sobre de onde vêm as crianças ou como funciona a cabeça da criança, alguém que sente junto com Davíd e passe as sílabas que uma escola comum passa e ajude o menino a recuperar o que perdeu. É isso que acho que devemos fazer."

"O que você acha, Davíd?", pergunta ele, Simón. "Devemos contratar um professor particular para você?"

Davíd se senta com a caixa no colo. "Eu quero ficar com o señor Arroyo", ele diz.

"Você só quer ficar com o señor Arroyo porque faz o que bem entende com ele", diz Inés.

"Se você me obrigar a ir pra outra escola, eu fujo."

"Ninguém vai te obrigar a ir a lugar nenhum. Nós vamos contratar um professor que vem ensinar você em casa."

"Eu quero ir com o señor Arroyo. O señor Arroyo sabe quem eu sou. Você não sabe quem eu sou."

Inés bufa, exasperada. Embora sem muito empenho, ele, Simón, assume as rédeas. "Por mais especial que a gente seja, Davíd, tem certas coisas que todo mundo tem de sentar e aprender. Nós temos de aprender a ler, e não estou falando de um livro só, senão não ficamos sabendo o que acontece no mundo. Temos de saber somar, senão não somos capazes de usar dinheiro. Acho que a Inés também está pensando nisso. Me corrija se eu estiver errado, Inés: que temos de aprender bons hábitos como disciplina e respeito pela opinião dos outros."

"Eu sei, sim, o que está acontecendo no mundo", diz o menino. "Você é que não sabe o que está acontecendo no mundo."

"O que está acontecendo no mundo, Davíd?", Alma pergunta. "Nós nos sentimos isoladas do mundo aqui na fazenda. Pode nos dizer?"

O menino deixa de lado a caixa de marionetes, trota até Alma, sussurra longamente no ouvido dela.

"O que ele disse, Alma?", Consuelo pergunta.

"Eu sinto que não posso dizer. Só o Davíd pode."

"Quer nos contar, Davíd?", Consuelo pergunta.

O menino balança a cabeça decididamente de um lado para outro.

"Então isso encerra o assunto", diz Consuelo. "Obrigada, Inés, obrigada, Simón, por seu conselho sobre o señor Arroyo e a Academia dele. Se resolverem contratar um tutor para seu filho, sem dúvida nós poderemos ajudar com as mensalidades."

Quando estão saindo, Consuelo puxa-o de lado. "Você tem de controlar o menino, Simón", ela murmura. "Para segurança dele mesmo. Entende o que quero dizer?"

"Entendo. Ele tem um outro lado, acredite. Nem sempre é tão seguro. E tem bom coração."

"Fico aliviada de ouvir isso", diz Consuelo. "Agora você tem de ir."

Ele leva um longo tempo para conseguir entrar na Academia, ou a ex-Academia. Toca a campainha, espera, toca de novo, de novo e de novo, então começa a bater na porta, primeiro com os nós dos dedos, por fim com o salto do sapato. Finalmente, escuta movimento lá dentro. A chave gira na fechadura, e Alyosha abre a porta, parecendo desarrumado, como se tivesse acabado de acordar, embora já passe muito do meio-dia.

"Olá, Alyosha, lembra de mim? Sou o pai do Davíd. Como vai você? O maestro está?"

"O señor Arroyo está tocando. Se quiser falar com ele vai ter de esperar. Pode demorar bastante."

O estúdio onde Ana Magdalena dava aulas está vazio. O piso de cedro que era polido diariamente por jovens pés em sapatilhas de dança perdeu o brilho.

"Vou esperar", ele diz. "Meu tempo não é importante." Ele acompanha Alyosha até o refeitório e senta-se a uma das mesas compridas.

"Chá?", Alyosha pergunta.

"Seria ótimo."

Ele escuta o som tênue de um piano. A música se interrompe, começa de novo, se interrompe de novo.

"Fiquei sabendo que o señor Arroyo gostaria de reabrir a Academia", ele diz, "e que você daria parte das aulas."

"Eu vou dar aula de flauta doce e conduzir a aula de dança elementar. Esse é o plano. Se a gente reabrir."

"Então vão continuar com as aulas de dança. Eu tinha entendido que a Academia ia virar uma academia de música simplesmente. Uma academia de música pura."

"Por trás de música sempre tem a dança. Se ouvir com atenção, se a gente se entrega à música, a alma começa a dançar dentro de nós. Essa é uma das pedras fundamentais da filosofia do señor Arroyo."

"E você acredita na filosofia dele?"

"Acredito, sim."

"Infelizmente, o Davíd não vai voltar. Ele quer, muito, mas a mãe dele está decididamente contra. Eu próprio não sei o que pensar. Por outro lado, acho a filosofia da Academia, a filosofia em que você acredita, difícil de levar a sério. Espero que não se importe de eu dizer isso. Principalmente a parte de astrologia. Por outro lado, o Davíd é ligado aos Arroyo, principalmente à memória da Ana Magdalena. Profundamente ligado. Apegado a ela. Não a abandona."

Alyosha sorri. "É, eu vi isso. No começo, ele testava a Ana Magdalena. Você deve saber: como ele testa as pessoas, impõe a vontade dele aos outros. Ele tentou dar ordens a ela; mas ela não tolerou, nem por um momento. *Enquanto estiver sob os meus cuidados, vai fazer o que eu mando*, ela disse para ele. *E não adianta me olhar desse jeito. Seu olhar não tem nenhum poder sobre mim.* Depois disso, ele nunca mais tentou nenhum truque. Ele a respeitava. Obedecia. Comigo é diferente. Ele sabe que não sou duro. Eu não me importo."

"E os colegas dele? Sentem falta dela também?"

"Todos os pequenos adoravam Ana Magdalena", diz Alyosha. "Ela era dura com eles, era exigente, mas eles eram dedicados a ela. Depois que ela morreu, fiz o possível para proteger as crianças, mas havia muitas histórias correndo e aí, claro, os pais vieram e levaram todas embora. Não se pode esperar que crianças saiam de uma tragédia dessas incólumes."

"Não, não se pode. Tem também a questão do Dmitri. Eles devem ter ficado abalados com isso. O Dmitri era o grande favorito deles."

Alyosha vai responder, mas a porta do refeitório se abre, e Joaquín e o irmão entram excitados, seguidos um momento depois por uma mulher desconhecida, grisalha, apoiada numa bengala.

"A tia Mercedes falou que a gente pode comer biscoito", diz Joaquín. "Pode?"

"Claro", diz Alyosha. Desajeitado, ele faz as apresentações. "Señora Mercedes, este é o señor Simón, pai de um dos meninos da Academia. Señor Simón, esta é a señora Mercedes, de Novilla, que está nos visitando."

A señora Mercedes, tia Mercedes, oferece a ele uma mão ossuda. Nos traços finos, aquilinos, na pele pálida, ele não vê nenhuma semelhança com Ana Magdalena.

"Não vamos interromper", ela diz numa voz tão baixa que é quase um coaxar. "Os meninos só vieram buscar um lanche."

"Não está interrompendo nada", ele, Simón, responde. Não é verdade. Ele gostaria de ouvir mais de Alyosha. Está impressionado com o rapaz, com seu bom senso e seriedade. "Só estou passando o tempo, esperando para ver o señor Arroyo. Talvez, Alyosha, você possa lembrar a ele que estou aqui."

Com um suspiro, a señora Mercedes se põe numa cadeira. "Seu filho não está com o senhor?", ela pergunta.

"Está em casa, com a mãe."

"O nome dele é Davíd", diz Joaquín. "Ele é o melhor da classe." Ele e o irmão se sentam na outra ponta da mesa com a lata de biscoitos na frente.

"Vim discutir o futuro do meu filho com o señor Arroyo", ele explica a Mercedes. "O futuro dele e da Academia depois da recente tragédia. Permita que eu diga que ficamos muito abalados com a morte de sua irmã. Ela era uma professora excepcional e uma pessoa excepcional."

"Ana Magdalena não era minha irmã", diz Mercedes. "Minha irmã, a mãe do Joaquín e do Damian, faleceu há dez anos.

A Ana Magdalena é... era a segunda esposa do Juan Sebastián. Os Arroyo são uma família complicada. Sou grata por não fazer parte dessa complicação."

Claro! Casado duas vezes! Que erro idiota de sua parte! "Me desculpe", ele diz. "Não tinha pensado nisso."

"Mas claro que eu conhecia Ana Magdalena", continua a señora Mercedes, imperturbável. "Ela até foi, por um breve período, aluna minha. Foi assim que conheceu o Juan Sebastián. Foi assim que entrou para a família."

Aparentemente, seu erro idiota abriu caminho para velhas animosidades virem à tona.

"A senhora ensinava dança?", ele pergunta.

"Eu ensinava dança. Ainda ensino, embora o senhor possa achar que não, olhando para mim." Ela bate a bengala no chão.

"Confesso que acho a dança uma linguagem um tanto estranha", ele diz. "Davíd desistiu de tentar me explicar."

"Então por que está fazendo isso, mandando o menino para uma academia de dança?"

"Davíd é senhor de si. A mãe e eu não temos controle sobre ele. Tem uma linda voz, mas não quer cantar. Tem o dom da dança, mas não quer dançar para mim. Se recusa terminantemente. Diz que eu não entendo."

"Se seu filho conseguisse explicar a dança dele, não seria mais capaz de dançar", diz Mercedes. "Esse é o paradoxo dentro do qual nós, bailarinos, estamos presos."

"Acredite, a senhora não é a primeira a me dizer isso. Escuto continuamente do señor Arroyo, da Ana Magdalena, do meu filho o quanto é obtuso meu questionamento."

Mercedes dá uma risada, baixa e dura, como um latido de cachorro. "Você precisa aprender a dançar, Simón; posso chamá-lo de Simón? Vai curar sua obtusidade. Ou acabar com seu questionamento."

"Eu temo ser incurável, Mercedes. Para dizer a verdade, não vejo para qual questão a dança possa ser resposta."

"Não, estou vendo que não vê. Mas deve ter se apaixonado alguma vez. Quando estava apaixonado, também não via a questão para a qual o amor era a resposta, ou era um amante obtuso também?"

Ele se cala.

"Você não estava, talvez, apaixonado pela Ana Magdalena, pelo menos um pouquinho?", ela insiste. "Parece que era esse o efeito que ela exercia sobre a maioria dos homens. E você, Alyosha... e quanto a você? Estava apaixonado pela Ana Magdalena também?"

Alyosha enrubesce, mas não fala.

"Pergunto a sério: qual a questão para a qual Ana Magdalena era, em tantos casos, a resposta?"

É uma pergunta real, ele vê isso. Mercedes é uma mulher séria, uma pessoa séria. Mas será uma coisa para se debater diante das crianças?

"Eu não estava apaixonado pela Ana Magdalena", ele diz. "Nunca me apaixonei por ninguém, desde que me lembro. Mas, em abstrato, reconheço a força de sua pergunta. O que faz falta em nós, quando nada nos faz falta, quando somos suficientes em nós mesmos? O que perdemos quando não nos apaixonamos?"

"O Dmitri estava apaixonado por ela." É Joaquín quem interrompe, com sua voz de criança, límpida e ainda intocada.

"Dmitri é o homem que matou Ana Magdalena", ele, Simón, explica.

"Eu sei do Dmitri. Duvido que no país inteiro exista alguém que não saiba da história dele. Frustrado no amor, Dmitri se voltou contra o objeto de seu desejo inatingível e matou Ana Magdalena. Claro que foi uma coisa terrível o que ele fez. Terrível, mas não difícil de entender."

"Eu discordo", ele diz. "Desde o começo achei a atitude

dele incompreensível. Os juízes também acharam incompreensível. Por isso é que foi trancado num hospital psiquiátrico. Porque nenhum ser sadio faria o que ele fez."

Dmitri não era nenhum amante frustrado. Isso é o que ele não pode dizer, não abertamente. Isso é que é realmente incompreensível, mais que incompreensível. *Ele a matou porque sentiu vontade. Ele a matou para ver como era estrangular uma mulher. Ele a matou sem nenhuma razão.*

"Eu não entendo o Dmitri, nem quero entender", ele insiste. "O que aconteceu com ele é alvo de indiferença para mim. Ele pode definhar nas alas psiquiátricas até ficar velho e grisalho, pode ser mandado para as minas de sal e morrer de trabalhar, para mim dá no mesmo."

Mercedes e Alyosha trocam um olhar. "Um ponto dolorido, evidentemente", diz Mercedes. "Desculpe ter tocado nele."

"Que tal dar uma volta?", Alyosha pergunta aos meninos. "A gente pode ir ao parque. Levar um pouco de pão para alimentar os peixinhos dourados."

Eles saem. Ele e Mercedes ficam a sós. Mas ele não está com vontade de conversar; ela, evidentemente, também não. Pela porta aberta, vem o som de Arroyo ao piano. Ele fecha os olhos, tenta se acalmar, deixar a música encontrar seu caminho até ele. As palavras de Alyosha lhe voltam à mente: *Se ouvimos com atenção a alma começa a dançar dentro de nós.* Quando foi a última vez que a alma dele dançou?

Pela maneira como a música parava e recomeçava, ele pensou que Arroyo estava ensaiando. Mas estava errado. As pausas eram longas demais para isso, e a própria música parecia às vezes perder o rumo. O homem não estava praticando, mas compondo. Ele ouve com uma espécie diferente de atenção.

A música é muito variável em seu ritmo, muito complicada em sua lógica, para um ser pesado como ele acompanhar, mas lhe traz à mente a dança de um daqueles passarinhos que pairam e saem voando, com as asas batendo depressa demais para se ver. A questão é: onde está a alma? Quando a alma sai de seu esconderijo e abre as asas?

Ele não tem uma relação próxima com sua alma. O que sabe da alma em geral, o que leu, é que ela foge quando confrontada com um espelho e, portanto, não pode ser vista por quem a possui, por aquele que ela possui.

Incapaz de ver sua alma, ele não questionou o que as pessoas lhe diziam sobre ela: que é uma alma seca, deficiente de paixão. Sua própria obscura intuição — de que, longe de ausência de paixão, sua alma anseia por algo que não sabe o que é — ele trata com ceticismo, como uma espécie de história que alguém com uma alma seca, racional, deficiente conta a si mesmo para manter o autorrespeito.

Então ele tenta não pensar, não fazer nada que possa alarmar sua tímida alma interior. Ele se entrega à música, permitindo que ela entre e o inunde por dentro. E a música, como se consciente do que está acontecendo, perde seu caráter de começar-parar e passa a fluir. No limiar mesmo da consciência, a alma, que é de fato como um passarinho, emerge, sacode as asas e começa a dançar.

É assim que Alyosha o encontra: sentado à mesa com o queixo apoiado nas mãos, dormindo profundamente. Alyosha o sacode. "O señor Arroyo vai receber o senhor agora."

Da mulher com a bengala, a cunhada Mercedes, não há o menor sinal. Há quanto tempo ele está ausente?

Ele segue Alyosha pelo corredor.

17.

Ele é levado a uma sala agradavelmente clara e arejada, iluminada por janelas de vidro no teto através das quais se despeja a luz do sol. Nua, a não ser por uma mesa com uma confusão de papéis em cima e um piano de cauda. Arroyo se levanta para cumprimentá-lo.

Ele esperava um homem de luto, um homem alquebrado. Mas Arroyo, com um robe curto cor de ameixa sobre o pijama e chinelos, parece mais sólido e animado que nunca. Oferece a Simón um cigarro, que ele recusa.

"Um prazer nos encontrarmos de novo, señor Simón", diz Arroyo. "Não esqueci da nossa conversa na praia do lago Calderón, a respeito das estrelas. O que vamos discutir hoje?"

Depois da música e do cochilo, sua língua está lenta, sua mente confusa. "Meu filho Davíd", ele diz. "Vim para falar sobre ele. Sobre o futuro dele. O Davíd tem estado um pouco rebelde ultimamente. Sem a vida escolar. Fizemos a inscrição dele na Academia de Canto, mas não temos muitas esperanças. Estamos preocupados, a mãe principalmente. Ela está pensando em contratar um tutor particular. Mas agora ouvimos dizer que estão considerando abrir suas portas outra vez. Então pensamos...

"Pensaram: se reabrirmos, quem vai dar aulas? Pensaram quem iria tomar o lugar de minha mulher. De fato: quem? Porque seu filho era muito chegado a ela, como sabe. Quem pode tomar o lugar dela no coração dele?"

"Tem razão. Ele ainda é apegado à lembrança dela. Não desiste. Mas tem mais que isso." A névoa começa a se dissipar. "Davíd tem grande respeito pelo senhor. Diz que o senhor sabe quem ele é. *O señor Arroyo sabe quem eu sou*. Eu, por outro lado, diz ele, não sei e nunca soube. Devo perguntar: o que ele quer dizer quando diz que o senhor sabe quem ele é?"

"É pai dele e no entanto não sabe quem ele é?"

"Não sou o pai verdadeiro, nem nunca pretendi ser. Eu me considero uma espécie de padrasto. Encontrei o menino no navio na vinda para cá. Percebi que estava perdido, então me encarreguei dele, cuidei dele. Mais tarde, pude unir o menino à sua mãe, Inés. Esta, em resumo, é a nossa história."

"E agora quer que eu diga quem ele é, essa criança que encontrou a bordo do navio. Se eu fosse um filósofo, responderia dizendo: depende do que quer dizer com *quem*, depende do que quer dizer com *ele*, depende do que quer dizer com *é*. Quem é ele? Quem é você? De fato, quem sou eu? Tudo o que posso dizer com certeza é que um dia um ser, um menino do sexo masculino, apareceu do nada na porta desta Academia. Sabe disso tão bem quanto eu, porque foi quem trouxe o menino. Desde esse dia, tive o prazer de ser o acompanhante musical dele. Acompanhei suas danças, como acompanhei todas as crianças sob meus cuidados. Também conversei com ele. Conversamos bastante, o seu Davíd e eu. Tem sido muito esclarecedor."

"Nós concordamos em chamar o menino de Davíd, señor

Arroyo, mas o nome verdadeiro dele, se posso usar essa expressão, se ela significa alguma coisa, evidentemente não é Davíd, como já deve saber, se realmente sabe quem ele é. Davíd é só um nome no cartão dele, o nome que deram para ele no porto. Da mesma forma, posso dizer que Simón não é meu nome verdadeiro, mas apenas um nome que me deram no porto. Para mim, nomes não são importantes, não vale a pena fazer muita confusão a respeito. Tenho consciência de que o senhor segue outra linha, que quando se trata de nomes e números, nós dois pertencemos a diferentes escolas de pensamento. Mas permita que eu diga o que penso. Na minha escola de pensamento, nomes são apenas uma conveniência, assim como números são uma conveniência. Não há nada de misterioso neles. O menino de que estamos falando podia muito bem ter o nome *sessenta e seis* atribuído a ele, e eu o nome *noventa e nove*. *Sessenta e seis* e *noventa e nove* serviriam tão bem como *Davíd* e *Simón*, quando nos acostumássemos com eles. Nunca entendi por que o menino que agora chamo de Davíd acha os nomes tão significativos — o nome dele particularmente. O que se chama de nossos nomes verdadeiros, os nomes que tínhamos antes de *Davíd* e *Simón*, são apenas substitutos, me parece, para os nomes que tínhamos antes deles e assim retrospectivamente. É como folhear um livro, para trás e para trás, procurando a página 1. Mas não existe página 1. O livro não tem começo; ou o começo está perdido na névoa do esquecimento geral. Esse, pelo menos, é o jeito como entendo. Então repito minha pergunta: o que significa quando o Davíd diz que o señor Arroyo sabe *quem ele é?*"

"E, se eu fosse um filósofo, señor Simón, responderia dizendo: depende do que o senhor quer dizer por *sabe*. Eu conheci o menino em uma vida anterior? Como posso ter certeza? A memória está perdida, como você diz, no esquecimento geral. Eu tenho minhas intuições, assim como você sem dúvida tem as suas intuições, mas intuições não são memórias. Você se lembra de encontrar o menino a bordo do navio, de decidir que ele estava perdido, de se encarregar dele. Talvez ele se lembre de tudo isso de modo diferente. Talvez fosse você que parecesse perdido; talvez *ele* tenha decidido se encarregar de *você*."

"Está me julgando mal. Posso ter lembranças, mas não tenho intuições. Intuições não fazem parte do meu repertório."

"Intuições são como estrelas cadentes. Elas relampejam no céu, aqui neste instante, e desaparecem no instante seguinte. Se não vê é porque talvez esteja de olhos fechados."

"Mas o *que* relampeja no céu? Se sabe a resposta, por que não me diz?"

O señor Arroyo esmaga o cigarro. "Depende do que quer dizer por *resposta*", diz ele. Levanta-se, segura Simón pelos ombros, olha dentro de seus olhos. "Coragem, meu amigo", diz com seu hálito de fumaça. "O pequeno Davíd é uma criança excepcional. A palavra que uso para ele é *integral*. Ele é integral de um jeito que outras crianças não são. Não se pode tirar nada dele. Não se pode acrescentar nada. Quem ou o que você ou eu acreditamos que ele seja não tem nenhuma importância. Mesmo assim, encaro com toda seriedade seu desejo de ter sua pergunta respondida. A resposta virá quando menos esperar. Ou não virá. Isso também acontece."

Com um gesto irritado, ele se solta. "Nem sei dizer, señor Arroyo", diz ele, "o quanto me desagradam esses paradoxos baratos, essa mistificação. Não me entenda mal. Respeito sua pessoa, como respeitei sua falecida esposa. Vocês são educadores, levam a sério sua profissão, sua preocupação com os alunos é genuína, não duvido de nada disso. Mas quanto ao seu sistema, *el sistema Arroyo*, tenho as mais profundas dúvidas. Digo isso com toda consideração pelo músico que é. Estrelas. Meteoros. Danças arcanas. Numerologia. Nomes secretos. Revelações místicas. Essas coisas podem impressionar mentes jovens, mas por favor não tente me impingir nada disso."

Saindo da Academia, preocupado, de mau humor, ele dá um encontrão com a cunhada de Arroyo e quase a derruba. A bengala dela cai ruidosamente pela escada. Ele a apanha para ela, pede desculpas por seu descuido.

"Não se desculpe", ela diz. "Devia haver uma luz na escada, não sei por que o prédio tem de ser tão escuro e tristonho. Mas já que está aqui, me dê o braço. Preciso de cigarros e não quero mandar um dos meninos, seria um mau exemplo."

Ele a ampara até o quiosque da esquina. Ela é lenta, mas ele não tem pressa. O dia está agradável. Ele começa a relaxar.

"Gostaria de um café?", ele propõe.

Sentam-se num café de calçada, fruindo o sol no rosto.

"Espero que não tenha se ofendido com as coisas que eu falei", diz ela. "As minhas observações sobre Ana Magdalena e seu efeito sobre os homens. A Ana Magdalena não era o meu tipo, mas na verdade eu gostava bastante dela. E a morte que teve... ninguém merece morrer assim."

Ele continua em silêncio.

"Como eu disse, fui professora dela quando era jovem. Ela era uma promessa, se esforçava muito, era séria a respeito da carreira. Mas a transição da infância para mulher adulta foi difícil para ela. É sempre um momento difícil para uma bailarina, no caso dela especialmente. Ela queria preservar a pureza de suas linhas, a pureza que nos vem fácil quando somos imaturos, mas fracassou, a nova feminilidade do corpo dela de repente se revelou, passou a se expressar. De forma que ela acabou desistindo, encontrou outras coisas para fazer. Perdi contato com ela. Então, depois da morte da minha irmã, ela de repente reapareceu ao lado de Juan Sebastián. Fiquei surpresa, não fazia ideia de que tinham contato, mas não disse nada.

"Ela fez bem para ele, eu diria que foi uma boa esposa. Ele teria ficado perdido sem alguém como ela. Ela assumiu os meninos, o mais novo ainda bebê, e se transformou na mãe deles. Arrancou Juan Sebastián da empresa de conserto de relógios, onde ele não tinha futuro, e fez com que abrisse esta Academia. Ele floresceu desde então. Portanto não me entenda mal. Ela era uma pessoa admirável sob vários aspectos."

Ele continua em silêncio.

"O Juan Sebastián é um homem culto. Leu o livro dele? Não? Ele escreveu um livro sobre sua filosofia musical. Ainda pode ser encontrado nas livrarias. Minha irmã o ajudou. Minha irmã tinha formação musical. Era uma excelente pianista. Ela e Juan Sebastián tocavam duetos. Enquanto Ana Magdalena, embora seja ou fosse uma moça perfeitamente inteligente, não era nem musicista, nem o que se chama de uma intelectual. Ela substituía o intelecto por entusiasmo. Adotou integralmente a filosofia do Juan Sebastián e se tornou uma entusiasta dela. Aplicava essa filosofia nas aulas de dança. Deus sabe o que os pequenos achavam daquilo. Me deixe perguntar, Simón: o que seu filho acha dos ensinamentos da Ana Magdalena?"

O que Davíd achava dos ensinamentos de Ana Magdalena? Ele está quase dando sua resposta, sua resposta bem articulada, quando algo toma conta dele. Ele não sabe dizer se é uma onda que volta de sua explosão raivosa com Arroyo, ou se está simplesmente cansado, cansado de ser razoável, mas sente o próprio rosto se enrugar e mal reconhece a voz que sai de sua garganta, tão rouca e seca está. "Meu filho, Mercedes, foi quem encontrou Ana Magdalena. Ele a viu em seu leito de morte. As lembranças que tem dela estão contaminadas por essa visão, esse horror. Porque ela já estava morta havia algum tempo, sabe? Não era uma visão a que nenhuma criança deva ser exposta.

"Para responder sua pergunta, meu filho está tentando se

agarrar à memória da Ana Magdalena como ela era viva e às histórias que ouviu dela. Ele gostaria de acreditar num reino celeste onde os números dançam eternamente. Ele gostaria de pensar isso, quando dança as danças que ela ensinou, os números descem e dançam com ele. Ao fim de cada dia de aula, a Ana Magdalena reunia as crianças em torno dela, fazia soar o que ela chamava de seu arco, que depois vim a descobrir que era apenas um simples diapasão. Fazia todos fecharem os olhos e entoar juntos aquele tom. Ela dizia que acalmava suas almas, fazendo se harmonizarem com o tom que as estrelas emitiam ao rodar sobre seus eixos. Bom, é a isso que meu filho gostaria de se agarrar: ao tom celestial. Ele gostaria de acreditar que ao se juntar à dança das estrelas, nós participamos do ser celestial. Mas como ele poderia, Mercedes, *como pode*, depois do que viu?"

Mercedes estende a mão sobre a mesa e dá tapinhas em seu braço. "Calma, calma", ela diz. "Você passou por um momento difícil, todos vocês. Talvez fosse melhor seu filho deixar para trás a Academia, com suas lembranças ruins, e ir para uma escola normal com professores normais."

Uma segunda grande onda de exaustão se abate sobre ele. O que está fazendo, trocando palavras com uma estranha que não entende nada? "Meu filho não é uma criança normal", ele diz. "Desculpe, não estou me sentindo bem, não posso continuar." Ele chama o garçom.

"Você está angustiado, Simón. Não vou deter você. Me deixe dizer apenas que estou aqui em Estrella não por causa de meu cunhado, que mal me tolera, mas pelos filhos de minha irmã, dois menininhos perdidos em quem ninguém pensa duas vezes. Seu filho vai seguir em frente, mas qual o futuro deles? Perderam primeiro a mãe, depois a madrasta, abandonados neste duro mundo de homens e ideias masculinas. Eu choro por eles, Simón. Eles precisam de suavidade, como toda criança precisa de suavidade, mesmo meninos. Precisam ser acariciados, afagados, sentir os aromas macios de mulheres e sentir a suavidade de um toque de mulher. Onde vão conseguir isso? Vão crescer incompletos, incapazes de florir."

Suavidade. Mercedes não lhe parece muito suave com o nariz em bico agudo e as mãos magras, artríticas. Ele paga, levanta-se. "Tenho de ir", diz. "É aniversário do Davíd amanhã. Vai fazer sete anos. Tenho de cuidar dos preparativos."

18.

Inés está determinada a comemorar devidamente o aniversário do menino. Foram convidados para a festa todos os colegas da antiga Academia que ela conseguiu localizar e também os meninos do prédio com quem ele joga futebol. Na *pastelería*, ela encomenda um bolo em forma de bola de futebol; trouxe para casa uma *piñata* pintada de cores alegres na forma de macaco e emprestou de sua amiga Claudia os remos com que as crianças vão despedaçá-la; contratou um mágico para apresentar um show. Não revelou a ele, Simón, qual será o presente de aniversário, mas ele sabe que ela gastou muito dinheiro nele.

Seu primeiro impulso é igualar a prodigalidade de Inés, mas ele controla o impulso: como sua posição de pai tem menos importância, seu presente deve ser menor. Na sala dos fundos de uma loja de antiguidades, ele encontra o presente perfeito: uma miniatura de navio muito parecida com o navio em que vieram, com chaminé, motor, uma ponte de capitão e pequenos passageiros esculpidos em madeira debruçados nos peitoris ou passeando no convés superior.

Enquanto está explorando as lojas do bairro velho de Estrella, ele procura o livro que Mercedes mencionou, o livro de Arroyo sobre música. Não encontra. Nenhuma livraria jamais ouviu falar do livro. "Fui a alguns recitais dele", diz um vendedor. "É um pianista incrível, um verdadeiro virtuose. Não fazia ideia de que escrevia livros também. Tem certeza?"

Por um arranjo com Inés, o menino passa a noite anterior à festa com ele no quarto alugado para que ela possa deixar tudo pronto no apartamento.

"Sua última noite de menino pequeno", ele observa. "A partir de amanhã você vai ter sete anos, e sete anos é um menino grande."

"Sete é um número nobre", diz o menino. "Eu sei todos os números nobres. Quer que eu recite?"

"Hoje não, obrigado. Quais outros ramos da numerologia você estudou além dos números nobres? Estudou frações ou frações estão fora do limite? Não conhece o termo *numerologia*? Numerologia é a ciência que o señor Arroyo pratica na Academia. Numerólogos são pessoas que acreditam que os números têm existência independente de nós. Eles acreditam que mesmo que venha uma grande enchente e afogue todos os seres vivos, os números vão sobreviver."

"Se a enchente for grande mesmo, até o céu, os números também vão se afogar. Aí não vai sobrar nada, só as estrelas escuras e os números escuros."

"Estrelas escuras? O que é isso?"

"As estrelas que ficam entre as estrelas brilhantes. Não dá para ver porque elas são escuras."

"Estrelas escuras devem ser uma das suas descobertas. Não existe nenhuma menção a estrelas escuras ou números escuros em numerologia, pelo que sei. Além disso, segundo os numerólogos, números não se afogam, por mais alta que seja a enchente. Eles não podem se afogar porque não respiram, nem comem, nem bebem. Eles apenas existem. Nós, seres humanos, podemos ir e vir, viajar desta vida para a outra, mas os números ficam sempre os mesmos para todo o sempre. É isso que pessoas como o señor Arroyo escrevem em seus livros."

"Eu descobri um jeito de voltar da outra vida. Quer que eu conte? É brilhante. Você amarra uma corda numa árvore, uma corda muito, muito comprida, então quando você chega na outra vida, amarra a outra ponta da corda numa árvore, outra árvore. Então quando quer voltar da outra vida é só seguir a corda. Igual o homem no *laberinto*."

"*Laberinto*. É um plano muito inteligente, muito engenhoso. Infelizmente, eu vejo uma falha nele. A falha é que, enquanto você está nadando de volta para esta vida, segurando a corda, as ondas sobem e levam as suas lembranças. Então quando chega deste lado, você não lembra nada do que viu do outro lado. Vai ser como se você nunca tivesse visitado o outro lado. Vai ser como se você tivesse dormido sem sonhar."

"Por quê?"

"Porque, como eu disse, você vai estar mergulhado nas águas do esquecimento."

"Mas por quê? Por que eu tenho que esquecer?"

"Porque essa é a regra. Você não pode voltar da outra vida e contar o que viu lá."

"Por que a regra é essa?"

"Uma regra é só uma regra. Regras não precisam de justificativas. Elas apenas existem. Como os números. Não existe um *porquê* para os números. Este universo é um universo de regras. Não existe um *porquê* para o universo."

"Por quê?"

"Agora você está sendo bobo."

Mais tarde, quando Davíd adormece no sofá e ele está deitado na cama ouvindo os passos de camundongos no teto, ele se pergunta como vai ser a lembrança do menino dessas conversas deles. Ele, Simón, se considera uma pessoa sadia, racional, que oferece ao menino uma elucidação sadia, racional de por que as coisas são como são. Mas será que as necessidades da alma de uma criança são mais bem servidas por suas pequenas homilias secas do que pelo fantástico cardápio oferecido pela Academia? Por que não deixar que ele passe esses anos preciosos dançando os números, comungando com as estrelas na companhia de Alyosha e do señor Arroyo, e esperar que a sanidade e a razão cheguem a seu tempo?

Uma corda de terra a terra: ele devia contar isso a Arroyo, mandar uma nota. "Meu filho, aquele que diz que você sabe o nome verdadeiro dele, criou um plano para nossa salvação em geral: uma ponte de corda de costa a costa; almas se impulsionando mão após mão pelo oceano, algumas para uma nova vida, algumas de volta à vida antiga. Se existisse tal ponte, diz meu filho, significaria o fim do esquecimento. Nós todos saberíamos quem somos e nos rejubilaríamos."

Ele realmente devia escrever a Arroyo. Não apenas uma nota, mas algo mais longo e profundo que evidenciasse o que ele podia ter dito se não tivesse saído intempestivamente do encontro deles. Se não estivesse tão sonolento, tão letárgico, ele acenderia a luz e faria isso. "Estimado Juan Sebastián, desculpe minha demonstração de petulância esta manhã. Estou passando por um momento perturbado, embora, claro, o fardo que carrego seja muito mais leve que o seu. Especificamente, eu me vejo boiando (para usar uma metáfora comum), me afastando cada vez mais da terra firme. Como assim? Permita que seja franco. Apesar dos extenuantes esforços do intelecto, não consigo acreditar nos números, os números superiores, os números no alto, como o senhor e todos os que são ligados à sua Academia parecem ser, inclusive meu filho Davíd. Não entendo nada de números, não faço a mínima ideia, do começo ao fim. Sua fé neles ajudou o senhor (suponho) a atravessar esse momento difícil, enquanto eu, que não compartilho essa fé, sou irritável, irascível, dado a explosões (como o senhor pôde testemunhar essa manhã), estou de fato me tornando difícil de aguentar, não apenas para os que me rodeiam, mas para mim mesmo.

"A *resposta virá quando menos você esperar. Ou não.* Tenho uma aversão por paradoxos, Juan Sebastián, que o senhor não parece ter. É isso que preciso adquirir para obter paz de espírito: engolir paradoxos à medida que aparecem? E já que estamos no assunto, me ajude a entender por que uma criança educada pelo senhor, ao ser interrogada sobre os números, deve responder que eles não podem ser explicados, podem apenas ser dançados. A mesma criança, antes de estudar em sua Academia, tinha medo de passar de uma pedra do calçamento para outra, temendo cair no espaço entre elas e desaparecer no nada. No entanto, ele agora dança através dos espaços sem hesitar. *Que poder mágico tem a dança?*"

Ele devia fazer isso. Devia escrever a nota. Mas será que Juan Sebastián responderia? Juan Sebastián não lhe parece o tipo de homem que se levanta da cama no meio da noite para atirar uma corda para um homem que, se não está se afogando, está pelo menos se debatendo.

Quando vai baixando o sono lhe vem uma imagem dos jogos de futebol no parque: o menino, cabeça baixa, punhos cerrados, correndo, correndo como uma força irresistível. Por quê, por quê, por quê, quando ele é tão cheio de vida, desta vida, esta vida presente, ele está tão interessado na próxima?

Os primeiros a chegar na festa são dois meninos de um dos

apartamentos abaixo, irmãos, pouco à vontade em suas camisas e shorts elegantes, com o cabelo molhado e penteado. Eles se apressam em oferecer seu presente embrulhado em papel colorido, que Davíd coloca no espaço que reservou num canto: "Esta é a minha pilha de presentes", anuncia. "Não vou abrir meus presentes até todo mundo ir embora."

A pilha de presentes já contém as marionetes das irmãs da fazenda e o dele, Simón, o navio, embalado numa caixa de papelão e amarrado com uma fita.

Toca a campainha; Davíd corre para saudar os novos convidados e aceita mais presentes.

Como Diego se encarregou da tarefa de servir refrescos, sobra muito pouco para ele fazer. Ele desconfia que a maior parte dos convidados tome Diego pelo pai do menino e ele, Simón, por um avô ou mesmo um parente mais distante.

A festa corre bem, embora o punhado de crianças da Academia se ressinta das crianças mais agitadas dos apartamentos e se junte num grupo, cochichando entre elas. Inés, o cabelo ondulado com elegância, usando um vestido chique branco e preto, uma mãe de quem um menino pode se orgulhar, sob todos os aspectos, parece contente com o desenrolar da festa.

"Lindo vestido", ele observa. "Cai bem em você."

"Obrigada", diz ela. "Está na hora do bolo. Você pode trazer?"

Então é privilégio dele levar à mesa o gigantesco bolo de bola de futebol, pousado num leito de marzipã verde, e sorrir, benevolente, quando, com um único *whuush*, Davíd assopra todas as sete velas.

"Viva!", exclama Inés. "Agora faça um pedido."

"Eu já fiz meu pedido", diz o menino. "É segredo. Não vou contar pra ninguém."

"Nem para mim?", Diego pergunta. "Nem no meu ouvido?" E ele inclina a cabeça, íntimo.

"Não", diz o menino.

Ocorre um acidente com o corte do bolo: quando a faca afunda, a casca de chocolate racha e o bolo se quebra em duas partes desiguais, uma das quais rola para fora do tabuleiro e cai em fragmentos sobre a mesa, derrubando um copo de limonada.

Com um grito de triunfo, Davíd brande a faca acima da cabeça: "É um terremoto!".

Inés limpa a bagunça, apressadamente. "Cuidado com essa faca", ela diz. "Pode machucar alguém."

"É meu aniversário, eu posso fazer o que eu quiser."

O telefone toca. É o mágico. Ele está atrasado, vai demorar mais quarenta e cinco minutos, talvez uma hora. Inés bate o telefone com fúria. "Isso não é jeito de exercer uma profissão!", ela exclama.

Há crianças demais no apartamento. Diego torceu um balão na forma de um manequim com orelhas enormes; isso passa a ser objeto de caça entre os meninos. Eles correm pelos quartos, derrubando a mobília. Bolívar se levanta e sai de seu covil na cozinha. As crianças recuam, alarmadas. Resta a ele, Simón, segurar o cachorro pela coleira.

"O nome dele é Bolívar", Davíd anuncia. "Ele não morde, só morde gente ruim."

"Posso fazer carinho nele?", pergunta uma menina.

"O Bolívar não está muito simpático agora", ele, Simón, responde. "Está acostumado a dormir de tarde. É uma criatura muito metódica." Ele amarra Bolívar na cozinha.

Por sorte, Diego convence os meninos mais agitados, Davíd entre eles, a ir jogar uma partida de futebol no parque. Ele e Inés ficam para entreter os mais tímidos. Depois, os jogadores de futebol voltam correndo para devorar o resto do bolo e os biscoitos.

Batem na porta. O mágico está parado ali, um homenzinho de aspecto nervoso com faces rosadas, usando cartola e fraque, com um cesto na mão. Inés não lhe dá chance de falar. "Tarde demais!", ela exclama. "Que jeito é esse de tratar os clientes. Vá embora! Não vai receber nem um tostão de nós!"

Os convidados vão embora. Armado com uma tesoura, Davíd começa a abrir os presentes. Desembrulha o presente de Inés e Diego. "É um violão!", ele diz.

"É um uquelele", diz Diego. "Tem um manual também que ensina como tocar."

O menino dedilha o uquelele, produzindo um acorde dissonante.

"Primeiro precisa afinar", diz Diego. "Deixe eu mostrar como faz."

"Agora não", diz o menino. Abre o presente dele, Simón. "Brilhante!", exclama. "A gente pode levar pro parque e pôr na água?"

"É uma miniatura", ele responde. "Não tenho certeza se vai flutuar sem virar. Podemos experimentar na banheira."

Enchem a banheira. O navio flutua alegremente na superfície, sem nenhum sinal de virar. "Brilhante!", o menino repete. "Meu melhor presente."

"Quando você aprender a tocar, o uquelele vai virar o seu melhor presente", ele diz. "O uquelele não é só uma miniatura, é uma coisa de verdade, um instrumento musical de verdade. Já agradeceu a Inés e Diego?"

"O Juan Pablo disse que a Academia é uma escola de mariquinha. Disse que só maricas vai para a Academia."

Ele sabe quem é Juan Pablo: é um dos meninos do prédio, mais velho e maior que Davíd.

"O Juan Pablo nunca entrou na Academia. Ele não faz ideia do que acontece lá dentro. Se você fosse mariquinha, acha que o Bolívar ia deixar você mandar nele? O Bolívar, que na outra vida vai ser um lobo?"

Inés o alcança quando ele está na porta, saindo, e enfia em suas mãos alguns papéis. "Tem uma carta aqui da Academia, e o jornal de ontem, as páginas de Professores Disponíveis. Temos de decidir sobre um tutor para o Davíd. Marquei os prováveis. Não podemos esperar mais."

A carta, dirigida a Inés e ele, não é da Academia de Arroyo, mas da Academia de Canto. Devido ao nível excepcionalmente alto de candidatos para o semestre seguinte, informa que lamentavelmente não há vaga para Davíd. Agradecem pelo interesse.

Na manhã seguinte, com a carta na mão, ele volta à Academia de Dança.

Rígido, senta-se à mesa do refeitório. "Diga ao señor Arroyo que estou aqui", instrui a Alyosha. "Diga que não vou embora enquanto não falar com ele."

Minutos depois o próprio mestre aparece. "Señor Simón! Está de volta!"

"É, estou de volta. Como é um homem ocupado, señor Arroyo, serei breve. Da última vez, mencionei que tínhamos feito a inscrição do Davíd a uma vaga na Academia de Canto. A inscrição acaba de ser negada. Só nos resta a escolha entre a escola pública e um tutor particular.

"Não revelei certos fatos que acredito que deva saber. Quando minha companheira Inés e eu saímos de Novilla e viemos para Estrella, estávamos fugindo da lei. Não porque sejamos pessoas ruins, mas porque as autoridades de Novilla queriam tirar Davíd de nós, por razões que não vou revelar, e colocar o menino numa instituição. Nós resistimos. Então, somos praticamente dois fora da lei, Inés e eu.

"Trouxemos o Davíd para cá e encontramos um lar para ele em sua Academia, um lar temporário, como acabou se revelando. Agora chego ao ponto. Se matricularmos o Davíd numa escola pública, temos razões para esperar que ele seja identificado e mandado de volta a Novilla. Então estamos evitando as escolas públicas. O recenseamento, que vai acontecer daqui a menos de um mês, é uma complicação a mais. Vamos precisar esconder todos os traços dele dos recenseadores."

"Eu também vou esconder meus filhos. Davíd pode ficar com eles. Temos muitos cantos escuros neste prédio."

"Por que precisa esconder seus filhos?"

"Eles não foram registrados no último recenseamento, portanto não têm número, portanto não existem. São fantasmas. Mas continue. Estava me dizendo que vão evitar as escolas públicas."

"É. Inés é a favor de um tutor particular para o Davíd. Tentamos um tutor antes. Não foi exatamente um sucesso. O menino tem uma personalidade forte. Está acostumado a conseguir tudo o que quer. Precisa se tornar um animal mais social. Precisa estar numa classe com outras crianças, com a mão guia de um professor que ele respeite.

"Tenho consciência de que seus meios são restritos, señor Arroyo. Se estiver certo de reabrir a Academia, e se Davíd puder voltar, ofereço minha ajuda, sem remuneração. Posso trabalhar como bedel, varrer, limpar, carregar lenha etc. Posso ajudar com os internos. Não sou alheio a trabalho físico. Em Novilla, fui estivador.

"Posso não ser o pai de Davíd, mas ainda sou guardião e protetor dele. Infelizmente, ele parece estar perdendo o respeito que tinha por mim. Isso faz parte da sua rebeldia do momento. Ele me ridiculariza como o velho que vai atrás dele sacudindo o dedo e o recriminando. Mas ele respeita o señor Arroyo e sua falecida esposa.

"Se reabrir suas portas, seus antigos alunos vão voltar, tenho certeza disso. Davíd será o primeiro. Não finjo entender sua filosofia, mas estar debaixo de sua asa faz bem ao menino, posso perceber.

"O que me diz?"

O señor Arroyo ouviu com grande atenção, sem interrompê-lo nem uma vez. Então, ele fala.

"Señor Simón, já que foi franco comigo, vou ser franco também. Disse que seu filho ridiculariza o senhor. De fato, isso não é verdade. Ele tem amor e admiração pelo senhor, mesmo que nem sempre o obedeça. Ele me conta com orgulho como, quando era estivador, carregava os volumes mais pesados, mais pesados que qualquer camarada mais jovem. O que ele tem contra sua pessoa é que, embora aja como pai, o senhor não sabe quem ele é. O senhor tem consciência disso. Já discutimos antes."

"Não é que simplesmente ele tenha isso contra mim, señor Arroyo, ele joga isso na minha cara."

"Ele joga na sua cara e isso o perturba, como deveria. Deixe eu colocar de outra forma o que lhe disse em nosso último encontro e talvez possa lhe dar alguma segurança.

"Nós temos, cada um de nós, a experiência de chegar a uma nova terra e nos atribuírem uma nova identidade. Vivemos, cada um de nós, com um nome que não é o nosso. Mas logo nos acostumamos a isso, a essa vida nova, inventada.

"Seu filho é uma exceção. Ele sente com intensidade fora do comum a falsidade de sua nova vida. Ele não cedeu à pressão para esquecer. Eu não sei dizer do que ele se lembra, mas inclui, certamente, o que ele acredita ser seu nome verdadeiro. Qual é esse nome? Mais uma vez, não sei dizer. Ele se recusa a revelar qual é ou é incapaz de revelar qual é, não sei qual das duas coisas. Talvez seja melhor, no geral, que seu segredo continue um segredo. Que diferença faz, como o senhor disse outro dia, se ele é conhecido por nós como Davíd ou Tomás, como sessenta e seis ou noventa e nove, como Alfa ou Ômega? A terra iria tremer sob nossos pés se o nome verdadeiro dele fosse revelado, as estrelas iriam cair do céu? Claro que não.

"Portanto, conforme-se. Não é o primeiro pai a ser renegado, nem será o último.

"Quanto à outra questão. A oferta de trabalhar como voluntário na Academia. Obrigado. Minha tendência é aceitar, com gratidão. A irmã de minha falecida esposa também se oferece gentilmente para ajudar. Ela é, não sei se lhe contou, uma professora notável, embora de outra escola. E meu desejo de reabrir a Academia recebeu apoio de outros lados também. Tudo isso me leva a acreditar que podemos superar nossas dificuldades atuais. Porém, me dê um pouco mais de tempo para chegar a uma decisão."

A discussão termina aí. Ele se retira. *Nossas dificuldades atuais*: a expressão deixa um gosto ruim. Será que Arroyo faz alguma ideia das dificuldades dele? Quanto tempo mais ele pode ser protegido da verdade acerca de Ana Magdalena? Quanto mais tempo Dmitri passar no hospital, matando o tempo, mais provável é que ele comece a se gabar para os amigos da gélida esposa do maestro que não conseguia tirar as mãos de cima dele. A história vai se espalhar como uma queimada. As pessoas vão rir pelas costas de Arroyo; de figura trágica, ele vai se tornar alvo de zombaria. Ele, Simón, já devia ter encontrado um jeito de alertá-lo para que, quando começarem as fofocas, ele esteja preparado.

E as cartas, as cartas incriminadoras! Ele devia tê-las queimado há muito tempo. *Te quiero apasionadamente*. Pela milésima vez, ele se amaldiçoa por ter se envolvido nos problemas de Dmitri.

19.

É nesse estado de espírito irritado que ele chega em casa e encontra, estendido diante de sua porta, ninguém menos que Dmitri, com o uniforme de servente hospitalar, absolutamente encharcado — voltou a chover —, mas com um amplo sorriso.

"Olá, Simón. Que tempo horrível, não? Me convida pra entrar?"

"Não, não convido. Como chegou até aqui? O Davíd está com você?"

"O Davíd não tem nada a ver com isso. Vim sozinho: peguei um ônibus, depois andei. Ninguém nem olhou para mim. *Brr!* Está frio. O que eu não daria por uma xícara de chá quente!"

"Por que está aqui, Dmitri?"

Dmitri ri. "Uma surpresa e tanto, hein? Devia ver a sua cara. *Favorecimento e cumplicidade*: dá para ver as palavras passando pela sua cabeça. Favorecer e ajudar um criminoso. Não se preocupe. Eu vou embora logo. Nunca mais vai me ver, não nesta vida. Então vamos lá, me deixe entrar."

Ele destranca a porta. Dmitri entra, arranca a colcha da

cama, se enrola nela. "Melhor assim!", ele diz. "Quer saber por que eu estou aqui? Vou dizer, então escute com cuidado. Quando amanhecer, daqui a poucas horas, vou estar seguindo a estrada para o norte, para as minas de sal. É a minha decisão, minha decisão final. Vou me mandar para as minas de sal, e sabe-se lá o que vai ser de mim. As pessoas sempre dizem: 'Dmitri, você é um urso, nada consegue te matar'. Bom, quem sabe isso um dia foi verdade, mas não é mais. As chicotadas, as correntes, o pão e água — quem sabe quanto tempo mais vou aguentar antes de cair de joelhos e dizer: 'Basta! Acabem comigo! Me deem o *coup de grâce!*'.

"Só tem dois homens intelectuais nesta cidade xucra, Simón, você e o señor Arroyo, e o Arroyo está fora de questão, não seria adequado, eu sendo o assassino da mulher dele e tudo. Então resta você. Com você eu ainda posso falar. Você acha que eu falo demais, sei disso, e tem razão, de certa forma. Posso ser um pouco chato. Mas olhe pelo meu lado. Se eu não falar, se não me explicar, o que sou eu? Um boi. Um ninguém. Talvez um psicopata. Talvez. Mas com certeza um nada, um zero, sem lugar neste mundo. Você entende isso, não? Econômico com as palavras, esse é você. Cada palavra conferida e pesada antes de falar. Bom, tem gente de todo tipo.

"Eu amei aquela mulher, Simón. Desde o instante em que pus os olhos nela, era a minha estrela, o meu destino. Abriu um buraco na minha existência, um buraco que ela e só ela poderia preencher. Se é para falar a verdade, eu ainda estou apaixonado por ela, Ana Magdalena, mesmo ela enterrada no chão ou cremada em cinzas, ninguém quer me dizer o que aconteceu com ela. *E daí?*, você diz — *as pessoas se apaixonam todos os dias.* Não como eu era apaixonado. Eu não era digno dela, essa é a pura verdade. Você entende? Consegue entender o que é estar com uma mulher, estar com ela no sentido mais pleno, para falar com delicadeza, quando você esquece quem você é e o tempo fica suspenso, esse tipo de estar junto, esse tipo arrebatado, quando você está nela e ela em você — estar com ela assim e ao mesmo tempo saber em algum canto da sua cabeça que tem alguma coisa errada naquilo tudo, não moralmente errado, eu nunca tive muito a ver com moralidade, sempre fui do tipo independente, moralmente independente, mas errado num sentido cosmológico, como se os planetas do céu acima das nossas cabeças estivessem desalinhados, dizendo pra gente *não, não, não?* Você entende? Não, claro que não, e ninguém pode te censurar. Estou me explicando mal.

"Como eu disse, eu era indigno dela, da Ana Magdalena. Esse é o resumo de tudo, do fim das contas. Eu não devia estar lá, repartindo a cama dela. Estava errado. Era uma ofensa — contra as estrelas, contra uma coisa ou outra, não sei qual. Era essa a sensação que eu tinha, a sensação obscura, a sensação que não ia embora. Consegue entender? Tem algum vislumbre?"

"Não tenho a menor curiosidade pelos seus sentimentos, Dmitri, passados ou presentes. Você não precisa me contar nada disso. Não estou te encorajando a isso."

"Claro que não está me encorajando! Ninguém poderia ser mais respeitoso do que você com meu direito à privacidade. Você é um sujeito decente, Simón, um exemplar raro da raça dos homens realmente decentes. Mas não quero privacidade! Eu quero ser humano, e ser humano é ser um animal que fala. Por isso é que estou te falando essas coisas: para poder ser humano outra vez, ouvir uma voz humana saindo deste meu peito, o peito do Dmitri! E se não posso falar essas coisas para você, vou falar para quem? Quem sobrou? Então deixe eu contar uma coisa para você: a gente fazia aquilo, fazia amor, ela e eu, sempre que podia, sempre que tinha uma hora livre, ou até um minuto, dois, três. Posso ser franco com essas coisas, não posso? Porque eu não tenho segredos com você, Simón, não depois que você leu aquelas cartas que não era para ler.

"Ana Magdalena. Você conheceu, Simón, deve concordar, ela era uma beleza, uma verdadeira beleza, de verdade, impecável, da cabeça aos pés. Eu devia sentir orgulho de ter uma beleza daquelas nos meus braços, mas não sentia. Não, eu sentia vergonha. Porque ela merecia coisa melhor, melhor que um zé-ninguém feio, cabeludo, ignorante como eu. Penso naqueles braços frescos dela, frescos como mármore, em volta de mim, me puxando para ela — *eu! eu!* — e sacudo a cabeça. Tem alguma coisa errada aí, Simón, alguma coisa muito errada. A bela e a fera. Por isso que usei a palavra *cosmológico*. Algum erro entre as estrelas e os planetas, alguma confusão.

"Você não quer me encorajar e eu agradeço por isso, agradeço mesmo. É muito respeitável de sua parte. Mas você deve estar se perguntando sobre o lado da Ana Magdalena nessa questão. Porque se eu fosse de fato indigno dela, e tenho certeza que era, o que ela estava fazendo na cama comigo? A resposta, Simón, é: *Realmente não sei.* O que ela via em mim quando tinha um marido mil vezes mais digno dela, um marido que tinha amor por ela e que provou esse amor, ou pelo menos era o que ela dizia?

"Sem dúvida te ocorre a palavra *apetite*: a Ana Magdalena devia ter algum apetite por alguma coisa que eu podia oferecer. Mas não era assim! O apetite estava todo do meu lado. Do lado dela, nada além de elegância e doçura, como se uma deusa estivesse baixando para agraciar um morto com um gosto do seu ser imortal. Eu devia ter adorado ela, e adorei, adorei mesmo até aquele dia fatídico em que deu tudo errado. Por isso é que eu estou indo para as minas de sal, Simón: por causa da minha ingratidão. É um pecado terrível a ingratidão, talvez o pior de todos. De onde saiu essa minha ingratidão? Quem sabe. O coração do homem é uma floresta escura, como dizem. Eu era grato à Ana Magdalena, até que um dia — *bum!* — virei ingrato, assim, do nada.

"E por quê? Porque eu fiz com ela a última coisa que... a coisa definitiva? Eu bato a cabeça, *por quê, imbecil, por quê, por quê?*, mas não consigo responder. Porque eu me arrependo, sem dúvida nenhuma. Se pudesse trazer ela de volta seja lá de onde for, do buraco dela no chão ou da poeira espalhada nas ondas, eu faria isso na mesma hora. Eu rastejaria aos pés dela, *mil desculpas, meu anjo*, eu diria (era assim que eu a chamava às vezes, *meu anjo*), *não vou fazer isso de novo*. Mas desculpas não adiantam nada, adiantam? Lamento, contrição. A flecha do tempo: não dá para inverter. Não tem volta.

"Eles não entendem essas coisas no hospital. Beleza, graça, gratidão, é tudo um livro fechado pra eles. Eles espiam dentro da minha cabeça com as lanternas deles, os microscópios, os telescópios, procurando os fios cruzados ou o interruptor que está ligado quando devia estar desligado. *O erro não está na minha cabeça, está na minha alma!*, eu digo a eles, mas é claro que me ignoram. Ou me dão remédios. *Engula isto*, eles dizem, *veja se põe as coisas no lugar. Comprimido não funciona comigo*, digo para eles, *só o chicote funciona! Me chicoteiem!*

"Só o chicote funciona comigo, Simón, o chicote e as minas de sal. Fim da história. Obrigado por ouvir até o fim. De agora em diante, prometo, meus lábios estão selados. Nunca mais vou pronunciar o nome sagrado da Ana Magdalena. Ano após ano vou trabalhar em silêncio, cavando sal para a boa gente da terra, até um dia não conseguir mais. Meu coração, meu coração de velho urso fiel, vai parar. E quando der meu último suspiro, a abençoada Ana Magdalena vai baixar, fresca e adorável como sempre, e pôr um dedo nos meus lábios. *Venha, Dmitri*, ela vai dizer, *venha comigo para a outra vida, onde o passado é perdoado e esquecido.* É assim que eu imagino."

Quando diz as palavras *perdoado e esquecido,* a voz de Dmitri sufoca. Os olhos brilham com lágrimas. Mesmo contra a vontade, Simón está comovido. Então Dmitri se recupera. "Vamos ao que interessa", ele diz. "Posso passar a noite aqui? Posso dormir aqui e recuperar as forças? Porque amanhã vai ser um dia longo, difícil."

"Se prometer que vai embora de manhã e jurar que nunca mais vou te ver, nunca, nunca, pode, sim, pode dormir aqui."

"Eu juro! Nunca mais! Pela alma da minha mãe eu juro! Obrigado, Simón. Você é um sujeito legal. Quem poderia imaginar que você, o homem mais correto, mais direito da cidade, ia acabar favorecendo e ajudando um criminoso. Outro favor. Pode me emprestar uma roupa? Eu gostaria de poder pagar, mas não tenho dinheiro, tiraram tudo de mim no hospital."

"Eu te dou uma roupa. Te dou dinheiro, dou o que for preciso para me livrar de você."

"Sua generosidade me deixa envergonhado. De verdade. Eu agi mal com você, Simón. Fazia piada sobre você pelas costas. Você sabia disso, não?"

"Muita gente faz piada sobre mim. Estou acostumado. Passam direto."

"Sabe o que a Ana Magdalena disse de você? Disse que você finge ser um cidadão estimável e um homem racional, mas na verdade não passa de uma criança perdida. Palavras dela: uma criança que não sabe onde vive, nem o que quer. Uma mulher perceptiva, não acha? Enquanto você, ela disse de mim, Dmitri, pelo menos você sabe o que quer, pelo menos isso se pode dizer de você. E é verdade! Eu sempre soube o que queria, e ela me amava por isso. As mulheres amam um homem que sabe o que quer, que não fica rodeando.

"Uma última coisa, Simón. Que tal alguma coisa de comer para me fortalecer para a viagem que tenho pela frente?"

"Pegue o que quiser no armário. Vou dar uma volta. Preciso de ar fresco. Vou demorar um pouco."

Quando volta, uma hora depois, Dmitri está dormindo em sua cama. Durante a noite, ele acorda com o ronco do homem. Levanta-se do sofá e o sacode. "Você está roncando", diz. Com um grande suspiro, Dmitri se vira. Um minuto depois, os roncos recomeçam.

Não demora muito e os passarinhos começam a cantar nas árvores. Está muito frio. Dmitri está girando sem parar pelo quarto. "Preciso ir embora", ele sussurra. "Você falou alguma coisa de dinheiro e roupa."

Ele se levanta, acende a luz, encontra uma camisa e uma calça para Dmitri. Os dois são da mesma altura, mas Dmitri tem ombros mais largos, um peito maior, a cintura mais grossa: a camisa mal abotoa. Ele dá a Dmitri cem *reales* que tira da carteira. "Leve o meu casaco", diz. "Está atrás da porta."

"Fico eternamente grato", diz Dmitri. "E agora tenho de partir para encontrar meu destino. Diga adeus ao menino por mim. Se alguém vier xeretear, diga que peguei o trem para Novilla." Ele faz uma pausa. "Simón, eu disse que saí do hospital sozinho. Não é totalmente verdade. De fato, foi uma mentirinha. Seu menino me ajudou. Como? Eu telefonei para ele. *Dmitri está pedindo liberdade*, eu disse. *Pode ajudar?* Uma hora depois ele estava lá e saiu junto comigo, como da primeira vez. Direitinho. Ninguém notou a gente. Incrível. Como se a gente fosse invisível. É isso. Achei que devia te contar, para ficar tudo claro entre nós."

20.

Claudia e Inés estão planejando um evento na Modas Modernas: um desfile para promover a nova coleção de primavera. A Modas Modernas nunca fez um desfile antes: enquanto as duas estão ocupadas supervisionando costureiras, contratando modelos e encomendando anúncios, Diego é encarregado de cuidar do menino. Mas Diego não está a fim disso. Ele fez novos amigos em Estrella; sai com eles quase o tempo todo. Às vezes, passa a noite fora, volta ao amanhecer, dorme até o meio-dia. Inés reclama, mas ele não dá atenção. "Não sou babá", ele diz. "Se quer uma babá, contrate uma."

Tudo isso Davíd conta a ele, Simón. Cansado de ficar sozinho no apartamento, o menino o acompanha em seus turnos de bicicleta. Trabalham bem juntos. A energia do menino é inesgotável. Ele corre de casa em casa, enchendo as caixas de correio de panfletos que abrem um mundo novo de maravilhas: não só do chaveiro que brilha no escuro, do Wonderbelt que dissolve a gordura enquanto você dorme, do Electrodog que late sempre que a campainha toca, mas também da señora Victrix, consultas astrais, só com hora marcada; de Brandy, modelo de lingerie, também só com hora marcada; e de Ferdi, o Palhaço, que garante levar vida à sua próxima festa; sem falar das aulas de culinária, aulas de meditação, aulas de gerenciamento da raiva, e duas pizzas pelo preço de uma.

"O que quer dizer isto, Simón?", pergunta o menino, erguendo um folheto impresso em papel pardo barato.

Homem, o Mensurador de Todas as Coisas, diz o panfleto. *Uma palestra do eminente estudioso dr. Javier Moreno. Instituto de Altos Estudos, quinta-feira, 20h. Entrada franca, doações são bem-vindas.*

"Não tenho certeza. Acho que é sobre agrimensura. Agrimensor é a pessoa que divide a terra em pedaços, para que possa ser comprada e vendida. Você não vai achar interessante."

"E isto?", pergunta o menino.

"*Walkie-talkie*. É um nome sem sentido para um telefone sem fio. Você leva com você e conversa com amigos à distância."

"Posso ganhar um?"

"É sempre um par, um para você outro para seu amigo. Dezenove *reales* e noventa e cinco. É muito dinheiro para um brinquedo."

"Aqui diz 'Corra Corra Corra Enquanto Dura o Estoque'."

"Pode esquecer isso. Os walkie-talkies do mundo não vão acabar, eu garanto."

O menino está cheio de perguntas sobre Dmitri. "Você acha que ele já está nas minas de sal? Vão chicotear ele mesmo? Quando a gente pode ir lá visitar?"

Ele responde o mais sinceramente possível, uma vez que não sabe nada das minas de sal. "Tenho certeza que os prisioneiros não passam o dia inteiro minerando sal", ele diz. "Devem ter períodos de recreação para jogar futebol ou ler livros. O Dmitri vai escrever assim que se instalar, contando da nova vida. Só temos de ter paciência."

Mais difíceis de responder são as perguntas sobre o crime pelo qual Dmitri foi para as minas de sal, perguntas que voltam com insistência: "Quando ele fez o coração da Ana Magdalena parar, doeu? Por que ela ficou azul? Eu vou ficar azul quando morrer?". A mais difícil de todas é a pergunta: "Por que ele matou ela? Por quê, Simón?".

Ele não quer escapar das perguntas do menino. Não respondidas, podem vir a inflamar. Então, inventa a história mais fácil, mais tolerável que consegue. "Durante alguns minutos, o Dmitri enlouqueceu", ele diz. "Acontece com algumas pessoas. Alguma coisa estala dentro da cabeça. O Dmitri enlouqueceu dentro da cabeça dele e nessa loucura matou a pessoa que ele mais amava. Logo depois, ele voltou a si. A loucura foi embora e ele ficou cheio de remorso. Tentou desesperadamente trazer a Ana Magdalena de volta à vida, mas não sabia como. Então resolveu fazer a coisa mais honrosa. Confessou o crime e pediu para ser punido. Agora ele foi para as minas de sal, trabalhar para pagar a dívida dele, a dívida com Ana Magdalena e com o señor Arroyo, com todos os meninos e meninas da Academia que perderam a professora de que tanto gostavam. Toda vez que a gente puser sal na comida, vai lembrar que estamos ajudando o Dmitri a pagar sua dívida. E um dia, no futuro, quando tiver pagado a dívida inteira, ele vai voltar das minas de sal e podemos todos nos reencontrar."

"Mas não a Ana Magdalena."

"Não, não a Ana Magdalena. Para encontrar com ela vamos ter de esperar a outra vida."

"Os médicos queriam dar outra cabeça pro Dmitri, uma cabeça que não ficasse louca."

"Está certo. Queriam ter certeza que ele nunca mais ia ficar louco. Infelizmente, leva tempo para trocar a cabeça de uma pessoa, e o Dmitri estava com pressa. Ele saiu do hospital antes que os médicos tivessem chance de curar a cabeça velha ou dar uma nova para ele. Ele tinha pressa de pagar a dívida. Sentiu que pagar a dívida era mais importante que curar a cabeça."

"Mas ele pode ficar louco de novo, não pode?, se ele ainda está com a cabeça velha."

"Foi o amor que fez o Dmitri enlouquecer. Nas minas de sal não vai ter nenhuma mulher para ele se apaixonar. Então é muito pequena a chance de o Dmitri enlouquecer de novo."

"Você não vai enlouquecer, vai, Simón?"

"Não, eu não. Não tenho esse tipo de cabeça, o tipo que enlouquece. Nem você. O que é muita sorte nossa."

"Mas o Dom Quixote tinha. Ele tinha o tipo de cabeça que enlouquece."

"É verdade. Mas o Dom Quixote e o Dmitri são pessoas de tipos muito diferentes. O Dom Quixote era uma pessoa boa, então a loucura fazia ele praticar boas ações, como salvar donzelas de dragões. O Dom Quixote é um bom modelo para você seguir na vida. Mas o Dmitri não. Não tem nada de bom para aprender com o Dmitri."

"Por quê?"

"Porque além da loucura da cabeça dele, o Dmitri não é uma boa pessoa com um bom coração. No começo, ele parece amigo e generoso, mas isso é só uma aparência externa para enganar os outros. Você ouviu ele dizer que o impulso de matar a Ana Magdalena nasceu do nada. Não é verdade. Não nasceu do nada. Nasceu do coração dele, onde estava espreitando por muito tempo, esperando para atacar, como uma cobra.

"Nem você, nem eu podemos fazer nada para ajudar o Dmitri, Davíd. Enquanto ele se recusar a olhar o próprio coração e se confrontar com o que vê lá, não tem a menor chance. Ele diz que quer ser salvo, mas o único jeito de se salvar é salvar a si mesmo, e o Dmitri é muito preguiçoso, está muito satisfeito com o jeito que é para fazer uma coisa dessas. Você entende?"

"E as formigas?", pergunta o menino. "Formiga também tem coração ruim?"

"Formigas são insetos. Elas não têm sangue, portanto não têm coração."

"E os ursos?"

"Ursos são animais, então o coração deles não é nem bom, nem mau, são apenas corações. Por que você pergunta sobre formigas e ursos?"

"Quem sabe os médicos podiam tirar o coração de um urso e pôr no Dmitri."

"É uma ideia interessante. Infelizmente, os médicos ainda não encontraram um jeito de pôr um coração de urso num ser humano. Enquanto não der para fazer isso, o Dmitri vai ter de assumir a responsabilidade por seus atos."

O menino o olha com uma expressão que ele acha difícil de interpretar: alegria? escárnio?

"Por que está olhando para mim desse jeito?"

"Porque sim", diz o menino.

O dia chega ao fim. Ele devolve o menino a Inés e volta para seu quarto, onde uma névoa atemorizante baixa sobre ele. Serve-se de um copo de vinho, depois um segundo. *O único jeito de se salvar é salvar a si mesmo.* O menino se volta para ele em busca de orientação, e o que ele oferece senão absurdos vazios, perniciosos. Autoconfiança. Se ele, Simón, tem de confiar em si mesmo, que esperança de salvação pode ter? Salvação de quê? Da preguiça, da falta de objetivo, de uma bala na cabeça?

Baixa de cima do guarda-roupa a caixinha, abre o envelope, olha a menina com o gatinho nos braços, a menina que vinte anos depois viria a escolher essa imagem de si mesma para dar ao amante. Ele relê as cartas, do começo ao fim.

Joaquín e Damian ficaram amigos de duas meninas inter-

nas. Convidamos as duas para irem à praia hoje. A água esta-va gelada, mas todos mergulharam e pareceram não se importar. Éramos uma família feliz entre muitas outras famílias felizes, mas na verdade eu não estava lá de fato. Estava ausente. Estava com você, como estou com você no meu coração a cada minuto de cada dia. Juan Sebastián sente isso. Faço tudo o que posso para ele se sentir amado, mas ele tem consciência de que alguma coisa está alterada entre nós. Meu Dmitri, como sinto sua falta, como estre-meço quando penso em você! Dez longos dias! O tempo não vai passar nunca?...

Fico acordada à noite pensando em você, impaciente para o tempo passar, querendo estar em seus braços outra vez...

Você acredita em telepatia? Eu fico nos rochedos, olhando o mar, concentrando todas as minhas energias em você e chega um momento em que posso jurar que escuto sua voz. Você fala meu nome, eu falo de volta. Isso aconteceu ontem, quinta-feira; devia ser umas dez da manhã. Aconteceu com você também? Você me ouviu? Podemos falar um com o outro através do espaço? Me diga que é verdade...

Desejo você, meu querido, desejo apasionadamente! Só mais dois dias!

Ele dobra as cartas, põe de novo no envelope. Ele gostaria de acreditar que são forjadas, escritas pelo próprio Dmitri, mas não é verdade. Elas são o que dizem ser: as palavras de uma mulher apaixonada. Ele fica alertando o menino contra Dmitri. Se quer um modelo na vida, olhe para mim, ele diz: olhe para Simón, o padrasto exemplar, o homem racional, o insignificante; ou, se não eu, então para aquele inofensivo velho maluco, Dom Quixote. Mas se o menino quer realmente uma educação, quem melhor para estudar do que o homem capaz de inspirar um amor tão inadequado, tão incompreensível?

21.

Inés tira da bolsa uma carta amassada. "Queria te mostrar isto antes, mas esqueci", ela diz.

Dirigida ao mesmo tempo ao señor Simón e à señora Inés, escrita em papel timbrado da Academia de Dança, em que o timbre da Academia foi riscado com um traço de caneta, assinada por Juan Sebastián Arroyo, a carta os convida para uma recepção em homenagem ao notável filósofo Javier Moreno Gutiérrez, a se realizar no Museu de Belas-Artes. "Siga as placas de entrada na Calle Hugo, suba ao segundo andar." Haverá uma recepção.

"É hoje à noite", diz Inés. "Eu não posso ir, estou muito ocupada. Além disso, tem a história do recenseamento. Quando marcamos o desfile esquecemos completamente disso, e quando lembramos já era tarde, os anúncios já estavam feitos. O desfile começa amanhã às três da tarde, e às seis todos os estabelecimentos comerciais têm de ser fechados e os funcionários mandados para casa. Não sei se vamos conseguir. Vá você à recepção. Leve o Davíd."

"O que é recepção? O que é essa história do recenseamento?", o menino pergunta.

"Recenseamento é uma contagem", ele, Simón, explica. "Amanhã à noite, vão contar todas as pessoas de Estrella e fazer uma lista de nomes. A Inés e eu resolvemos manter você escondido dos funcionários do recenseamento. Você não vai ficar sozinho. O señor Arroyo vai esconder os filhos dele também."

"Por quê?"

"Por várias razões. O señor Arroyo acha que pôr números nas pessoas transforma as pessoas em formigas. Nós queremos que vocês fiquem fora das listas oficiais. Quanto à recepção, recepção é uma festa de adultos. Você pode vir. Vai ter coisas de comer. Se achar muito chato, pode ir visitar o zoológico do Alyosha. Faz muito tempo que não visita."

"Se me contarem no recenseamento, vão me reconhecer?"

"Talvez. Talvez não. Não queremos correr esse risco."

"Mas vocês vão me esconder pra sempre?"

"Claro que não... só durante o censo. Não queremos dar nenhuma razão para mandarem você para aquela escola horrível deles em Punta Arenas. Quando passar da idade escolar, vai poder relaxar e ser dono de si mesmo."

"E eu posso ter barba também, não posso?"

"Pode ter barba, pode mudar de nome, pode fazer todo tipo de coisa para não ser reconhecido."

"Mas eu quero ser reconhecido!"

"Não, você não quer ser reconhecido, não ainda, você não quer correr esse risco. Davíd, acho que você não entende o que quer dizer reconhecer ou ser reconhecido. Mas não vamos discutir por causa disso. Quando você crescer, vai poder ser quem quiser, fazer o que quiser. Até lá, a Inés e eu gostaríamos que fizesse o que nós dizemos."

Ele e o menino chegam atrasados à recepção. Ele fica surpreso com a quantidade de convidados. O notável filósofo e convidado de honra deve ter muitos seguidores.

Eles cumprimentam as três irmãs.

"Ouvimos o mestre Moreno falar na última visita dele", diz Consuelo. "Quando foi, Valentina?"

"Dois anos atrás", diz Valentina.

"Dois anos atrás", diz Consuelo. "Um homem tão interessante. Boa noite, Davíd, não ganhamos um beijo?"

Obediente, o menino beija as bochechas das três irmãs.

Arroyo se junta a eles, acompanhado por sua cunhada, Mercedes, que está com um vestido de seda cinza e uma vistosa mantilha escarlate, e pelo próprio mestre Moreno, um homenzinho baixo, atarracado, com cachos soltos, pele marcada e lábios largos e finos como os de um sapo.

"Javier, você conhece a señora Consuelo e as irmãs dela, mas permita que eu apresente o señor Simón. O señor Simón é um filósofo digno desse nome. É também pai deste excelente rapazinho, cujo nome é Davíd."

"Davíd não é o meu nome de verdade", diz o menino.

"Davíd não é o nome dele de verdade, eu devia ter mencionado isso antes", diz o señor Arroyo, "mas é o nome que usa enquanto está em nosso meio. Simón, acredito que já conheceu minha cunhada Mercedes, de Novilla, que está nos visitando."

Ele faz uma reverência a Mercedes, que devolve um sorriso. O aspecto dela se suavizou desde que se falaram pela última vez. Uma mulher bonita, de um jeito algo feroz. Ele se pergunta como seria a outra irmã, a morta.

"E o que traz o senhor a Estrella, señor Moreno?", ele pergunta, puxando assunto.

"Eu viajo muito, señor. Minha profissão faz de mim um itinerante, um peripatético. Dou palestras em todo o país, em vários institutos. Mas, para dizer a verdade, estou em Estrella para ver meu velho amigo Juan Sebastián. Ele e eu temos uma longa história. Antigamente, nós dois tínhamos uma empresa de conserto de relógios. E também tocávamos num quarteto."

"O Javier é um violinista de primeira classe", diz Arroyo. "Primeira classe."

Moreno dá de ombros. "Talvez, mas apenas um amador. Como eu disse, nós dois tínhamos uma empresa, mas o Juan Sebastián começou a entrar em crise com isso e, para resumir, fechamos o negócio. Ele criou a Academia de Dança, enquanto eu segui meu próprio caminho. Mas continuamos em contato. Temos nossas discordâncias, porém em termos gerais vemos o mundo da mesma maneira. Senão, como poderíamos ter trabalhado juntos durante todos aqueles anos?"

Ele se lembra. "Ah, o senhor deve ser o señor Moreno que vai dar uma palestra sobre agrimensura! Nós vimos o anúncio, o Davíd e eu."

"Agrimensura?", pergunta Moreno.

"Levantamento topográfico."

"*Homem, o Mensurador de Todas as Coisas*", diz Moreno. "É o título da palestra que vou dar agora. Não tem nada a ver com agrimensura. Será sobre Metros e o seu legado intelectual. Achei que estava claro."

"Minhas desculpas. A confusão foi minha. Estamos ansiosos para ouvir. Mas *Homem, o Mensurador* foi com certeza o título com que a palestra foi anunciada. Sei porque eu próprio distribuí os panfletos, é o meu trabalho. Quem é Metros?"

Moreno está para responder, mas um casal que esperava pacientemente sua vez, interrompe. "Mestre, estamos tão animados com sua volta! Aqui em Estrella nos sentimos tão isolados da vida intelectual! Será sua única apresentação?"

Ele se afasta.

"Por que o señor Arroyo chamou você de filósofo?", o menino pergunta.

"Foi uma piada. A essa altura, você decerto já conhece o jeito do señor Arroyo. É exatamente porque não sou um filósofo que ele me chama de filósofo. Coma alguma coisa. Vai ser uma noite longa. Depois da recepção, ainda tem a palestra do señor Moreno. Você vai gostar. Vai ser sobre ler histórias. O señor Moreno vai ficar em cima de uma plataforma e falar sobre um homem chamado Metros, de quem nunca ouvi falar, mas que evidentemente é importante."

A recepção prometida no convite se limita a um grande bule de chá, mais morno que quente, e uns pratos de biscoitinhos duros. O menino morde um, faz uma careta, cospe fora. "É horrível!", diz. Ele, Simón, limpa a sujeira, calado.

"Tem gengibre demais nos biscoitos." É Mercedes, que apareceu silenciosamente ao lado deles. Não há sinal da bengala; ela parece se movimentar com bastante facilidade. "Mas não falem para o Alyosha. Não quero que ele fique magoado. Ele e os meninos ficaram preparando a tarde inteira. Então você é o famoso Davíd! Os meninos me falaram que você é um bom bailarino."

"Posso dançar todos os números."

"Foi o que eu soube. Tem alguma outra dança além da dos números? Sabe alguma dança humana?"

"O que é dança humana?"

"Você é um ser humano, não é? Sabe alguma dança que os seres humanos dançam, como dançar de alegria ou dançar de rosto colado com alguém de quem você gosta?"

"A Ana Magdalena não ensinou isso."

"Quer que eu ensine?"

"Não."

"Bom, enquanto não aprender a fazer o que os seres humanos fazem, você não pode ser um ser humano completo. O que mais você não faz? Tem amigos para brincar?"

"Eu jogo futebol."

"Pratica esportes, mas você nunca brinca apenas? O Joaquín me disse que você nunca conversava com as outras crianças da escola, só dava ordens e dizia o que elas tinham de fazer. É verdade?"

O menino se cala.

"Bom, realmente não é fácil ter uma conversa humana com você, Davíd. Acho que vou procurar alguma outra pessoa para conversar." Com a xícara na mão, ela se afasta.

"Por que você não vai dar um alô para os animais", ele sugere a Davíd. "Leve os biscoitos de Alyosha. Quem sabe os coelhos comem."

Ele volta para o círculo em torno de Moreno.

"Sobre Metros, o homem, não sabemos nada", Moreno está dizendo, "e não sabemos muito mais sobre sua filosofia, uma vez que ele não deixou nenhum registro escrito. Mesmo assim, ele paira sobre todo o mundo moderno. Esta, ao menos, é a minha opinião.

"Segundo uma linha da lenda, Metros afirmou que não existe nada no universo que não possa ser medido. Segundo outra linha, afirmou que não pode haver medida absoluta, que a medida é sempre relativa ao mensurador. Filósofos ainda estão discutindo se as duas afirmações são compatíveis."

"Em qual o senhor acredita?", pergunta Valentina.

"Eu fico no vão entre as duas, como tentarei explicar na palestra desta noite. Depois da qual, meu amigo Juan Sebastián terá a chance de responder. Preparamos esta noite como um debate, achamos que ficaria mais animado assim. No passado, o Juan Sebastián criticou meu interesse por Metros. Ele é um crítico de metrificação em geral, da ideia de que tudo no universo pode ser medido."

"Que tudo no universo deva ser medido", diz Arroyo. "Há uma diferença."

"Que tudo no universo deva ser medido. Obrigado pela correção. Por isso foi que meu amigo resolveu abandonar a construção de relógios. O que é um relógio, afinal, senão um mecanismo para impor um 'métron' no fluxo de tempo?"

"Métron?", pergunta Valentina. "O que é isso?"

"Métron vem do nome de Metros. Qualquer unidade de medida qualifica como um métron: um grama, por exemplo, ou um metro, ou um minuto. Sem métrons as ciências naturais seriam impossíveis. Veja o caso da astronomia. Dizemos que a astronomia se ocupa dos astros, mas isso não é rigorosamente verdadeiro. De fato, ela se ocupa dos métrons das estrelas: sua massa, a distância entre elas e assim por diante. Não podemos colocar as estrelas em si em equações matemáticas, mas podemos realizar operações matemáticas sobre seus métrons, desvendando, portanto, as leis do universo."

Davíd reapareceu a seu lado, puxa seu braço. "Venha ver, Simón!", ele sussurra.

"As leis matemáticas do universo", diz Arroyo.

"As leis matemáticas", diz Moreno.

Para um homem de aparência tão pouco atraente, Moreno fala com notável segurança.

"Que fascinante!", diz Valentina.

"Venha ver, Simón!", o menino sussurra de novo.

"Um minuto", ele sussurra de volta.

"Fascinante mesmo", ecoa Consuelo. "Mas está ficando tarde. Devíamos estar a caminho do Instituto. Uma pergunta rápida, señor Arroyo: quando vai reabrir a Academia?"

"A data ainda não está marcada", diz Arroyo. "O que posso dizer é que, enquanto não encontrarmos uma professora de dança, a Academia vai ser apenas uma academia de música."

"Achei que a señora Mercedes seria a nova professora de dança."

"Ah, não, a Mercedes tem obrigações em Novilla das quais não consegue escapar. Ela visitou Estrella para ver os sobrinhos, meus filhos, não para dar aulas. Ainda precisamos escolher um professor de dança."

"Então ainda precisa escolher um professor de dança", diz Consuelo. "Não sei nada desse tal de Dmitri além do que li no jornal, mas — desculpe dizer isso — espero que no futuro seja mais cauteloso com os funcionários que contrata."

"Dmitri nunca foi funcionário da Academia", diz ele, Simón. "Ele trabalhava como assistente no museu aqui embaixo. O museu é que devia ser mais cuidadoso com os funcionários que contrata."

"Um maníaco homicida neste mesmo prédio", diz Consuelo. "A ideia me dá arrepios."

"Ele era de fato um maníaco homicida. Mas também era atraente. As crianças da Academia adoravam o Dmitri." Ele não está defendendo o Dmitri, mas Arroyo, o homem tão absorto em sua música que deixou que a mulher escorregasse para um envolvimento fatal com um subalterno. "Crianças são inocentes. Ser inocente significa aceitar as coisas como aparecem. Significa abrir o coração para alguém que sorri para você, chama de rapazinho inteligente e distribui doces."

Davíd fala. "O Dmitri diz que ele não conseguiu se controlar. Diz que a paixão fez ele matar a Ana Magdalena."

Há um momento de silêncio congelante. De testa franzida, Moreno examina o menino estranho.

"Paixão não é desculpa", diz Consuelo. "Nós todos sentimos paixão num momento ou outro, mas não saímos matando pessoas por causa disso."

"O Dmitri foi embora para as minas de sal", diz Davíd. "Ele vai cavar um monte de sal para compensar a morte da Ana Magdalena."

"Bom, vamos cuidar para não usar o sal do Dmitri na fazenda, não vamos?" Ela olha severamente para as duas irmãs.

"Quanto sal vale uma vida humana? Talvez o senhor possa perguntar para o nosso Metra."

"Metros", diz Moreno.

"Desculpe: *Metros*. Simón, podemos te dar uma carona?"

"Obrigado, mas não é preciso... estou com minha bicicleta aqui."

Quando o grupo se dispersa, Davíd o leva pela mão, descem uma escada escura até o pequeno jardim fechado atrás do museu. Cai uma chuva fina. Ao luar, o menino destranca um portão, e de quatro no chão entra numa gaiola. Há uma explosão de cacarejos entre as galinhas. Ele sai com uma criatura se contorcendo em seus braços: um cordeiro.

"Olhe, este é o Jeremias! Ele era tão grande que eu não conseguia carregar, mas o Alyosha esqueceu de dar leite para ele e ficou pequeno!"

Ele faz carinho no cordeiro. Que tenta mamar em seu dedo. "Ninguém neste mundo fica pequeno, Davíd. Se ficou pequeno, não é porque o Alyosha esqueceu de alimentá-lo, mas porque não é o Jeremias. É um Jeremias novo que tomou o lugar do velho Jeremias, porque o velho Jeremias cresceu e virou um carneiro. As pessoas acham o jovem Jeremias bonitinho, mas não o velho Jeremias. Ninguém quer fazer carinho no velho Jeremias. Essa é a má sorte dele."

"Cadê o velho Jeremias? Posso ver?"

"O velho Jeremias voltou para o campo com os outros carneiros. Um dia, quando a gente tiver tempo, vamos procurar o Jeremias. Mas agora temos de assistir a uma palestra."

Na Calle Hugo começou a chover mais forte. Quando ele e o menino estão hesitando na porta, ouve-se um sussurro rouco: "Simón!". Uma figura embrulhada numa capa ou cobertor paira à frente deles, uma mão acena. Dmitri! O menino corre e se agarra às coxas dele.

"O que está fazendo aqui, Dmitri?", ele, Simón, pergunta.

"*Shh!*", diz Dmitri; e num sussurro exagerado: "Tem algum lugar onde a gente possa ir?".

"Nós não vamos a lugar nenhum", ele diz, sem baixar a voz. "O que você está fazendo aqui?"

Sem responder, Dmitri agarra o braço dele e o empurra até o outro lado da rua vazia (ele fica perplexo com a força do homem), até a porta da tabacaria.

"Você escapou, Dmitri?", o menino pergunta. Ele está excitado: seus olhos brilham ao luar.

"É, escapei", diz Dmitri. "Tinha um assunto pra resolver, tinha de escapar, não tinha escolha."

"E eles estão procurando você com um cão farejador?"

"Este tempo não é bom pra cão farejador", diz Dmitri. "Úmido demais pro nariz deles. Os cães de caça estão nos canis, esperando a chuva parar."

"Que absurdo!", diz ele, Simón. "O que você quer conosco?"

"Nós precisamos conversar, Simón. Você sempre foi um sujeito decente, eu sempre senti que podia conversar com você. Podemos ir ao seu quarto? Você não faz ideia do que é não ter casa, não ter onde descansar a cabeça. Reconhece este casaco? É aquele que você me deu. Me impressionou muito, você me dar o casaco de presente. Quando eu estava universalmente acusado pelo que fiz, você me deu um casaco e uma cama para dormir. É coisa que só um sujeito decente de verdade faz."

"Eu te dei para me livrar de você. Agora, deixe a gente ir. Estamos com pressa."

"Não!", diz o menino. "Conte das minas de sal, Dmitri. Eles chicotearam você de verdade nas minas de sal?"

"Tem muita coisa que eu podia contar das minas de sal", diz Dmitri, "mas isso vai ter de esperar. Tem uma outra coisa mais urgente na minha cabeça, isto é, arrependimento. Preciso da sua ajuda, Simón. Eu nunca me arrependi, sabe. Agora preciso me arrepender."

"Achei que por isso é que você tinha ido para as minas de sal: como um lugar de penitência. O que está fazendo aqui quando devia estar lá?"

"Não é assim tão simples, Simón. Eu posso explicar tudo, mas vai levar tempo. Nós temos de ficar nos espremendo aqui no frio e na chuva?"

"Não me importa a mínima se você está com frio e molhado. O Davíd e eu temos um compromisso. Da última vez que te vi, você disse que estava indo para as minas de sal, se render à punição. Você foi até as minas de sal ou foi mais uma mentira?"

"Quando saí da sua casa, Simón, eu tinha toda a intenção de ir para as minas de sal. Era o que o meu coração me dizia. *Aceite seu castigo como homem*, meu coração dizia. Mas outros fatores intervieram. *Intervieram*: palavra bonita. Outros fatores se fizeram sentir. Então, não. Não fui de fato para as minas de sal, não ainda. Desculpe, Davíd. Eu te decepcionei. Disse que ia e não fui.

"A verdade é que andei cismando, Simón. Está sendo um momento sombrio para mim, cismando com meu destino. Foi um choque descobrir que eu afinal não tinha a capacidade de aceitar o que eu merecia, isto é, um tempo nas minas de sal. Um choque e tanto. Minha virilidade estava em questão. Se eu fosse um homem, um homem de verdade, teria ido, sem dúvida. Mas eu não era um homem, descobri isso. Eu era menos que um homem. Era um covarde. Foi esse fato que tive de encarar. Assassino e ainda por cima covarde. Você consegue me culpar por estar perturbado?"

Ele, Simón, está farto. "Vamos, Davíd", ele diz. E para Dmitri: "Saiba que vou telefonar para a polícia".

Ele está quase esperando um protesto do menino. Mas não: com um olhar para trás, o menino vai embora com ele.

"O roto falando do rasgado", Dmitri grita para eles. "Eu vi o jeito como você olhava pra Ana Magdalena, Simón. Você tinha tesão por ela também, só que não era homem para ela!"

No meio da rua castigada pela chuva, exausto, ele se volta para enfrentar a tirada de Dmitri.

"Vá! Chame a sua preciosa polícia! E você, Davíd, eu esperava mais de você, esperava mesmo. Achei que fosse um soldadinho valente. Mas não, você está debaixo da sombra deles — daquela vaca fria da Inés e desse homem de papel. Eles maternalizaram e paternalizaram você até não sobrar nada de você, só uma sombra. Vá! Faça o seu pior!"

Como se ganhasse forças do silêncio deles, Dmitri sai do abrigo da porta e, com o casaco erguido sobre a cabeça como um veleiro, atravessa a rua de volta para a Academia.

"O que ele vai fazer, Simón?", o menino sussurra. "Vai matar o señor Arroyo?"

"Não faço ideia. Esse homem é louco. Felizmente não tem ninguém lá, foram todos para o Instituto."

22.

Embora pedale o mais depressa que pode, chegam atrasados à palestra. Fazendo o mínimo de barulho possível, ele e o menino sentam-se na última fileira, com suas roupas molhadas.

"Uma figura misteriosa, Metros", Moreno está dizendo. "E igual a seu camarada Prometeu, doador do fogo, talvez apenas uma figura lendária. Mesmo assim, a chegada de Metros marca uma virada na história da humanidade: o momento em que coletivamente abandonamos nossa velha maneira de apreender o mundo, a maneira impensada, animal, quando abandonamos como impossível a busca de conhecer as coisas em si mesmas e começamos a ver o mundo através de seus métrons. Ao concentrar nosso olhar nas flutuações dos métrons, nos tornamos capazes de descobrir novas leis, leis que até os corpos celestes têm de obedecer.

"De maneira semelhante, na terra, onde, no espírito da nova ciência métrica, medimos a humanidade e, ao descobrir que todos os homens são iguais, concluímos que os homens devem se submeter igualmente à lei. Não há mais escravos, não há mais reis, não há mais exceções.

"Metros, o mensurador, terá sido um homem mau? Terão sido ele e seus herdeiros culpados de abolir a realidade e colocar um simulacro em seu lugar, como alegam alguns críticos? Estaríamos melhor se Metros nunca tivesse existido? Quando olhamos em torno deste esplêndido Instituto, projetado por arquitetos e construído por engenheiros versados na mensuração da estática e da dinâmica, essa posição parece difícil de sustentar.

"Obrigado por sua atenção."

O aplauso da plateia, que praticamente lota o teatro, é forte e prolongado. Moreno ajeita suas anotações e desce da plataforma. Arroyo assume o microfone. "Obrigado, Javier, por essa fascinante e magistral visão geral de Metros e de seu legado, uma visão que você nos oferece, adequadamente, na noite do recenseamento, essa orgia de mensuração.

"Com seu consentimento, vou responder brevemente. Depois de minha resposta, abriremos os debates."

Ele faz um sinal. Os dois meninos Arroyo se levantam de seus lugares na primeira fila, tiram a roupa de cima e, usando camisetas, shorts e sapatilhas douradas, juntam-se ao pai no palco.

"A cidade de Estrella me conhece como músico e diretor da Academia de Dança, uma academia onde não se faz distinção entre música e dança. Por que não? Porque acreditamos que música e dança juntas, música-dança, são a nossa maneira de apreender o universo, a maneira humana, mas também a maneira animal, a maneira que era dominante até a vinda de Metros.

"Assim como nós, da Academia, não fazemos distinção entre música e dança, não fazemos distinção também entre mente e corpo. Os ensinamentos de Metros constituem uma ciência mental nova, e o conhecimento a que deu origem era um conhecimento mental novo. O antigo modo de apreensão vem de corpo e mente se movimentando juntos, corpo-mente, ao ritmo da música-dança. Nessa dança, velhas memórias voltam à superfície, memórias arcaicas, conhecimento que perdemos quando viajamos para cá atravessando os oceanos.

"Podemos nos chamar de Academia, mas não somos uma academia de barbas grisalhas. Em vez disso, nossos membros são crianças, em quem essas memórias arcaicas, memórias de uma existência anterior, estão longe de ter se extinguido. Por isso é que pedi a estes dois rapazinhos, meus filhos Joaquín e Damian, alunos da Academia, para ocuparem o palco a meu lado.

"Os ensinamentos de Metros são baseados nos números, mas Metros não inventou os números. Os números existiam antes de Metros nascer, antes de a humanidade existir. Metros apenas usou os números, submetendo-os a seu sistema. Minha falecida esposa costumava chamar os números nas mãos de Metros de números formiga, copulando incessantemente, se dividindo e se multiplicando incessantemente. Através da dança ela devolvia seus alunos aos números verdadeiros, que são eternos e indivisíveis, incontáveis.

"Eu sou músico, pouco à vontade com argumentação, como os senhores talvez percebam. Para permitir que vejam como era o mundo antes da chegada de Metros eu me calo, enquanto Joaquín e Damian realizam duas danças para nós: a dança do Dois e a dança do Três. Em seguida, realizarão a dança do Cinco, mais difícil."

Ele dá um sinal. Simultaneamente, em contraponto, um em cada lado do palco, os meninos começam as danças do Dois e do Três. Enquanto dançam, a agitação provocada no peito dele, Simón, pelo confronto com Dmitri, esmaece; ele é capaz de relaxar e sentir prazer com os movimentos soltos, fluentes dos meninos. Embora a filosofia de dança de Arroyo lhe pareça tão obscura como sempre, ele começa a ver, de modo muito tênue, por que uma dança é apropriada ao Dois e a outra ao Três, e assim vislumbrar, de modo muito tênue, o que Arroyo quer dizer com dançar os números, invocando os números do alto.

Os bailarinos terminam no mesmo momento, na mesma batida, no centro do palco. Por um instante, param; depois, seguindo a deixa do pai, que agora os acompanha na flauta, embarcam juntos na dança do Cinco.

Ele percebe de imediato por que Arroyo chamou de difícil o Cinco: difícil para os bailarinos, mas difícil também para os espectadores. Com Dois e Três ele conseguiu sentir alguma força dentro de seu corpo — a onda de seu sangue ou o que quer que se queira chamar aquilo — se mover de acordo com os membros dos meninos. Com o Cinco não há essa sensação. A dança tem certo padrão que ele apreende tenuemente, mas seu corpo é obtuso demais, apático demais para encontrá-lo e acompanhá-lo.

Ele olha para Davíd a seu lado. Davíd está com a testa franzida; seus lábios se movem sem som.

"Algum problema?", ele sussurra. "Eles não estão fazendo direito?"

O menino balança a cabeça, impaciente.

A dança do Cinco chega ao fim. Lado a lado, os meninos Arroyo encaram a plateia. Há uma polida e desconfiada onda de aplausos. Nesse momento, Davíd salta de sua cadeira e corre pelo corredor. Sobressaltado, ele, Simón, se põe de pé e vai atrás, mas é tarde demais para impedir que ele suba ao palco.

"O que é isso, rapaz?", Arroyo pergunta, com o rosto fechado.

"É a minha vez", diz o menino. "Eu quero dançar o Sete."

"Agora não. Aqui não. Isto não é um concerto. Vá e sente-se."

Em meio ao murmúrio da plateia, ele, Simón, sobe ao palco. "Venha, Davíd, você está aborrecendo todo mundo."

Peremptoriamente, o menino se livra dele. "É minha vez!"

"Muito bem", diz Arroyo. "Dance o Sete. Quando terminar, espero que vá se sentar quietinho outra vez. Concorda?"

Sem dizer uma palavra, o menino tira os sapatos. Joaquín e Damian abrem espaço; no silêncio, ele começa sua dança. Arroyo assiste, olhos apertados em concentração, depois ergue a flauta aos lábios. A melodia que toca é correta, justa, verdadeira; até mesmo ele, Simón, pode perceber que é o bailarino que conduz e o mestre que acompanha. De alguma memória sepultada, emergem as palavras *pilar da graça* que o surpreendem, porque a imagem a que está apegado, do campo de futebol, é do menino como um pacote compacto de energia. Mas agora, no palco do Instituto, o legado de Ana Magdalena se revela. Como se a terra perdesse seu poder de atração para baixo, o menino se despe de todo peso corporal, torna-se pura luz. A lógica da dança lhe escapa totalmente, mas ele sabe que o que se desenrola diante dele é extraordinário; e pelo silêncio que baixa sobre a plateia, ele adivinha que o povo de Estrella também acha aquilo extraordinário.

Os números são integrais e assexuados, disse Ana Magdalena; sua maneira de amar e de se conjugar está além de nossa compreensão. Por causa disso, só podem ser invocados por seres assexuados. Bem, o ser que dança diante deles não é nem criança, nem homem, nem menino, nem menina; ele diria mesmo que é um ser sem corpo e sem espírito. De olhos fechados, boca aberta, arrebatado, Davíd flutua pelos passos com tal graça fluida que o tempo se detém. Tomado demais para sequer respirar, ele, Simón, sussurra para si mesmo: *Não se esqueça disso! Se alguma vez no futuro ficar tentado a duvidar dele, lembre disto!*

A dança do Sete termina tão abruptamente como começou. A flauta silencia. Com o peito arfando ligeiramente, o menino olha para Arroyo. "Quer que eu dance o Onze?"

"Agora não", Arroyo diz, abstraído.

Do fundo do salão, um grito reverbera pelo auditório. O grito em si é indistinto — *Bravo? Slavo?* — mas a voz é conhecida: a de Dmitri. O coração dele para. Esse homem nunca vai deixar de assombrá-lo?

Arroyo se põe em movimento. "Está na hora de voltarmos ao assunto de nossa palestra, Metros e seu legado", ele anuncia. "Alguém gostaria de perguntar alguma coisa ao señor Moreno?"

Um cavalheiro mais velho se levanta. "Se as gracinhas dos meninos terminaram, mestre, eu tenho duas perguntas. Primeira, señor Moreno, como herdeiros de Metros, medimos a nós mesmos e descobrimos que somos todos iguais. Sendo iguais, diz o senhor, conclui-se que deveríamos ser iguais perante a lei. Ninguém mais devia estar acima da lei. Não há mais reis, não há mais super-homens, não há mais seres excepcionais. Mas, e esta é minha primeira pergunta, é realmente uma coisa boa a norma da lei não permitir exceções? Se a lei é aplicada sem exceções, que lugar resta para a compaixão?"

Moreno dá um passo à frente e sobe no tablado. "Excelente pergunta, uma pergunta profunda", ele responde. "Se não haveria lugar para a compaixão sob a lei? A resposta que nossos legisladores deram é que, de fato, deve haver espaço para a compaixão, ou, para falar em termos mais concretos, para a remissão de sentença, *mas apenas quando tal coisa é merecida*. O transgressor tem uma dívida com a sociedade. O perdão da dívida deve ser conquistado por um empenho de contrição. Dessa forma, a soberania da medida é preservada: a substância da contrição do transgressor deve, por assim dizer, ser pesada, e um peso equivalente deduzido da sentença. O senhor tinha uma segunda pergunta."

O homem olha em torno. "Serei breve. O senhor não falou nada de dinheiro. No entanto, como medida universal de valor, o dinheiro é com certeza o principal legado de Metros. Onde estaríamos sem dinheiro?"

Antes que Moreno possa responder, Dmitri, sem chapéu, usando o casaco dele, Simón, avança pelo corredor e num único movimento sobe ao palco, berrando o tempo todo: "Basta, basta, basta!".

"Juan Sebastián", ele grita, sem precisar de microfone, "estou aqui para implorar o seu perdão." Ele se volta para a plateia. "É, eu imploro o perdão deste homem. Sei que está ocupado com outras coisas, coisas importantes, mas eu sou Dmitri, Dmitri, o proscrito, e Dmitri não tem vergonha, está além da vergonha, está além de muitas outras coisas." Ele se volta de novo para Arroyo. "Tenho de dizer, Juan Sebastián", ele continua sem pausa, como se tivesse ensaiado muito seu discurso, "que passei por tempos muito sombrios ultimamente. Pensei até em acabar com a minha vida. Por quê? Porque eu me dei conta, e foi com muita amargura, que nunca serei livre enquanto o peso da culpa não for removido dos meus ombros."

Se Arroyo está desconcertado, não dá nenhum sinal disso. Com os ombros erguidos, confronta Dmitri.

"Onde posso encontrar alívio?", Dmitri pergunta. "Na lei? Você ouviu o que o homem disse da lei. A lei não leva em conta o estado da alma de um homem. Tudo o que faz é uma equação, adequar uma sentença a um crime. Veja o caso de Ana Magdalena, sua esposa, cuja vida foi cortada num estalar de dedos. O que dá a algum estranho, alguém que nunca pôs os olhos nela, o direito de vestir uma toga vermelha e dizer: *Prisão perpétua, é isso que vale a vida dela*? Ou *vinte e cinco anos nas minas de sal*? Não faz sentido! Certos crimes são impossíveis de se medir! Estão fora de proporção!

"E, de qualquer modo, o que vinte e cinco anos nas minas de sal vão conseguir? Um tormento externo, só isso. Um tormento externo anula o tormento interno, como um mais e um menos? Não. O tormento interno continua assolando."

Sem nenhum aviso, ele cai de joelhos diante de Arroyo.

"Eu sou culpado, Juan Sebastián. Você sabe e eu sei. Nunca fingi outra coisa. Sou culpado e tenho grande necessidade do seu perdão. Só quando tiver o seu perdão eu vou estar curado.

Ponha sua mão na minha cabeça. Diga: *Dmitri, você cometeu um ato terrível, mas eu te perdoo. Diga.*"

Arroyo fica calado, as feições imobilizadas de repulsa.

"O que eu fiz foi ruim, Juan Sebastián. Não nego e não quero que seja esquecido. Que seja sempre lembrado que Dmitri fez uma coisa ruim, uma coisa terrível. Mas sem dúvida isso não quer dizer que eu deva ser amaldiçoado e lançado nas trevas exteriores. Sem dúvida posso esperar que me estendam alguma graça. Sem dúvida alguém pode dizer: *Dmitri? Eu me lembro do Dmitri. Ele fez uma coisa ruim, mas no fundo do coração não era um mau sujeito, o velho Dmitri.* Isso me basta, essa gota d'água salvadora. Não me absolver, apenas me reconhecer como homem, dizer: *Ele ainda é nosso, ele ainda é um de nós.*"

Há uma breve comoção no fundo da plateia. Dois policiais fardados marcham determinados pelo corredor em direção ao palco.

Com os braços acima da cabeça, Dmitri se põe de pé. "Então é assim que você me responde", ele grita. "*Leve ele embora e tranque, esse espírito perturbador.* Quem é o responsável por isto? Quem chamou a polícia? Está se escondendo, Simón? Mostre a sua cara! Depois de tudo o que eu passei, acha que uma cela de prisão me assusta? Nada que você faça vai se igualar ao que eu faço comigo mesmo. Eu pareço um homem feliz? Não, não pareço. Pareço um homem afundado no abismo da desgraça, porque é aí que eu estou, dia e noite. Só você, Juan Sebastián, pode me tirar desse poço profundo da minha desgraça, porque foi você que eu ofendi."

Os policiais param na boca do palco. São jovens, meros rapazes, e sob o brilho das luzes de repente não sabem o que fazer.

"Eu ofendi você, Juan Sebastián, ofendi profundamente. Por que eu fiz isso? Não faço ideia. Não só não faço ideia de por que fiz isso, como não consigo acreditar que fiz. Essa é a verdade, a verdade nua e crua. Eu juro. É incompreensível — incompreensível de fora e incompreensível por dentro também. Se os fatos não estivessem bem na minha cara, eu ficaria tentado a concordar com o juiz (lembra do juiz no julgamento?, claro que não, você não estava lá), ficaria tentado a dizer: *Não fui eu que fiz aquilo, foi outra pessoa.* Mas claro que não é verdade. Não que eu seja esquizofrênico ou hebefrênico ou qualquer daquelas coisas que eles dizem que posso ser. Não estou divorciado da realidade. Estou com os pés no chão como sempre estive. Não: fui eu. Fui eu. Um mistério ainda que não seja um mistério. Um mistério que não é um mistério. Como vim a ser *eu* a cometer o ato, justamente *eu*? Pode me ajudar a responder essa pergunta, Juan Sebastián? Alguém pode me ajudar?"

Claro que o sujeito é uma fraude completa. Claro que o remorso é fabricado, parte de um esquema para se salvar das minas de sal. Mesmo assim, quando ele, Simón, tenta imaginar como esse homem, que todos os dias visitava o quiosque da praça para encher os bolsos de pirulitos para as crianças, pode ter fechado as mãos em torno do pescoço de alabastro de Ana Magdalena e esmagado a vida dela, sua imaginação falha. Falha ou o abandona. O que o homem fez pode não ser um verdadeiro mistério, mas é um mistério mesmo assim.

Do fundo do palco soa a voz do menino. "Por que você não pergunta para mim? Você pergunta para todo mundo, mas nunca pergunta para mim!"

"Tem razão", diz Dmitri. "Erro meu, devia ter perguntado para você também. Me diga, meu lindo bailarininho, o que devo fazer comigo mesmo?"

Ganhando coragem, os dois jovens policiais sobem ao palco. Bruscamente Arroyo acena para que se afastem.

"Não!", o menino grita. "Você tem de perguntar pra mim de *verdade!*"

"Tudo bem", Dmitri diz, "pergunto de verdade pra você."
Ele se ajoelha novamente, junta as mãos, compõe o rosto. "Davíd, por favor me diga... não adianta, não posso fazer isso. Você é muito novo, meu menino. Tem de ser um adulto para entender de amor, morte e coisas assim."

"Você sempre diz isso, o Simón sempre diz isso: *Você não entende, é muito novo*. Eu *consigo* entender! Me pergunte, Dmitri! *Me pergunte!*"

Dmitri repete a ladainha, torcendo e retorcendo as mãos, fecha os olhos, deixa o rosto sem expressão.

"*Dmitri, me pergunte!*" Agora o menino está definitivamente gritando.

Há uma agitação na plateia. As pessoas estão se levantando e saindo. Ele vê o olhar de Mercedes, sentada na primeira fila. Ela ergue a mão num gesto que ele não entende. As três irmãs, atrás dela, estão com os rostos petrificados.

Ele, Simón, acena para os policiais. "Basta, Dmitri, já basta desse show. Hora de você ir."

Um dos policiais segura Dmitri, o outro o algema.

"Então", Dmitri diz com sua voz normal. "De volta para o hospício. De volta para minha cela solitária. Por que não fala para o seu menino, Simón, o que está se passando na sua cabeça? Seu pai, ou tio, ou seja lá como for que você o chama, é delicado demais pra te dizer, Davíd, mas em segredo ele espera que eu vá cortar meu pescoço, deixar meu sangue descer pelo ralo. Então vão poder fazer um inquérito e concluir que a tragédia ocorreu enquanto estava perturbado o equilíbrio da mente do falecido, e esse será o fim do Dmitri. Arquiva a ficha dele. Bom, deixe eu te dizer uma coisa, não vou acabar com a minha vida. Vou continuar vivendo e vou continuar infernizando você, Juan Sebastián, até você ceder." Fazendo muito esforço, ele tenta se prostrar de novo, erguendo as mãos algemadas acima da cabeça. "Me perdoe, Juan Sebastián, me perdoe!"

"Levem embora esse homem", diz ele, Simón.

"Não!", o menino grita. Está com o rosto afogueado, a respiração acelerada. Ele ergue a mão, aponta dramaticamente. "Tem que trazer ela de volta, Dmitri! *Traga ela de volta!*"

Dmitri se esforça para se sentar, esfrega o queixo por barbear. "Trazer quem de volta, Davíd?"

"Você sabe! Tem que trazer a Ana Magdalena de volta!"

Dmitri dá um suspiro. "Eu queria ser capaz, meu menino, queria ser capaz. Acredite, se a Ana Magdalena aparecesse de repente na nossa frente, eu ia me prostrar e lavar os pés dela com lágrimas de alegria. Mas ela não vai voltar. Ela foi embora. Ela pertence ao passado, e o passado ficou para trás para sempre. É a lei da natureza. Nem as estrelas conseguem nadar contra a corrente do tempo."

Ao longo de todo o discurso de Dmitri, o menino continuou com a mão erguida, como se só assim a força de seu comando pudesse se manter; mas está claro para ele, Simón, e talvez para Dmitri também, que ele está oscilando. Lágrimas transbordam de seus olhos.

"Hora de ir embora", diz Dmitri. Ele permite que os policiais o ajudem a se levantar. "De volta aos médicos. *Por que fez isso, Dmitri? Por quê? Por quê? Por quê?* Mas talvez não exista um porquê. Talvez seja como perguntar por que a galinha é uma galinha, ou por que existe um universo em vez de um grande buraco no céu. As coisas são como são. Não chore, meu menino. Seja paciente, espere até a outra vida e você vai ver a Ana Magdalena outra vez. Se agarre a essa ideia."

"Eu não estou chorando", o menino diz.

"Está, sim, está. Não tem nada demais um bom choro. Limpa o sistema."

23.

O dia do recenseamento amanheceu, dia também do desfile da Modas Modernas. O menino acorda apático, amuado, sem apetite. Estará doente? Ele, Simón, toca sua testa, mas está fresca.

"Você viu o Sete ontem de noite?", o menino pergunta.

"Claro. Não consegui tirar os olhos de você. Você dançou lindamente. Todo mundo achou."

"Mas você viu o Sete?"

"Você quer dizer o número sete? Não. Eu não vi números. É uma falha da minha parte. Só vejo o que está diante dos meus olhos. Você sabe disso."

"O que a gente vai fazer hoje?"

"Depois de toda a agitação da noite passada, acho que vamos passar um dia tranquilo. Sugiro que a gente dê uma espiada no desfile de modas da Inés, mas acho que cavalheiros não são bem-vindos. Podemos ir pegar o Bolívar, se você quiser, e levá-lo para dar um passeio, contanto que a gente esteja fora das ruas às seis horas. Por causa do toque de recolher."

Ele espera uma chuva de *porquês*, mas o menino não demonstra interesse nem no recenseamento, nem no toque de recolher. *Onde o Dmitri está agora?* — outra pergunta que não vem. Será que foi a última vez que viram Dmitri? O esquecimento de Dmitri pode começar? Ele reza para que assim seja.

No fim das contas, é quase meia-noite quando os recenseadores batem à porta. Ele carrega o menino, meio adormecido, resmungando, enrolado num cobertor e o esconde fisicamente no armário. "Nem um som", ele sussurra. "É importante. Nem um som."

Os recenseadores, um casal jovem, se desculpam por ser tão tarde. "Não estamos familiarizados com essa parte da cidade", diz a mulher. "Um labirinto de ruas e alamedas tortas!" Ele oferece chá, mas os dois estão com pressa. "Ainda temos uma longa lista de endereços para cobrir", ela diz. "Vamos passar a noite trabalhando."

A entrevista do censo não demora nada. Ele já preencheu o formulário. *Número de pessoas na família: UM*, ele escreveu. *Estado civil: SOLTEIRO.*

Quando vão embora, ele libera o menino do confinamento e o devolve à cama, dormindo profundamente.

De manhã, dão um passeio para ver Inés. Ela e Diego estão sentando para tomar café da manhã; ele nunca a viu tão radiante e alegre, falando sem parar do desfile, que, todo mundo concorda, foi um grande sucesso. As damas de Estrella compareceram para ver a nova moda de primavera. Os decotes baixos, as cinturas altas, o uso simples de preto e branco conquistaram aprovação geral. As pré-vendas excederam as expectativas.

O menino escuta de olhos vidrados.

"Tome seu leite", Inés diz a ele. "Leite dá ossos fortes."

"O Simón me trancou no armário", ele diz. "Eu não conseguia respirar."

"Foi só enquanto os recenseadores estavam lá", ele diz. "Um casal atencioso, muito educado. O Davíd ficou quieto como um ratinho. Tudo o que eles viram foi um velho solteirão despertado de um cochilo. Acabou em cinco minutos. Ninguém morre asfixiado em cinco minutos."

"Aqui foi a mesma coisa", diz Inés. "Entraram e saíram em cinco minutos. Sem perguntas."

"Então o Davíd continua invisível", diz ele, Simón. "Parabéns, Davíd. Você escapou de novo."

"Até o próximo censo", diz Diego.

"Até o próximo censo", ele, Simón, concorda.

"Com tantos milhões de almas para contar", diz Diego, "que importância tem deixarem passar uma?"

"De fato, que importância tem?", ele, Simón, ecoa.

"Eu sou mesmo invisível?", o menino pergunta.

"Você não tem nome, você não tem número. É o que basta para ser invisível. Mas não se preocupe, nós conseguimos ver você. Qualquer pessoa com olhos na cara consegue ver você."

"Eu não estou preocupado", diz o menino.

Toca a campainha: um rapaz traz uma carta, afogueado e vermelho por causa da longa caminhada. Inés o convida para entrar, oferece um copo d'água.

A carta, dirigida conjuntamente a Inés e Simón, é de Alma, a terceira irmã. Inés lê em voz alta.

Depois que voltamos do Instituto, minhas irmãs e eu conversamos até altas horas. Claro que ninguém podia prever que Dmitri apareceria daquele jeito. Entretanto, ficamos consternadas com a maneira como os acontecimentos foram conduzidos. Nós sentimos que o señor Arroyo é o grande responsável, por convidar as crianças ao palco. Não favorece em nada o juízo que se faz dele.

Minhas irmãs e eu continuamos a sentir grande respeito pelo

señor Arroyo como musicista, mas sentimos que chegou a hora de nos distanciarmos da Academia e das pessoas que reuniu em torno dele lá. Portanto, estou escrevendo para informar a vocês que se Davíd voltar para a Academia, não pagaremos mais suas mensalidades.

Inés interrompe a leitura. "Do que se trata?", ela pergunta. "O que aconteceu no Instituto?"

"É uma longa história. O señor Moreno, o visitante a quem foi oferecida a recepção, deu uma palestra no Instituto, que o Davíd e eu fomos assistir. Depois da palestra, o señor Arroyo chamou os filhos para apresentar uma das danças deles. Era para ser uma espécie de resposta artística à palestra, mas ele perdeu o controle e tudo deslizou para o caos. Outra hora te dou os detalhes."

"O Dmitri foi", diz o menino. "Ele gritou com o Simón. Ele gritou com todo mundo."

"Dmitri de novo!", diz Inés. "Nós nunca vamos nos livrar desse homem?" Ela volta à carta. Alma escreve:

Como solteiras sem filhos, minhas irmãs e eu dificilmente temos condições de dar conselhos sobre a criação de filhos. Entretanto, Davíd nos parece excessivamente mimado. Seria bom para ele, nós acreditamos, se a sua intensidade natural fosse controlada às vezes.

Permita que acrescente uma palavra pessoal. Davíd é uma criança rara. Sempre me lembrarei dele com afeto, mesmo que nunca mais o veja. Cumprimente-o por mim. Diga que gostei da dança.

Sua, Alma.

Inés dobra a carta e enfia debaixo do pote de geleia.

"O que quer dizer excessivamente mimado?", pergunta o menino.

"Não é nada", diz Inés.

"Elas vão pegar as marionetes de volta?"

"Claro que não. São suas para sempre."

Faz-se um longo silêncio.

"E agora?", diz ele, Simón.

"A gente procura um tutor", diz Inés. "Como eu falei desde o começo. Alguém com experiência. Alguém que não vai aguentar absurdos."

A porta da Academia é aberta não por Alyosha, mas por Mercedes, que retomou a bengala.

"Bom dia", ele diz. "Poderia informar o maestro que o novo funcionário está se apresentando para o trabalho?"

"Entre", diz Mercedes. "O maestro está trancado, como sempre. Para que trabalho você está se apresentando?"

"Limpeza. Transporte. O que precisar ser feito. A partir de hoje, eu sou o prático da Academia: o faz-tudo, o pau-pra-toda-obra.

"Se está falando a sério, o chão da cozinha está precisando de uma esfregada. E os banheiros também. Por que está se oferecendo? Não temos dinheiro para te pagar."

"Nós fizemos um arranjo, o Juan Sebastián e eu. Não envolve dinheiro."

"Para um homem que não dança, você parece excepcionalmente dedicado ao Juan Sebastián e à Academia dele. Isso quer dizer que seu filho vai voltar?"

"Não. A mãe dele é contra. Ela acha que ele ficou rebelde com o Juan Sebastián."

"O que não deixa de ser verdade."

"O que não deixa de ser verdade. A mãe dele acha que já está na hora de ele começar a ter uma educação normal."

"E você? O que você pensa?"

"Eu não penso, Mercedes. Na nossa família, eu sou o burro, o cego, o que não dança. Inés lidera. Davíd lidera. O cachorro lidera. Eu vou tropeçando atrás, na esperança de que chegue o dia em que meus olhos se abram e eu veja o mundo como ele realmente é, inclusive os números em toda a sua glória, Dois e Três e o resto. Você me ofereceu lições de dança que eu recusei. Posso mudar de ideia agora?"

"Tarde demais. Vou embora hoje. Pego o trem para Novilla. Você devia ter aproveitado quando teve a chance. Se quer aprender, por que não pede a seu filho?"

"O Davíd acha que não sou ensinável, irremediável. Não tem tempo nem para uma lição apenas? Uma rápida introdução aos mistérios da dança?"

"Vou ver o que posso fazer. Volte depois do almoço. Vou falar com Alyosha, pedir que ele toque para nós. Enquanto isso, faça alguma coisa com seu sapato. Não pode dançar de bota. Não prometo nada, Simón. Eu não sou Ana Magdalena, não sou devota do *sistema Arroyo*. Você não vai ter visões quando estiver comigo."

"Tudo bem. As visões virão quando vierem. Ou não."

Ele encontra a loja de calçados sem dificuldade. O mesmo vendedor que o atendeu antes, o homem alto, de cara triste com bigodinho. "Sapatilhas de dança para o senhor mesmo?" Ele sacode a cabeça. "Não temos, não do seu tamanho. Não sei o que indicar. Se nós não temos, nenhuma outra loja em Estrella vai ter."

"Me mostre o maior tamanho que vocês têm."

"O maior tamanho é um 36, tamanho feminino."

"Me mostre. Dourada."

"Infelizmente, só temos 36 prateada."

"Prateada então."

Claro que o pé dele não serve num número 36.

"Vou levar", diz ele, e entrega cinquenta e nove *reales*.

De volta a seu quarto, ele corta as pontas das sapatilhas com uma gilete, força o pé, amarra a sapatilha. Seus dedos se projetam para fora, obscenos. Está bom assim, ele diz a si mesmo.

Quando vê a sapatilha, Mercedes ri alto. "Onde você encontrou sapatos de palhaço? Tire isso. Melhor dançar descalço."

"Não. Eu paguei pelo sapato de palhaço, vou usar."

"Juan Sebastián!", Mercedes chama. "Venha ver!"

Arroyo entra no estúdio e o cumprimenta com a cabeça. Se nota a sapatilha, se acha engraçado, não dá nenhum sinal. Senta-se ao piano.

"Achei que o Alyosha ia tocar para nós", diz ele, Simón.

"Ninguém sabe onde está o Alyosha", diz Mercedes. "Não se preocupe, não é nenhum rebaixamento de Juan Sebastián tocar para você, ele toca para crianças todos os dias." Ela deixa a bengala de lado, assume posição atrás dele, agarra seus braços. "Feche os olhos. Você vai oscilar de um lado para outro, o peso do corpo primeiro no pé esquerdo, depois no direito, para a frente e para trás, para a frente e para trás. Se ajudar, imagine que atrás de você, se movendo com você, existe uma jovem deusa bela e inatingível, não a Mercedes feia e velha."

Ele obedece. Arroyo começa a tocar: uma melodia simples, uma canção infantil. Ele, Simón, não está tão firme nos pés como imaginou que fosse, talvez porque não tenha comido nada. Mesmo assim, oscila para trás e para a frente ao ritmo da música.

"Ótimo. Agora ponha o pé direito para a frente, um passo curto e volte; depois o pé esquerdo para a frente e volte. Ótimo. Repita o movimento, direita frente e volte, esquerda frente e volte, até eu falar para parar."

Ele obedece cambaleando de vez em quando com as estranhas solas moles das sapatilhas. Arroyo inverte a melodia, faz variações, elabora; o ritmo permanece constante, mas a pequena ária começa a revelar uma nova estrutura, ponto a ponto, como um cristal que cresce no ar. Ele se sente banhado em plenitude; queria poder sentar e ouvir com cuidado.

"Agora vou soltar você, Simón. Você vai levantar os braços para se equilibrar e vai continuar direita atrás, esquerda atrás, mas a cada passo vai virar um quarto de círculo para a esquerda."

Ele faz o que ela diz. "Quanto tempo eu continuo?", ele pergunta. "Estou ficando tonto."

"Continue. Vai superar a tontura."

Ele obedece. O estúdio é fresco; ele tem consciência de um espaço alto acima da cabeça. Mercedes recua; só existe a música. Braços estendidos, olhos fechados, ele dança num círculo lento. Acima do horizonte, a primeira estrela começa a subir.

ESTA OBRA FOI COMPOSTA PELO GRUPO DE CRIAÇÃO EM ELECTRA E
IMPRESSA PELA GEOGRÁFICA EM OFSETE SOBRE PAPEL PÓLEN SOFT
DA SUZANO PAPEL E CELULOSE PARA A EDITORA SCHWARCZ
EM AGOSTO DE 2018

A marca FSC® é a garantia de que a madeira utilizada na fabricação do papel deste livro provém de florestas que foram gerenciadas de maneira ambientalmente correta, socialmente justa e economicamente viável, além de outras fontes de origem controlada.